藤枝蕗は逃げている

Kinosita Kimura

木村木下

Ruby collection

Contents

登場人物紹介

魔女に育てられた
ローラン

蕗のいない世界で孤独に育つ。はじめは蕗に不信感を抱くが、かけがえのない存在になる。

藤枝蕗

幼少期に異世界に迷い込む。恩人の一人息子ローランを育てるが、王宮の陰謀に巻き込まれ、もう一つの世界へと飛ばされる。

蕗に育てられた
ローラン

恩人である領主夫妻の一人息子で、美貌の青年へと成長する。蕗を失ったことで残酷な振る舞いをする。

ユーリ

シンディオラの王太子。見目麗しく聡明な王子だったが、流行病によって後遺症が残ったため表舞台から遠ざかる。

セディアス

シンディオラ国宰相。ローランを王位につけたいと考えている。当初は蕗に手切れ金を渡してローランから引き離そうとする。

オルランド

シンディオラ国の騎士団長。王妃の甥にあたる。ローランを迎えにきた際に、蕗と剣を交える。

ロニー

騎士。人好きのする笑みを浮かべた青年だが、蕗に手切れ金を渡してすげなく追い払う。

藤枝蕗は逃げている

思えば、俺の人生は逃げてばかりだった。

七歳の誕生日が明日に迫った冬、十二月。俺は逃げていた。小学校からの帰路、野良犬に追い回されたのだ。他の地域ではどうだか知らないが、首都圏である地元では野犬との遭遇など、滅多にない。黒く大きな犬に、俺は怯《おび》えて走った。ランドセルが背中で勢いよく跳ねて、給食袋は紐《ひも》がちぎれそうに揺れていた。

めちゃくちゃに走って、走って、走りまくって、気が付いたら森の中にいた。

ぬかるんだ地面に手をつき、倒れた体を起こす。じんじんと膝《ひざ》が痛み、見るとズボンが破けていた。ねだりにねだって買ってもらった、特撮アニメのズボンだったのに。湿った匂いだった。俺が動くと、ランドセルの外れた金具が音を立て、足元の折り重なった落ち葉の間から足のたくさんある虫が一斉に這《は》い出た。

まだ日は中天を少し過ぎたところにある。森は鬱蒼《うっそう》として、日差しは生い茂った木々の間からほんの少し差し込む程度だったが、暗闇ではない。転んだ拍子に水たまりにでもつけてしまったのか、給食袋が泥水で濡《ぬ》れ、ぽたぽたと雫《しずく》が滴っている。冬のさなかであるはずなのになぜか蒸し暑く、肌がじんわりと汗ばんだ。

森の中での生活は二年以上に及んだ。過酷さは想像を絶する。今でもあれが人生最大の、生きるか死ぬかの分水嶺《ぶんすいれい》だったと思う。子供だった俺が家を捜し求めて泣いていたのはほんの数時間のことで、あとは時々思い出しはするものの、生きることに必死だった。

なにしろ腹が減ったのだ。空腹は本当に耐えがたかった。なんでも食べた。よくわからないものを口に入れ腹を壊したことは数えきれなかったし、何も食うものが見つからず泣いたこともあった。二年の間、食うか、寝るか、獣から逃げるかしかしなかった。森には当たり前だが多種多様な生物がひしめいていて、熊に始まり蛇、野犬、はては毒虫まで、あらゆるものから逃げた。自分でも、本当によく生き延びたものだと思う。つらいことは数限りなくあり、全てを詳《つまび》らかにすると時間が足りない。

地獄の二年は、たまたま森へ来た老爺《ろうや》に拾われることで終わった。人の好《い》い老爺だった。冬に要る薪《まき》を取りに来たのだろう彼は、ちょうど木のうろに入り込み、腹痛と熱に苦しんでいた俺を見つけ家へ連れて帰った。顔は皺《しわ》だらけ、腕は枯れ木のようで、少なくなってきた白髪を後ろへなでつけた男は、やせ細った子供を背負い、取りに来たはずの薪も取らずに家へ帰ったのだ。家で待っていた老婆の方もやはり善人で、見ず知らずの汚れた子供を嫌な顔一つせずに寝台へ入れて、熱心に介抱してくれた。

悪運尽きて風邪をひいたのか、なにか悪いものでも食ったのか定かではないが熱にうかされていた俺は、不意に目の前に伸びてきた優しさにしがみついた。頬を撫《な》でてくれる老婆の手をぎゅっと握りしめ、二年ぶりの布団を全身に巻き付ける。裸足《はだし》の裏に感じる布は、後々考えると老爺たちの生活ぶりからしてそれほど上質な布だったわけもないが、今でも忘れられないほど暖かく、なめらかで、心地よかった。なぜ森にいたのが二年間だったとわかるのかというと、六歳の俺は「あしたがたんじょうび」「きょうがたんじょうび」「きのうがたんじょうび」と一日一日を数えて生きていたからだ。なので目が覚めた俺は老爺たちに向かって名前と年だけは正確に伝えることができた。

老爺は良い人間だった。彼の妻である老婆も人が好《よ》かった。彼らは俺を綺麗《きれい》に洗い、腹いっぱい食べさせ、我が子のように扱ってくれた。俺はそこで彼らと話したことによって初めて、彼らには日本語が通じず、どころか町の誰にも通じず、着ている服もよくよく見れば日本とは違うことに気づいた。

アメリカまで走ってきちゃったんだ。九歳の俺はそう思った。が、間違っていた。ここはアメリカではなく、そもそも地球ですらなく、ユーフォリア大陸にあるシンディオラ国、カスピ地方リロ村という場所で、俺がそれを知ったのは十二歳の時だった。

十二の俺は、リロ村を含むカスピ地方東部地域を治める領主、シェード家の下働きになっていた。下働きと言っても、シェード家は下級貴族で使用人をたくさん抱えられなかったので、なんでもやった。

老夫婦は俺を拾ってほどなくして天命を全うした。ばあちゃんが先に死んで、後を追うようにじいちゃんが死んだ。彼らとの別れは、俺にとって人生で初めて経験する人間の死だった。ばあちゃんが死んだ日、俺はじいちゃんの首に両手を回し目が溶けるほど泣いた。日がな一日ひっついて回る俺を、目じりに皺を寄せて笑いながら台所で粥《かゆ》を作る後ろ姿や、眠れない夜に優しく胸を叩《たた》いてくれた手の温度を思い出すと、胸が張り裂けそうに痛んだ。二人は本当に仲の良い夫婦だったので、まるで先に行ったばあちゃんがさみしくないようにと神様が取り計らったかのように、ほどなくしてじいちゃんも病に倒れた。じいちゃんのベッドにつっぷして泣く俺の頭を何度も何度も撫でながら、じいちゃんは「ごめんな」と謝った。俺たちがもう少し若けりゃ、せめてお前が一人で生きて行けるようになるまで面倒見てやれたのにな、と。そして老爺はまるで最後の仕事だと言わんばかりに、昔奉公した伝《つ》手《て》のあるシェード家へ俺を託したのだった。

シェード家の旦那様《だんな》は優しかった。奥様も優しかった。彼らは老爺が残してくれたほんの僅《わず》かな荷物と、数着の服だけを持って訪ねた俺を歓迎してくれた。旦那様が玄関の扉を開けると、奥様は俺の姿を見て「まあ！　可愛《かわい》いわ」と言って、膝をついて抱きしめた。豊かな金の髪が彼女の動きに合わせて波のように揺れ、服からは良い匂いがした。

彼らは貴族だというのに畑仕事をして、料理を作って、まるで本当の子供のように俺をかわいがってくれた。

「フキも、我が家の使用人なら字を覚えた方がいいね」

旦那様はそう言って俺のために教師まで雇った。ちなみに、俺は老爺に拾われてから一年ほどを「俺の名前は藤枝蕗《ふじえだふき》です」という日本語の自己紹介だけで乗り切り、十二になった当時も聞けばわかるものの話すのは得意じゃなかった。今も得意ではない。とにかく、鋼の自己紹介により、名前だけは日本にいた頃と同じに使うことができていた。

旦那様が子供の頃、彼の世話をしていたのが老爺だったらしい。彼はよく仕事の合間に俺の勉強の様子を見に来ては老爺の話をしてくれた。いたずらっぽく笑いながら、木に登った自分を助けるために老爺が骨折したことを面白そうに話す。俺が顔を顰《しか》めるのを見ると「すぐに治ったよ、私も反省してそれからは木に登っていない」と付け足した。なぜそうしたのかは覚えていないが、初めて練習した文字は旦那様のお名前だった。紙いっぱいに、ところどころインクで液だまりのできた下手くそな字で書かれた自分の名前を、旦那様は喜んで受け取ってくれた。そのまま執務室に飾ろうとまで言い出すので、俺の方が真っ青になった。

「どうせ字を習うなら、剣のお稽古《けいこ》もつけた方がいいわ」

奥様がそう言うので、分不相応にも剣術の稽古をつけてもらった。剣が上手《うま》くなったら私の騎士になってね、というのが彼女の口癖だった。子供なりに『雇われている』『良くしてもらっている』という意識のあった俺は、がむしゃらに勉強し、がむしゃらに剣を練習し、がむしゃらに働いた。

奥様が身ごもったのは、俺が十五になる年のことだった。シェードの領民たちはこの暮らしぶりは質素だが心優しい領主夫妻のことを慕っていたので、村々はお祭り騒ぎだった。俺も本当に嬉《うれ》しかった。彼らはずっと子供を欲しがっていて、みんなが幸せそうだった。

俺が奥様に茶器も持たせないように働きまくって数か月、彼女の腹が衣服越しにもやや目立つようになってきた頃だった。俺は屋敷の一階にもらっている使用人部屋で夜中に喉《のど》の渇きを覚え、みじろぎした。食器洗いや洗濯、掃除の合間に剣の稽古と勉強をしているので、体はへとへとだった。水を飲みに行くのが面倒で、なんとかやりすごしてもう一度眠れはしないかと頑張ってみたが、やはり耐えられそうにない。しぶしぶ体を起こし、燭台《しょくだい》を持って水を貰《もら》いに行く。

台所から自室へと帰る道すがら、俺はふと二階の窓をきちんと閉めたか不安になった。二階には旦那様と奥様の私室がある。もし盗人でも入ったら大ごとだ。確かめてから寝ようと二階に上がり、そこで彼らの部屋にまだ明かりがついていることに気が付いた。窓をそっと手で押して閉まっているか確認する。近づくにつれ、なにかを話している声が聞こえてきて、俺は慌てて聞かないようにしようと努めた。主人の話を必要以上に聞くのは下男として三流だと料理夫に習っていた。どんなに気になることでも、聞かなかったふり、知らないふりをして、聞こえてしまったことは墓まで持っていくのが一流なのだそうだ。

「……だわ、大丈夫よ。……もの」

「そうだね、でも……、……すれば、……」

「シェード家の短剣があれば……、……でしょう」

聞かないふり、聞かないふり、聞かないふり。俺は胸の中で何度も唱えながら、できるだけ早く窓の施錠を確認しようと急いだ。ああ、でも、なぜあの時ちゃんと話を聞いておかなかったんだろうか？　最後の窓を確認して部屋に戻ろうとすると、ちょうど旦那様と奥様の部屋の明かりが消えた。お休みになったのだろう。俺も急いで部屋へと戻り、ぐっすりと寝た。

シェード家に男の子が生まれたのは、綻《ほころ》んだ花たちが盛りを迎える春のことだった。奥様の金色の髪と旦那様の青い目を受け継いだ、信じられないくらい可愛い赤ちゃんだった。旦那様は本当に喜んで、奥様を力強く抱きしめた。間に挟まった赤ちゃんがつぶれてしまうのではないかと、気が気ではないほどだった。村では祝日でもないのにあらゆる場所に花が飾られ、娘たちは踊って、この可愛い赤ちゃんを一目見ようと屋敷の前には老若男女の行列ができた。俺は外の喧騒《けんそう》と区切られ、午後の柔らかな木漏れ日の差し込む静かな部屋で揺りかごを覗《のぞ》き込みながら、絶対にこの子を守る、と誓った。

誓った。誓ったので、必死に逃げている。

雨が降っていた。一歩を踏み込むたびに足元で泥を含んだ飛沫《しぶき》が上がる。

赤ん坊を背負い、森の中をわき目もふらず全力で走った。頭の中ではお互いに庇《かば》いあい、抱き合うようにして倒れる旦那様と奥様、彼らが最後に言った『ローランを頼む』という言葉がぐるぐると回っている。

正直言うと、なんでこんなことになったのかは全くわからなかった。屋敷は突然襲われ、火の手が上がり、旦那様は重傷を負って血を流していた。彼に抱かれる奥様の頬は血の気を失って白い。ああ、この雨はあの炎を消してくれただろうか？

彼らはおくるみに包《くる》んだローラン様を託して、俺に逃げろと言った。初めて耳にする旦那様の荒げた声に、弾《はじ》かれるようにして燃える館を飛び出し、街を走り、森へ入った。どうしたらいいかは全くわからなかったが、森なら隠れられると思ったのだ。雨でローラン様が濡れてしまわないよう、服の中に入れるようにして抱え無我夢中で両足を動かす。茂った木々の枝が頬を切り裂き、服に引っかかった小枝がポキポキと音を立てて折れた。

とにかく必死だった。俺はやっと見つけた木のうろに身を潜めて一夜を明かした。ローラン様は泣き声一つ上げなかった。小さな手がおくるみの中から伸びて、俺の襟を握っている。全身濡れ鼠《ねずみ》だった。胡坐《あぐら》をかいた足の上にローラン様を置き、服の裾《すそ》を絞ると、バケツをひっくり返したように水が出てくる。

心臓が早鐘を打っていた。息は落ち着いてきたが、指先がひどく冷えている。預かった大切な赤ちゃんを胸に抱き直し、目を閉じて大きく深呼吸をする。耳の奥で、背中で聞いた、決して振り向くなという旦那様の声が反響していた。

次の朝、敵の影に怯えながら沢の水でローラン様の身を清め、なんとか食える木の実を探した。が、ローラン様は赤子なので当然普通には食えるわけがない。俺は木の葉で皿を作り果汁を搾って口に含ませたり、持っていた小さなナイフで果物を小さく切ったりと試行錯誤したが、全く口にしようとしない。大きく青々とした目で、ただ機嫌よさげに俺を見つめている。頭を抱えながら半日格闘した結果、布に含ませた果汁を吸わせるとうまくいくことがわかった時は心からほっとした。旦那様と奥様から託されたお子をあっという間に飢え死にさせてしまうかと思った。

果実の搾りかすを食う生活を、多分だが三週間ほど過ごし、少しずつ森の中を移動した。旦那様や奥様、シェードの屋敷がどうなっているのかはわからなかった。本心ではすぐにでも引き返して、せめて屋敷がどうなったかだけでも知れたらと何度も思ったが、軽率な行動で二人の子供を危険にさらすわけにはいかない。ただ、もし無事なら迎えに来てくれるはずだと信じて身を隠した。

ローラン様は大人しかった。空腹と緊張の中でも、彼の穏やかな寝顔を見ると、俺はなにをしてでもこの方を守ろう、と思えた。白く丸い頬を指の背でなぞると、旦那様にそっくりの青い目が楽しそうにきらめいた。

さらに三週間、歩き続けてやっと人里が見えてきた。森を挟んでシェード領と反対側、カスピ地方西部ディラント領だ。

俺は人のまばらな農村部をさらに歩いて市場へと入り、森で採って集めておいた薬草や果実をいくらか売って路銀を作ると、ディラント領を抜けてシンディオラ国の王都を目指した。木を隠すなら森の中。もしまだローラン様のお命が狙われているなら、人目を避けて進むよりも人口の多いところへ行った方が良いと思ったのだ。現実問題、幼いローラン様を抱えてこれ以上野営ができるとも思えなかった。俺たちはどこか身を落ち着けられる場所を手に入れる必要があった。

王都へは荷馬車を乗り継いで一週間かかった。ロバにひかせた馬車は悪路でがたがたと音を立て、そのたびに高く積まれた藁《わら》が雨のように肩へ落ちた。途中、乗り合った女が親切で、ローラン様に乳を飲ませた。年の頃は三十代半ばほどだろうか。長い赤毛を太い三つ編みにして背に垂らしていた。俺は彼女の名前を聞いて一生かかってでもいつか必ずこの恩は返す、と言った。女はアーシャと名乗り、乳くらいでおおげさだと笑った。おおげさなものか。久しぶりに乳を腹いっぱいに飲んで、ローラン様は眠そうに指を吸っていた。

「全然泣かないじゃない。いい子だね」

アーシャはそう言ってローラン様の頬を撫でた。優し気な眼差《まなざ》しだった。ローラン様は彼女の腕の中で口を大きく開けてあくびをした。

その夜、女と別れて荷馬車の後ろで揺られながら、俺はローラン様を胸にしっかりと抱きかかえて言った。

「大丈夫です。蕗がちゃんとお守りしますから。ローラン様のお父さまとお母さまの分まで、蕗がお傍《そば》にいますから」

それは幼い主人に語りかけるようでいて、自分に言い聞かせるためでもあった。大丈夫だ。きっとうまくいく。実際、両親がいなくてもなんとか生きていけるというのは俺が体現している。旦那様が迎えに来てくださるまで、きっとこの子を守り抜く。抱きしめられて息苦しかったのか、さっきまで眠そうだったローラン様は大きな目をぱちぱちさせて俺を見ていた。青い目に夜空の星が映って、嘘《うそ》みたいに綺麗《きれい》だった。

とにかく金が要った。俺はなんでも売った。まずはこの長いだけで乾かすのにも時間がかかるし、重いし、邪魔でしかない髪。森で手に入れた果実、薬草、狩った獣の肉や皮。やっと王都に着き持っているものをすべて売り払うと、手元にはローラン様と彼のおくるみ、彼と一緒に旦那様から渡されたシェード家の護身の短剣しか残らなかった。短剣はちょうど俺の手のひら二つほどの大きさで、鞘《さや》は金づくりだった。鈍く輝く刀身にはシェード家の家紋が彫られ、柄には青く輝く大きな宝石がついている。

疲労困憊《こんぱい》だったが、幸い追手の気配はなかった。俺はローラン様を背負い、なんとか身を休める場所を探した。どんなに狭くても良いから部屋を借りようと思ったが、王都の家賃は馬鹿みたいに高かった。薬草を売った金では半分も払えない。まだ宿屋で一泊する方がましだ。

大通りから少しそれた、やや寂れた外観の宿へ入り前払いの金を払っていると、女将《おかみ》が俺の背のローラン様に気づき「まあ、赤ちゃん」と覗き込んだ。ローラン様は信じられないほど愛らしいので、俺の服を吸いながら目をぱちっとさせるだけで女将を籠絡《ろうらく》し、あっという間にその日の乳をもらえることになった。

夜は宿で出される料理を食べた。久しぶりのまともな食事だった。若君に出すのが相応《ふさわ》しいとはとても言えない飯だが、外で食べようとすれば同じものでも倍の金がかかる。ローラン様を横抱きにしながら豆のスープを啜《すす》る。慣れた味に驚いて皿を見ればシェード家でもよく出される料理だった。王都の最低料金で泊まれる宿屋とメニューが同じなのだから、シェード家の貧乏加減がよくわかる。

「まあ、奥さんが死んで子供と二人で？　若いのに苦労しているのね」

正直に雇われていた主人とはぐれ、子供を守っていると告げたつもりだったが、俺の説明が拙いせいか女将にはうまく伝わらなかった。が、誤解のおかげで憐《あわ》れまれることには成功したらしい。女将は家を探しているという俺に「知り合いが森に小屋を持っている、吹けば飛ぶようなあばら家だが、貸してくれるだろう」と教えてくれた。

「ありがとう。とても困っていたのですごく助かります」

俺は深く頭を下げた。女将が笑って「いいのよ」と言う。破顔すると目尻《めじり》に皴がより、元々柔らかな雰囲気がさらに柔和になる。そのふくよかな頬を見つめながら、この恩を決して忘れるまいと思った。


明朝、さっそくあばら家を貸してもらうため、家主を訪ねることにした。女将の知り合いはよぼよぼの爺《じい》さんで、彼は「月、二エーカー」とだけ言って去っていった。市場で買う最も安価な果物がひとつ二エーカーなので、考えるまでもなく破格だった。

紹介された物件は、なるほど破格なのも納得の家だった。雨風さえしのげればいいと思っていたが、雨風さえろくにしのげそうもない。家は王都の外れ、崩れかかった外壁と森とのちょうどはざまにあった。普通の親子が三人住むには少し手狭になりそうな大きさの、一般的な建物よりもやや背の低いそのあばら家は、屋根は崩れ、壁は欠け、全体にツタが生い茂っていた。

どんなに古ぼけた家でも、ローラン様という赤子を抱えた俺に贅沢《ぜいたく》を言っている余裕はなかった。

とにかく腰を落ち着けられる土地を貰えただけでもありがたい。そこらへんの草をむしり、落ちていた木の枝にくくりつけて簡単な箒《ほうき》を作る。まず蜘蛛《くも》の巣《す》から掃除した。あらゆるごみの落ちてきそうな環境にローラン様を連れてくるのはためらわれたので、窓からすぐに確認できる位置に寝かせておく。揺りかごもなく、おくるみのまま草の上に置かれたローラン様は小さな手を伸ばして蝶《ちょう》を捕まえようとしたり、寝返りをしたりしていた。

天井の板はところどころ虫に食われたように剥《は》がれていたが、幸いそのまま床に落ちているだけだったので修繕の見込みはあった。逃げ出した時に着ていた服を裂いて雑巾《ぞうきん》を作り、家中を磨く。家の裏に小さな沢があり、水源には困らなかった。

家じゅうの埃《ほこり》と害虫を退治した頃には、すっかり日が暮れていた。俺は額の汗を拭《ぬぐ》うと、ローラン様を抱えて家の中に入った。作業中、やはり一度も泣かなかった幼い主人の額を撫でる。腹が減ってもおしめを替えてほしくても泣かないローラン様。幼いながらに、自分の置かれた状況がわかっているのだろうか？　俺は切なくなって思わず彼をぎゅっと抱きしめた。

王都の市で買っておいたヤギの乳を水で薄めて布に含ませる。宿屋の女将に教えてもらったやり方だった。ローラン様は美味《おい》しそうに布を吸った。

一日がかりでやっと掃除が終わっただけの部屋で、ローラン様を抱いて揺らしながらうつらうつらとする。壁は隙間だらけで、木々の間から月明りが差し込んでいた。光と共に入ってきた夜風が肌の上をすうっと滑って冷やしていく。

老爺に拾われて三年、シェードの屋敷に仕えてまた三年。やっと森から抜け出して人並みに働けるようになってきたのにまた森か、と思わないでもなかったが、俺にとって森は最も才能を発揮できる環境とも言えた。

なにしろ二年の間寝ても覚めても森にいたのだ。だいたいの人間よりは森に詳しい。多分、あの夜屋敷を襲った奴らよりも。またシェード家で教育を受けたことも幸いし、何が金になって、何が金にならないのかもわかった。俺は翌日から、日中はローラン様を背負って家の裏手にある森へと入りめぼしい薬草や狩った獣を売って生計を立てた。貰える金の大きさを考えれば当然都で働いた方が良かったが、赤ん坊を背負ってできる仕事がなかった。

ただただ働いて必死に生きていると、時間はあっという間に過ぎた。

いつの間にか、ローラン様は二歳になっていた。賢いお方なので、少しだが言葉も話せる。俺の言っていることは完璧《かんぺき》に理解しているように思われた。

「フキ、リスさん、いたいいたいって」

その上、獣の言葉までおわかりになる。ローラン様の小さな手のひらには、足を怪我《けが》した山リスがいた。主人の視線までしゃがみ、彼の手のひらからリスを受け取る。幸い、洗浄と止血でどうにかなりそうだった。

まだ二歳だというのに、ローラン様の美しさは輝くようだった。奥様ゆずりの金髪と旦那様ゆずりの青い目は月の粉でもかかったかのようにきらめき、最近は物売りに市場へ行くと、この可愛い子供をひと目見せてくれと老若男女に群がられる。俺の腰にも届かないくらいの子供まで、ローラン様を見ると「かわいい」と頬ずりした。そんな彼らに対し、ローラン様は愛想よく笑っては俺と自分を指さし「フキ、おや。わたし、こども」と我々の間違った関係を説明した。

不断の努力により、あばら家はなんとか倒壊寸前から、傾き始めほどまで修繕された。屋根の穴は塞《ふさ》がれ、中はよく掃除されて清潔だった。外壁のツタは窓やドア部分を刈り取った。

問題なのは害獣だった。ネズミだ。当然最初は駆除すべきだと思っていたのだが、ネズミはいつの間にかローラン様の友達になっていた。主の友達は殺せない。

そんな風に暮らしながらローラン様を育てていると、俺は忘れかけていた日本での日々を不意に思い出すことがあった。それは顔も忘れてしまった母親の子守歌だったり、背負ってくれた父親の背中だったりした。好きだった硬貨チョコの味や、ケロケロコミックのことも思い出した。森で過ごした二年があまりに過酷だったので、すっかり忘れていたがそういえば俺は森山《もりやま》小学校に通っていて、担任の鈴木《すずき》先生が好きで、給食の野菜は苦手だった。

ローラン様を抱いて寝かしつけながら、日本語の歌を歌う。子守歌だ。ところどころ曖昧《あいまい》な箇所は「ふんふん」で誤魔化した。日本語で話すのは久しぶりだった。俺は数え間違えていなければ十七歳で、日本を離れてからは十年が経っていた。


朝からローラン様を背負って物売りに出ると、王都はいつもと違う雰囲気だった。人々の顔色は悪く、なにかをしきりに囁《ささや》き合っている。贔屓《ひいき》の薬屋の中に入り、束にした薬草を並べて出しながら「何かあったんですか」と聞いた。薬屋の主人は三十手前ほどの男で、作業用なのか片方の目だけに分厚い眼鏡をつけている。彼は薬草を持ち上げて品質を確かめながら「実はさ」と話した。

「西通りにある花屋の末娘がいなくなっちまったんだって。昨日の夜から、帰ってこないって大騒ぎだよ。騎士団に行方不明届を出そうって話だ」

なるほど、だから街は落ち着かない様子だったのか。姿が見えなくなった娘も、その帰りを待つ家族のことも気の毒に思ったが、見も知らない娘の話だ。俺は頷《うなず》くに留《とど》めた。

しかし次に薬を売りに来た時、事件はさらに大きくなっていた。薬屋も難しい顔をしている。渡した薬草の数を指で繕《よ》るようにして確かめながら、彼は口角をぐっと下げた。

「たてつづけに三人だぜ？　花屋の娘がいなくなってから、まだひと月も経ってねえのに。夜遊びか駆け落ちだと思ってたけど、それにしちゃおかしい」

「見つからないんですか」

「影も形もない」

花屋の末娘の次は、数日ほど間を空けて粉屋の次女だったらしい。ほどなくして宝石店の一人娘もいなくなった。皆買い出しや届け物など、小さな用事で出かけたきり、戻らなくなってしまったという。

「宝石店はでかいからな。金も持ってる。しかも一人娘ときたから騎士団もそろそろ動くだろ」

薬屋はそう言うと、代金の銀貨五枚を机の上に並べて渡した。受け取って袋に入れていると、彼は思い出したように俺の顔をじっと見た。分厚い眼鏡に、やや歪《ゆが》んで自分の姿が映るのが見えた。

「そういやお前、はずれの森に住んでんだっけ？」

「はい」

頷くと、薬屋は斜め上を見ながら腕組みをして唸《うな》った。

「……お前がそんなやつじゃないっていうのはわかってんだけどさ、疑われそうだよな」

「なぜ？」

驚いて聞き返す。背中でローラン様がみじろいだ。

「森に住んでて、王都の生まれじゃなくて、男だから」

それだけの理由で疑われるのは、理不尽な気がするが……。薬屋の無責任な言葉は、俺を不安にさせた。当然無実なのだが、万が一騎士団に捕縛されたら、ローラン様はどうなるだろうか？　家に帰り、眠ってしまったローラン様をそっと揺りかごに入れ胸まで薄布をかけながら考える。騎士団が来る前に、娘を見つけ出すしかない。


どうにか娘たちを探し出すために、まずは情報を集めることにした。薬草採りを一日休み、ローラン様を背負って街に出る。誰も寄り付かない都のはずれにある森に住み、滅多に人と関わらない俺がいなくなった娘たちについて聞いて回ると不審そうな顔をしていた人々も、背中にいるローラン様が愛らしく「フキ、おや」と説明すると警戒心をなくした。彼を背負っていなければ、すぐにでも騎士団に突き出されそうだった。

ローラン様を見て態度を柔らかくした魚屋の女主人は、腰に手を当てて痛ましそうに眉《まゆ》を寄せた。

「そうだね、花屋の娘さんは配達中にいなくなったらしいよ。橋向の軽食屋に花を届けた帰りだったらしい」

粉屋の娘は祖母の家に行って、宝石店の娘は婚約者と食事をして、どちらも帰路の途中だった。いなくなったのは皆日暮れ時だ。みな年は十五、十六の、美しい娘たち。聞く限り、髪や目の色に共通点はなかった。

しかし情報を集めたからと言って、特になにかわかるわけでもなかった。俺は魚屋に礼を言って店の前を離れた。家に帰って、ローラン様をかごの中に下ろして考える。娘たちはなぜいなくなったのだろうか？　人攫《さら》いかと思っていたが、花屋と橋向の軽食屋では距離も近すぎるし、人目も多い。攫おうとすれば抵抗するだろうし、抵抗されれば騒ぎにならないのはおかしい。顔見知りの犯行だったなら、誰かが話している姿を見かけているだろうし、そもそもいなくなった三人の娘たちに面識はなかったという。

昼過ぎに帰ってきて、夜が深くなるまで一生懸命考えたが、何もわからないことしかわからなかった。

そもそも、俺は考えるのにあまり向いていないのだと思う。眠くてぐずったローラン様を抱いてあやしながら、昔シェードの家で読ませてもらった探偵小説のことを思い出したが、あんな風に解決できるとは到底思えなかった。

ローラン様は森の家に住み、生活が安定した頃になってようやく声を出して泣くようになった。シエードの館を離れて以来、初めて耳にした泣き声に、俺は感極まって震えた。まだいとけない主人の体を抱き上げ、ぐっと胸に抱きしめる。ローラン様が泣き始めると、確かに困ることもあったが、俺の心はどんどん明るくなった。ヤギの乳をやってもおしめを替えても泣き止まないローラン様を一晩中抱いて歩くことなど、なんの苦にもならなかった。家は森にあるので、近所の迷惑にもならない。

やがて言葉が話せるようになると、ローラン様は「フキ、あっこ」と言って抱っこをねだるようになった。片時も尻《しり》が床につくのを許さないねだり方だったが、俺はローラン様の気が済むだけ抱っこをした。抱っこができないときはおぶって歩いた。

ローラン様のおっしゃることはなんでも叶《かな》えて差し上げたい。日に日に成長していく彼を見ながら、俺は強くそう思うようになった。森に来たばかりの頃、俺はいつか旦那様と奥様が迎えに来てくださると信じていたが、ひと月が過ぎ、またひと月と時が経ち、一年が過ぎると嫌でも迎えは来ないのだと理解せざるを得なかった。それは俺にとってはもちろん、ローラン様のことを考えると痛惜の念に堪えない現実だったが今となっては、彼らから受けた恩に報いたいという気持ちがただ強かった。当初の将来設計ではいずれ大成し、死ぬほど金を稼いでシェード家を裕福にするつもりだったが、もうシェード家はない。王都に出てみてわかったが、金を稼ぐ才能もさほどないような気がする。それでもローラン様にはこれ以上一度だってひもじい思いなどしてほしくない。そのためにも、なんとか娘たちを探し出さなければならなかった。

いつのまにかローラン様をあやしながら眠っていたらしい。瞼《まぶた》に光を感じ、眉をひそめながら起きると、既に外が明るくなっていた。腕の中のローラン様はいつから起きていたのか、すっかり覚醒《かくせい》した様子で大きな目をぱっちりと開いて俺を見上げている。

「おはようございます、若君」

「おはようございます、フキ」

ローラン様は素晴らしい発音で挨拶《あいさつ》すると、なにやら下を指さした。首を伸ばして見てみると、彼の足元にネズミがいた。ローラン様の友である害獣だ。思わず眉をひそめる。

「チューチュー、こあいよーって」

ローラン様はネズミの頭を優しくなでると、獣の気持ちを代弁するように言った。共感しているのか、愛らしいお顔が悲し気な表情になる。最近よく読んでいる絵本にネズミが出てくるせいで、ローラン様はこの獣が特にお気に入りなのだ。

「こあいよー、ママー、パパー」

ママ、パパ。俺は驚いて言葉を失った。全く教えた覚えのない市井の言葉だが、もしかしてローラン様は父君と母君を恋しがっているのか？　胸が激しく痛む。思わずローラン様を抱きしめて頬ずりすると「ちあうよ」と首を振られた。

「チューチュー、こあいよ、ママー、パパー」

父母を恋しがっているわけではなく、なにかを伝えようとしているらしい。俺は彼のつたない言葉をなんとか理解しようと一生懸命話を聞いた。ローラン様も頑張って話した。が、我々は四半刻ほど伝わらない会話を延々続けねばならなかった。ローラン様は頭を捻《ひね》り、色々な言葉を口にし、彼が「おはな」と言って初めて俺は彼が何を伝えたいのかを把握した。はっとして思わず前のめりになる。

「ローラン様、お花とは、花屋のことでしょうか？」

ローラン様が嬉しそうにこくこくと頷く。俺は顎《あご》に手を当て頭を捻って考えた。

ネズミがなにかを怖いと言っていて、ママとパパを呼び、花屋。もしかして、このネズミは娘たちの居場所を知っているのではないか？

ネズミを摘まみ上げ、視線の高さまで持ってくる。急に持ち上げられたネズミは嫌がって手足を激しく動かした。

「お前、もしかしてなにか知っているのか？」

ネズミが鳴くが、なんと言っているのかはさっぱりわからない。ローラン様が「いたいよー、はなしてー」と代弁する。

「娘たちの居場所がわかるか？　わかるなら教えてくれ」

「いたいよー」

「生きているのか？　どこにいる」

「はなしてー」

自分のことばかりで全くらちが明かない。はやる気持ちを抑え、仕方なくネズミを摘まみ上げていた手を放し、両手に持ち替える。俺は害獣を睨《にら》みつけた。

「いいか、ローラン様はお前の命の恩人だ。もしお前がローラン様のご友人でなければ、俺はお前を害獣だと思って殺していた。だからお前にはローラン様をお助けする義務がある」

ネズミが激しく頷く。わかっているらしい。俺には獣の言葉がわからないのに、獣には俺の言葉がわかるのか。一瞬やや複雑な気持ちになるが、今はそんなことを言っている場合ではない。

「娘たちのいる場所へ案内してくれ」

ネズミは頷き、チューと鳴いた。


ローラン様を背負い、道案内をするように前を走るネズミを追いかける。出がけにどこかで役に立つかもしれないと森で拾った太く長い枝を持った。武器としては強度に不安があるものの、人攫い相手に戦うかもしれないことを思えばないよりはましだろう。

ネズミはあっという間に大通りを抜け、人々の足元を素早く駆け抜けた。見失わないよう目を凝らして走る。時折ネズミに気づいた女が悲鳴を上げたり、人込みを走るせいで肩が男にぶつかって声だけで謝ったりした。

花屋、宝石店、粉屋の前を通り抜け、軽食屋のある通りへ続く橋に来たところでネズミは止まった。ちょうど橋の中腹ほどだ。見回すが、怪しい人影もなく特に変わったところも感じない。俺は戸惑い、ネズミを見つめた。

ネズミは小さな体でせわしなく前足を動かしたり、鳴いたりした。が、俺にさっぱり伝わらないことがわかると今度は石畳の橋を掘ろうとするように手足を動かした。その動きでようやくぴんときて欄干に近寄り、片手でローラン様をしっかりを押さえてから手すりを腹で挟むようにして上半身を投げ出す。

橋の裏側には、大きな魔法陣があった。まがまがしい雰囲気を放ち、書かれている文字の輪郭がゆらゆらと黒く漂っている。魔法陣など生まれて初めて見たが、見ているだけでぞっとする。間違いなく邪悪だとわかった。

俺は体勢を戻し、橋の上に立って深呼吸をした。背中ではローラン様が「フキ、おや。わたし、こども」と誰かに説明している。通行人に急に橋の下を覗き込む不審な男だと思われたのだろう。俺はことあるごとに自分が従僕であり、ローラン様には素晴らしい母君と父君がいると言い聞かせているのだが、彼は頑《かたく》なに俺を親だと言った。

魔法陣。王都には魔法使いがいると聞いてはいたが、まさか実際この目にするとは。どうすればいいのか、さっぱりわからない。持ってきた太い枝が、急にただの棒きれに思えてきた。

だが、腑《ふ》に落ちるところもあった。いなくなった娘たちの家はこの橋の片側にあり、彼女たちがいなくなった時、皆が橋を通った。共通点は橋だったのだ。

ネズミに礼を言い、少し迷ったがローラン様を背中から腹側へと移動させて抱き直す。負ぶい紐を締めて、俺は覚悟を決めて欄干から飛び降りた。橋の縁に手をかけ、勢いよく魔法陣に足裏をたたきつける。運が良ければ魔法陣を汚して効果をなくせるのではと思ったのだが、現実は俺の想像を超えた。

足が橋の裏側につくやいなや水底に沈むように吸い込まれ、俺は魔法陣の中に取り込まれてしまったのだ。

暗い部屋だった。じめじめしていて、苔《こけ》のような匂いが充満している。

牢《ろう》の中だ。床や壁は石で作られており、牢の柵《さく》は木製だった。古いのか、ところどころ欠けたり、腐ったりしていた。地面に手をつき、立ち上がってあたりを見回すと、部屋の隅に娘たちが身を寄せ合っているのが見えた。三人だ。駆け寄り、周囲を警戒しながら小さな声で王都からいなくなった娘かと尋ねる。長い赤毛の娘が目に涙をためながら頷いた。

「はい。私は花屋の娘、マリーと言います。助けに来てくださったのですか？」

マリーの隣にいた娘にも騎士なのかと尋ねられるが、首を振って否定した。やや落胆した様子の彼女たちは俺の胸に抱かれたローラン様に気づくと、なぜここに赤子が？　という顔をしたが、そんなことを気にしつづける余裕はとてもないようだった。

「騎士ではないが、あなた方を探しに来ました」

そう言うと、三人の娘たちは安堵《あんど》したのか各々泣き出した。一番早く泣き止んだのは宝石店の一人娘、エディだった。彼女は白く華奢《きやしや》な手で涙を拭うと、声をひそめて俺に忠告した。

「私たちを攫ったのは魔物なのです。一瞬のことで誰も姿をはっきりとは見ておりませんが、腕は長く、体はぬめぬめとしていて、汚泥のような匂いがします。私たちに食べ物を持ってくる時は、緑色の腕だけを伸ばして、皿を置くのですわ」

魔物など、十七年生きてきて一度も見たことがない。俺は困ったが、目に涙をたっぷりとためて震える娘たちを前に表情には出さなかった。

持ってきた枝で殴れば、いくらか効くだろうか。娘たちの話によれば、魔物は彼女らの二倍ほども背丈があり、腕は長く、ぬめぬめとしており、臭い。腕は緑色で、牛のように鳴く。顔は見たことがないが、おそらく醜い。

粉屋の娘、ローズは震えながら「パパとママのところに帰りたいわ」と言った。エディとマリーも顔を見合わせて頷く。とにかく、彼女たちが生きていてよかった。俺は自分が現れたであろう牢の奥をもう一度通れないかと確認したが、魔法陣はなく、床石は固かった。

元来た場所から帰れない以上、進むしかない。

幸い、娘たちを閉じ込めていた牢は木製で、ひどく傷んでいる。俺は覚悟を決め、マリーにローラン様を抱いてもらい、体当たりを何度も繰り返して柵を壊した。ぼきっという音がして大きな穴ができた途端、娘たちが歓喜の声を上げる。これで帰れる、そう思った時だった。

牢の向こう、廊下の暗がりから牛のような声が聞こえた。体が固まる。娘たちも身を固くして、慌てて元いた牢の隅に固まり身を縮める。

俺が持ってきた枝を強く握りしめると、ものすごい物音を立てながら巨体がとびかかってきた。目に染みるほどの強烈な悪臭。俺はすんでのところで伸びてきた腕を躱《かわ》した。粘着質な音を立て、化け物の体から周囲に飛び散った粘液が頬につく。

それは大きなカエルだった。娘たちの言っていた通り、腕は長く、全身は緑色で、ぬめぬめとした液体に包まれている。悪臭を放ち、大きく白い腹は床に引きずられ、目はぎょろぎょろと大きい。

逃げたい。強烈にそう思ったが、逃げるわけにはいかなかった。後ろにはかよわい娘が三人、なによりローラン様がいる。そもそも、脱出できる道はカエルの向こうにしかない。

立ち向かう覚悟を決め、棒を握り直す。カエルは容赦がなかった。突如現れた怪しい男を排除しようと、水かきのある大きな手を振りかざして襲ってくる。長く太い舌は石造りの床をえぐる勢いで繰り出された。なんとかそれを避《よ》けながら、狙うなら目だ、と考える。数度は粘液に阻まれ本体に届かず効果がなかったが、化け物の目は露出しており、無防備だった。俺がなんとか攻撃を受け流すたびに女たちが悲鳴を上げ、カエルが大きく鳴く。

カエルの声は高くも低くも聞こえる不思議な音で、おまけに多様な音が層のように折り重なって聞こえるたびに頭が割れそうに痛む。痛みで目の奥がじんじんと熱を持つ感覚に耐えながら、好機を探る。カエルが舌を伸ばし切った瞬間だった。舌が石造りの床をえぐり、一瞬埋まって動きが止まる。俺はその太く長い道を足掛かりに頭を目指して駆け上がった。

枝を逆手に持ち替え、両手を使って全体重を乗せるように思い切り目に突き刺す。巨体が暴れ、めちゃくちゃに動く手や足があたり、壁が壊れる。ぶつかってくる大小の瓦礫《がれき》が全身を雨のように打つが歯を食いしばる。なんとかカエルの顔面に足を踏ん張り、ぶよぶよとした大きな目から枝を抜く。腕に力をこめてもう一つの目に突き刺すと、ひときわ大きな咆哮《ほうこう》の後、カエルは力を失って倒れた。砂埃《すなぼこり》を上げながら巨体が床へと沈む。びくびくと痙攣《けいれん》する体の上、粘液まみれになりながらなんとか巻き込まれないよう這って抜け出す。

倒せた。死んだのかは定かではないが、カエルは倒れて動かない。俺は肩で息をし、慌てて牢の奥へと走った。柵が大きな瓦礫を防いだらしく、娘たちは無事だった。マリーに抱かれたローラン様も無事だ。ほっと息を吐き、彼女からローラン様を受け取る。

カエルを倒したからと言って、いつ何が出るともわからない場所で安心はできない。俺は汚れたままの体でローラン様を背負うと、娘たちを連れてカエルの傍を慎重に通り抜けた。牢から見えた角を曲がると、蝋燭《ろうそく》で明かりを灯された階段があった。上へとつながっているらしい。上り切ったところには木の扉がある。俺は扉に耳をつけ、なにも音がしないことを確認してから一気に開けた。

不思議なことに、そこは橋の上だった。行き交う人々の喧騒と、川のせせらぎが耳に飛び込んでくる。俺とローラン様、三人の娘はさっきまでいたはずの薄暗い廊下から、一転青空の下にある橋へと戻っていたのだ。

急に変わった景色が信じられず、お互いに顔を見合わせる。しばらくすると道行く人々の数人がいなくなったはずの娘たちの姿に気づき、白昼の都は喜びで大騒ぎになった。誰かが声をかけたらしい、娘たちの親が橋の向こうから走ってくるのが見える。彼女たちは家族の顔を見ると緊張が一気に解けたのか幼子のように声をあげて泣いた。

いなくなった娘たちはみなそれぞれの家へと戻り、事件は解決した。

薬屋によると、後日橋にある魔法陣を見た騎士たちは「これは悪《あ》しき魔法使いの仕業に違いない」と言ったらしい。俺もそう思う。カエルに悪感情はなかったはずなのに、あの魔物と戦って以来、カエルのことを考えるだけで吐き気がした。

騎士たちは一応俺にも森の家まで事情を聴きに来たものの、大したことを知らないとわかるとローラン様をかわるがわる抱っこし、可愛がるだけ可愛がって帰っていった。まあ、変な疑いで逮捕されなくてよかった。それも帰ってきた娘たちが俺のことを庇《かば》ってくれたからだろう。本当に彼女たちが生きていてくれて良かった。

王都で病が流行《はや》ったのは、ローラン様が九歳の時だった。

俺は二十四、顔見知りから娼館《しょうかん》でも行かないかと誘われるようになったが、病が流行ったせいで立ち消えになった。

窓際の椅子に腰かけたローラン様の豊かな金髪をブラシで梳《す》きながら、彼に決して家から出ず、誰が訪ねてきても戸を開けてはいけないと言い聞かせる。膝の上でウサギを撫でていたローラン様が、ビロードのようになめらかな声で「なぜ？」と尋ねる。優しい話し方は旦那様そっくりだった。

「病がうつるからです。誰が罹《かか》っているのかわからないので、決して人に会わないようにしましょう」

大切な若君を間違っても病などで失えない。熱や咳《せき》で苦しんでほしくない。

とはいえ、病に罹るか罹らないかは神様しか決めることができない。万が一を考え、俺は王都で一番の薬屋で流行り病に効くという石鹸《せっけん》や喉薬を死ぬほど買い込んだ。みな同じことを考えるのか、薬屋は人でごった返し、番頭の大きな声が店内に響いていた。外から帰ると家に入る前に必ず水を浴びるほど神経質になる俺と対照的に、ローラン様はこちらがやきもきしてしまうほど泰然と構えていた。

「フキ、高価な薬や石鹸など必要ないよ。いつものようにジギルの葉を使おう。薬は返しておいで」

両手で抱えきれないほどの薬を持って帰ってきた俺に、ローラン様は困ったように笑った。

「で、でも、皆がこの薬を飲むと病が逃げていくと言っています」

小さな主人を前に、俺は持っていた薬をさっと背に隠した。

ジギルの葉は森に山ほど生えている草で、ちぎって擦《こす》ると石鹸代わりになる。便利な薬草ではあるが、流行り病に効くとは思えない。ローラン様は俺を迎えるために玄関の戸を手で押さえたまま仕方のない子供でも見るように微笑《ほほえ》んだ。切れ長の瞳《ひとみ》がわずかに垂れ下がる。頬は薔薇色《ばらいろ》で、唇が柔らかく弧を描いていた。彼に微笑まれると、なぜか逆らうことができない。が、これはローラン様の安全にかかわることなのだ。俺は往生際悪く「万が一のために……」と言った。ローラン様が俺の手を取り、部屋へ引き入れながら言う。

「高価な薬が病に効くなら、王太子殿下が病になってしまうのは変だとは思わない？」

たしかに。シンディオラの王太子、ユーリ殿下が病に倒れたのは、つい先日のことだった。今年二十歳になられる殿下は見目麗しく聡明《そうめい》で、王都の女たちはみな彼のことが好きなので、大変な騒ぎだった。カエル事件以来親交のある花屋のマリーや粉屋のローズ、宝石店の一人娘エディもはらはらと涙を流して心配していた。

この国の王太子ともあろう人が、薬を買えないわけがない。論理的に考えて、高価な薬は病を避ける効能を持っていないのだ。

俺は主人の言うことを聞き、次の日には薬屋に行き、薬と石鹸を返品する手続きをした。買いに来る人間は山ほどいても、返しに来る人間は滅多にいないらしい。番頭はてっきり薬を使う人間が既に病で死んで必要がなくなったのだと思ったらしく「気の毒に」と優しくしてくれた。

九歳になったローラン様はめちゃくちゃに賢かった。彼は自身が聡《さと》いことを「フキや動物たちのおかげ」と言うが、そんなわけはない。才能だ。俺は六歳の頃にこの世界へ来て、森で九歳の誕生日を迎えた。動物たちには生きるために必要なことを教わったが、ローラン様は九歳の頃の俺よりもずっと賢い。というか、今の俺よりも賢い時がある。

薬屋に行った帰り、持ってきていた獣の皮を売ろうと仕立て屋に行ったが、休業の看板がかかっていた。病が流行ってから、休む店も多い。開いてないなら仕方ない。帰ろうと身をひるがえすと、建物の裏から誰かの泣き声が聞こえた。

もし病人だったらまずい。病を家へ持って帰り、ローラン様にうつしてしまうかもしれない。聞かなかったふりをして家へ帰ろう。そう思ったものの、泣き声があまりに悲愴《ひそう》で、放っておけば悲しみで今にも死にそうだったので、せめて様子だけでも確認しようと裏を覗く。大通りの裏側、レンガ造りの塀と仕立て屋の裏口の間には若い娘がいた。ハシバミ色の長い髪と、それを結ぶ若草色のリボンには見覚えがある。仕立て屋の娘だ。俺は距離を保ったまま、一応声をかけた。娘は驚き、大きく肩を震わせ慌てて店の中へと戻ってしまった。

神経質にも思えるほど沢で体を洗ってから家へ戻ると、ローラン様はちょうど読書中だった。俺の姿を見て、嬉しそうに笑って本を閉じる。

「おかえり、フキ。早かったね。……あれ？　毛皮は売れなかったの」

「はい。店が閉まっていました」

答えながら買い物かごを机の上に置き、買ってきた数日分の食糧を上の戸棚にしまう。俺は狩りが得意な方で冬以外肉に困ることはないが、野菜や調味料、パンなどは街で買ってくる必要があった。

誰にも言ったことはないが、実を言うと俺は普通のパンよりも高価で、その上小さな白くて柔らかいパンが好きだ。が、ローラン様は茶色くて硬めの、ぷちぷちとした食感のするパンがお好きなので、いつもそっちを買う。茶色い方が安価なので、家計的に助かっている。

「薬はちゃんと返してこれた？」

「はい」

手数料を引かれたため払った金の七割しか戻ってこなかったが、まだ開けていなかったので無事に返せた。俺は帰り道でせめてもと死ぬほど採ってきたジギルの葉を瓶にぎゅうぎゅうと詰めた。

ローラン様は俺の傍に来ると、瓶をそっと引き取り、もう一つ瓶を出して葉をふんわりとさせながら詰め直した。入らなかった分は紐でくくり、窓の近くに吊《つ》っている。作業を終えると、葉から出た汁で淡くみどりに染まった指先で俺の手を取り「冷たいね。なにか温かいものでも飲もう」と誘ってくださった。流れるような動きだ。

温めたヤギの乳を飲みながら、街で見た仕立て屋の娘のことを話すとローラン様は「ああ、小鳥たちが噂《うわさ》していたよ」と言った。俺の主人は齢《よわい》九つにして高潔な精神を持っているので噂話などはなさらないのだが、獣らは理性がないのでお構いなしにしゃべりまくる。もし俺にやつらの話がわかるならくだらない話をした瞬間に追い払ってやるが、困ったことにわからないし、そもそも乱暴な真似《まね》をするとローラン様が悲しむのでできない。

俺は鳥たちが仕立て屋の娘についてなんと言っていたのか、話の続きを待ったがローラン様に話すつもりはないようだった。噂話が嫌いなのだ。気にはなったが、問いただすなどはしたない真似はしない。気にしてませんよ、という顔を装いつつ、ヤギの乳を飲む。はちみつの甘い味がした。

この賢く、また心の清く美しい少年は、当然ながら馬鹿のようにモテる。最近は流行り病のせいで森の外へお連れしていないが、以前は彼が一歩森から出た瞬間、都中の少女という少女が群がった。ちなみに、ローラン様が五つになった頃はまだ女とも男ともつかない幼い顔立ちのせいで、女に限らず男まで群がっていた。

買い出しのほんのわずかな時間ですら抱えきれないほどの恋文をもらうローラン様だが、彼自身はまだそういった感情に疎いようだった。ここだけの話、彼はこの間精通を迎えたのだが、我々は二人して困り果ててしまった。ローラン様は当然なにもご存じないし、頼られた俺の方も、正直なところ性器から白い液体が出る、以上のことをよく知らなかった。俺が精通したのは十二の頃で、正直そんなに興味もなく、聞ける人もおらず、この年まで(まあ放っておけば自然に出るからいいか……)と放ってきたからだ。その夜はローラン様の下半身を濡らした布で優しく拭《ふ》き、いずれ子作りをする時に使うことになるということだけ伝え、翌日は老爺が俺にしてくれたのと同じようにケーキを焼いた。ケーキを焼くのは初めてだったし、クリームも飾りもない質素なケーキだったが、割合うまくできたと思う。

ふた月ほど経ち、ようやく流行り病が収まってきた。少なくない数の死者が出、生き残った者たちも神経痛やあばた、手足のしびれが残った者もいると聞く。幸いローラン様は一度も病に罹らず、俺も無事だった。やっと以前と同じに生活ができると蓄えていた薬草や獣の皮を売りに出ると、仕立て屋はまだ閉まっていた。薬屋からまわることにし、なじみの店を訪ねる。店主はカウンターの中で煙草《たばこ》をふかしていた。俺を見ると軽く片手を上げてひらひらと振る。

「久しぶりだな。無事でなにより」

彼も元気そうだった。俺は頷き、持ってきた薬草を出した。店主がひとつひとつ点検し、買値を計算していく。かなりの量があったので、金貨一枚になった。大きな硬貨は使い勝手が悪いので、銀貨で用意してもらったのを財嚢《ざいのう》に入れながら「仕立て屋はいつ開く？」と尋ねる。薬屋は鼻の頭に皺を寄せた。

「ああ、あそこね。当分開かないだろうから、東部の生地店に売りに行った方がいい。娘が病に罹って、顔にひどいあばたができたんだそうだ」

薬屋は聞いていないことまでべらべら喋《しゃべ》った。彼が知っているということは、王都の者みんなが知っていると思った方がいい。俺は店の裏で泣いていた娘を思い出し、気の毒に思った。

「そんなに悪いのか？」

「顔中火傷《やけど》を負ったみたいだって聞いたな。流行り病は水泡ができたって話だろう。こじらせたらしい」

若い娘が顔に傷を負ったとあっては、つらいだろう。俺は薬屋に別の生地店を教えてもらった礼を言うと、外へ出た。東部にある生地店へは橋を渡り、広場を横切る必要がある。仕立て屋は森と薬屋のちょうど中間にあり、通うには便が良かったので残念だった。

生地店で皮を売ると、銀貨十四枚になった。パンと野菜、鶏の卵を買い、家へと戻る。途中花屋のマリーに捕まり世間話をした。聞けば、彼女が心配していた王太子殿下は無事に快癒したものの、後遺症がありまだしばらく人前に出られないらしい。成人以来毎年参加していた春の訪れを祝う雪解けの祝祭も、欠席するという話だった。

「手や足が痺《しび》れるのかしら？　心配だわ。早く良くなりますように」

マリーはそう言って誰にともなく祈った。


帰ると、ローラン様は庭で獣らと戯れていた。ざっと見ただけでもウサギにリス、鳥、鹿までいる。彼は動物に好かれた。動物たちの視線で俺に気づいたらしく、こちらを見ると立ち上がり駆け寄ってきてくださる。俺は持っていた荷物を下ろし、膝をついて走ってきたローラン様を抱きとめた。

「おかえり！」

「ローラン様、ずっと外にいたのですか？」

彼の体はひんやりと冷えていた。頬はじんわりと赤い。彼は青い目をきらきらさせながらいたずらっぽく笑った。後ろで一つに結った長い髪が波のように動く。

「うん。みんなと話していたら、あっという間にフキが帰ってきてしまった。都はどうだった？　みんなは元気だったかな」

流行り病が落ち着くまでの最後の数週間ほどは、俺もローラン様も必要最低限以外一切外に出なかった。王都は久しぶりだ。二人で家の中に入り、荷物を片付けながら今さっき街で見てきたことを話す。ローラン様はマリーの話を聞くと「元気そうでうれしい」と笑った。彼は花屋の娘のことを姉のように慕っていた。粉屋のローズと、宝石店のエディもだ。一応言っておくと、三人の器量良しの娘と比べても、ローラン様が一番美しい。

街の様子や、薬屋から聞いた仕立て屋の娘、王太子殿下の話をすると、ローラン様は不意に荷物を片付けていた手を止めた。

「そういえば、傷跡に効く薬草が、森になかった？」

あっただろうか？　俺は首をひねった。傷跡に効くと言えば、シャシャの実や西ロゼの根だが、どちらもないよりはあった方がマシ、という程度だ。腹痛や外傷に効く薬草なら自信があるのだが、傷跡など気にしたことがなく、興味もないのでぱっと思いつかない。かといって、家には児童書ばかりで薬草事典の類もなかった。

ローラン様は首をひねる俺を見ると笑って「じゃあ梟《ふくろう》に聞いてみよう。物知りだから」と言った。鍵《かぎ》を外し、外開きの窓を両手で押すように開けると軽やかに歌いはじめる。俺の主人は歌が上手かった。教えた覚えはないが、しょっちゅう獣たちと歌いながら遊んでいる。動物たちの方も、ローラン様の歌が好きなのか彼が歌うと鳥や獣がのべつまくなし寄って来るのだった。

数秒もしないうちに、窓の近く、木の枝に一羽の梟が留まった。ローラン様の後ろに立ち、注意深く観察する。梟は全体的に焦げ茶色で、羽には白い模様があった。目は金色で、鳥だというのに思わず圧倒されるような雰囲気がある。

ローラン様はにっこりと笑うと「やあ、こんにちは。ご機嫌いかが」と挨拶《あいさつ》した。

「賢い梟さん、傷跡によく効く薬草を知ってる？」

梟が応えるように鳴くとローラン様は窓枠に頬杖《ほおづえ》をつき、うんうんと相槌《あいづち》を打った。

「そう、仕立て屋のかわいそうな女の子の傷を治してあげたいんだ。病であばたができたんだって。お礼に帽子が欲しいって？　もちろん、お安いご用さ。お似合いのを作るよ」

帽子を被《かぶ》っている梟を想像すると、日本にいた頃のおぼろげな記憶がよみがえる。それはアニメだったり、絵本だったりした。懐かしい記憶を思い返している間に話は終わったらしく、ローラン様が手を振ると梟はあっという間に飛び去っていった。窓を閉め、錠をかけて振り向く。

「丘の上に咲く月光百合の花びらだって。フキ、さっそく今夜採りに行こう」


一見するとたおやかで華奢に見えるローラン様だが、森育ちということもあり健脚だ。彼と一緒に森の奥、家から見て西の方にある丘へと登る。俺は夜目が利くので、ローラン様の手を引いて歩いた。最近ではローラン様も大きくなり滅多に手を繋《つな》ぐ機会もないので、なんだか少し嬉しい気持ちがする。なお、俺の夜目は地獄の二年間で環境に順応した結果であり、ほとんど不必要なまでにどんな暗闇でも利く。新月の夜でも見える。

月光百合は決まった場所で夜にしか咲かないという百合だ。丘の上に着くと、すぐに見つかった。淡く発光しているのだ。ローラン様が近づき、はなびらをそっと採取する。持ってきた瓶に入れると、底の方まで舞うように落ちた。丘は月光百合が満開で、見事な景色だった。その中にいると、ローラン様はまるで妖精《ようせい》のように見えた。彼は花畑の中ほどまで進み、休むことにしたのか腰を下ろして胡坐をかいている。俺は傍へ行き、隣に膝をついてかがんだ。ローラン様がほつれて顔にかかった髪を指で耳にかけると、良い匂いがした。

「綺麗だね」

「はい」

まさに、月明りの下、花に囲まれるローラン様は名状しがたいほど美しかった。こうして見ると、横顔は奥様に生き写しだ。大きくなるにつれ、日に日に似ていくような気がする。

「はは！　フキ、私の顔を見て綺麗だと言ってるの？　ちゃんと花を見なさい」

おかしそうに言われて、改めて花を見る。月光百合が薬草だとは知らなかったが、花自体には俺にも見覚えがあった。

苦い思い出だ。こちらへ来たばかりの頃、森で蛇に追われた場所に、こんな花が咲いていた気がする。淡く光る花を蹴散《けち》らしながら必死に走り、なんとか沢を越えて助かった、散々な記憶だった。幼心に泣いて膝を抱えながらもう二度と行かないと誓ったので、記憶の片隅に埋もれていた。苦い気持ちで花を睨《にら》む俺をローラン様が見つめていたことには気づかなかった。

帰ってさっそく月光百合の花びらを煮詰めると、黄金色のとろりとした液体になった。小瓶に詰め、次の日仕立て屋へと持っていく。

戸を叩いても最初は誰も出てこなかったが、半刻ほどしつこく叩き続けるとやつれた顔の主人が顔を見せた。彼は俺を見ると、かすれた声で「ああ、お前さんか。悪いが、今店は閉めているんだ」と言う。頷き、主人から持たされた傷跡に効く薬だと言って持ってきた小瓶を差し出す。受け取った主人は、しかし嬉しくなさそうだった。顔は真っ青で、いつもは気を使って香油で固めていた前髪は無造作に解《ほど》けてしまっている。痩《や》せた顔に無精ひげが目立つ。

「ああ、ありがとう。親切に……」

なんとか笑おうとした唇が不意にぶるぶると震え、とうとう耐えきれず仕立て屋の主人は肩を震わせ床にうずくまった。流れた涙が目の下の濃い隈《くま》やかさついた頬を通り、髭《ひげ》を濡らす。彼は小瓶を握ったこぶしで目元を押さえた。

「みんな親切にしてくれるが……すまない、どうしても治らないんだ。ずいぶん無理をして高価な薬も買ったが、傷は膿《う》んでひどくなるばかりで……どうにもしてやれず、娘が不憫《ふびん》でならない」

歯の隙間から絞り出すように声を出す父親の姿に胸が痛み、俺は彼の肩を指先でそっと撫でた。どう言えば元気づけられるのか、言葉を選びながら声をかける。

「あなたも看病で疲れているのだと思います。なにか体に良いものを食べて、ゆっくり寝てください。そんなふうにやつれては、娘さんはもっと悲しくなってしまうでしょう」

こういう時、猛烈にもっと話すのが上手くなりたいと思う。母語ではないとはいえ、なぜこうも教科書の例文のような話し方しかできないのか？　俺は彼に市場で売ろうと思っていた果実をいくつか渡し、娘や妻と食べるようにと言って家の中へと背中を押した。ふらふらとした足取りで男が中へ入っていく。

娘の傷跡に、薬が効くといい、治りはしなくてもせめて膿《うみ》が出なくなればいい。そう願いながら外に出て、仕立て屋から離れた。


帰りになじみの宿屋へ行くと、ちょうど女将が料理の下拵《したごしら》えをしているところだった。王都へ初めて来た日の夜に泊まった宿だ。勝手口から入り、女将の近くに狩った獣の肉と数枚の銀貨が入った袋を置く。女将は野菜の皮をむきながら「フキちゃん、また来てくれたのね」と笑った。初めて会った時と変わらない、優しい笑顔だ。いや、あの頃よりもややふくよかになったかもしれない。薄茶色の質素なワンピースの上にエプロンをつけ、白いものの交じり始めた髪は後ろで一つにまとめている。彼女は袋を開き、中に銀貨が入っているのを見ると困ったように眉を下げ、俺のズボンのポケットに銀貨を押し込んで返した。

「もう、またお金なんて持ってきて。いつもいらないって言ってるでしょう」

押し込まれた銀貨を取り出し、今度は女将からやや離れた机の上に置く。

「助けてもらった恩を返したいので、受け取ってください」

「お肉をくれるだけで十分よ。それに、本当はお肉だって持ってこなくていいの。今日はローランはいないの？　あなたたちが遊びにくるだけで嬉しいわ」

「ローラン様は家に」

久しぶりに街へ行きたがっていたが、先にウサギたちと約束してしまっていたらしい。残念そうにしていらっしゃったので、次来る時は獣たちを蹴散らしてでもお連れしようと思っている。女将は奥から皿をいくつか出すと、作っていた料理を持たせてくれた。かごに入れて礼を言う。彼女のヤギ肉を使った煮物がローラン様の好物だった。

「大家さんはいますか？」

「今日はまだ来てないの。最近、また腰が痛むみたい。重たいものが買えなくて不便だと昨日もそこで文句を言っていたわ」

女将は笑いながら話した。大家の老人は妻に先立たれ一人暮らしなので、いつもこの宿の食堂で食事をとっている。昼か夜のどちらかに来て、他の時間は女将に持たされた料理を食べているらしい。俺は今日の分の大家の飯を買い、それを持って宿屋から少し離れたところにある石造りの建物を訪ねた。

宿屋や食堂が軒を連ねる通りでは、木造の建築が多いので老人の家は目立った。入口のベルを三回鳴らし、心の中で十を数えてから合い鍵を使って中に入る。老人は居間にいた。木の椅子に座ってぎろりと俺を睨む。

「ふん、また来たのか」

と言われたが、実際には久しぶりだった。流行り病の間はお互いの身を守るため用があっても家の前に手紙や荷物を置き、直接会うのを避けていたのだ。彼に言ったら殴られまくるだろうが、俺はもし老人が病に罹ったら間違いなく死んでしまうと思って怖かった。

「女将から料理をもらってきました。腰が痛むと聞いたので、買い出しに行ってきます」

「いらん世話をしおって」

彼は素直ではないので、いつも嫌がるふりをする。が、これはいくらなんでも安すぎる家賃の代わりなので、俺は義務だと思っていくら嫌がられようと必ずやる。簡単に大家の身の回りの世話をし、掃除や片付けをすると、重くて持てないだろう小麦や酒を買ってくる。帰りに薬屋で湿布を買い、老人の腰に貼った。加齢によって曲がった腰の皮膚はたるんでいて、触れると柔らかい。彼を見ると、俺は自身の祖父を思い出した。離れて暮らしていたので、たまに会えるとすごく嬉しかったのを覚えている。まだ日本にいた頃既に老人だったので、もし今会えたとしてもそうとうよぼよぼだろう。でも、すごく会いたかった。


次にローラン様と王都へ行くと、仕立て屋が店を開けていた。ここが開いているならわざわざ離れた場所にある東部の生地屋に行かなくても良いと嬉しくなって、すぐに店に入る。木の戸を押し開けると入店を知らせるベルが鳴った。

俺の顔を見ると、仕立て屋の主人は音を立てて店の奥から出てきた。ものすごい勢いで抱き着かれ、思わず後ろへよろける。あとから店に入ってきたローラン様は目を丸くしていた。

「ありがとう！」

仕立て屋がほとんど怒鳴るように言う。仕立て屋の体は大きかった。俺はなんとか足を踏ん張って彼の体を受け止める。すぐに体が離れ、彼は眼鏡の下のうるんだ目を指で擦った。

「来てくれるのを待っていたんだ。君にお礼が言いたくて、ああ、ちょっと待っていてくれ。娘を呼んでくるから」

そう言って背を向け店の奥、居住空間がある方へと入っていく。すると奥からすぐに若い娘が出てきて、彼女は俺を見るとにっこりと笑った。

ハシバミ色の髪を若草色のリボンで結んだ、美しい少女だ。思わず頬が赤くなる。彼女の顔は美しかった。肌はつるんとしていて、あばたなど見る影もない。生気に溢《あふ》れており一見、流行り病で苦しんでいたとはとても思えないほどだった。

「君にもらった薬がよく効いて、なんとお礼を言ったらいいかわからない。本当にありがとう」

仕立て屋は何度も礼を言った。娘も頭を下げて俺に感謝を示した。つっかえながら、薬を作ったのは俺ではなく、主君であるローラン様だと言う。隣を示すと、彼らはこの美しい少年に初めて気づいたというように目を丸くした。

豊かな金髪を後ろで一つに結いあげ、新緑の外套《がいとう》を身にまとった俺の主人は、まさに貴公子という出《い》で立《た》ちだった。彼は仕立て屋たちの視線が自分に向くと、少し照れたように笑って、白い歯を見せながら「こんにちは」と言った。

二人は膝をついてローラン様の手を握ると、何度も繰り返し礼を言った。なんでも、病によって破談寸前になっていた娘の婚約も無事に結婚へと話を進められているらしい。娘の人生を取り戻してくれたと、拝まんばかりだった。

「なにかお礼をさせてください」

仕立て屋はそう言って俺たちを夕食に誘ってくれたが、生憎《あいにく》これから用事があったので断る。残念そうにする男と娘を見て、ローラン様が「じゃあ、帽子を作ってくれる？」と言った。

「帽子？」

仕立て屋の娘が優し気に微笑みながら聞き返す。俺の服の裾を握って、ローラン様が頷いた。

「うん。友達の梟に、素敵な帽子が欲しいんだ」

「まあ、梟の帽子なんて可愛いわ。お父さん、ぜひ作ってあげましょうよ」

「もちろんだ。坊や、私は服を仕立てるのが大得意なんだよ。もちろん、帽子もね」

ローラン様が嬉しそうに頷く。仕立て屋が梟はどのくらいの大きさなのか、色はどんなのがいいかと聞くのにひとつひとつ丁寧に答える。腕の良い仕立て屋なので、梟もきっと満足するだろう。

店を出ると、ローラン様は外套のフードを被り、俺に向かって「傷が治って良かったね」と言った。

頷く。彼らは結婚式にぜひ来てほしいと言っていた。結婚式は初めて行くが、なにを着ていくのが普通だろうか。ローラン様には新しく礼服を用意しなくては。久しぶりの明るい話題に心が浮き立つ。楽しみだ。


森の中で、俺は逃げていた。

狩りの途中だ。弓を背負った格好で、必死に木々の間を通り抜ける。鹿を射ようと歩いていたら、大型の猪《いのしし》と鉢合わせてしまったのだ。敏感にこちらを察知し駆けだした猪から、弾かれるように逃げ出す。単純な足の速さでは当然敵《かな》うべくもない。俺の経験上、猪から追われた時は素早く横へ転がるか、川の向こうへ行くか、崖《がけ》から落ちる必要がある。どうにか隙を見て横へと逃げたかったが、木や岩が邪魔で上手く避けきれそうな場所がない。

全力で走っているうち、木の枝が頬や首に細かい切り傷をつける。手前にある茂みの向こうは、たしか崖だったはずだ。骨は折れるかもしれないが、行く手は狭まり、もはや他に方法がない。覚悟を決め、速度を落とさずに崖へと突っ込む。身を投げ出そうと地面を強く蹴《け》った時だった。

すぐ横の茂みの中から腕が伸び、俺の体を搦《から》め捕って抱き寄せる。驚きに心臓が大きく脈打つ。力強い腕の持ち主は俺を低木の間に引き込んで優しく座らせると、ひらりと茂みから出て手に持っていた弓を構えた。矢を番《つが》え、突進してくる猪に向かって素早く射る。

一直線に飛んで行った矢はまるで吸い込まれるようにして猪に命中し、大きな音を立てて巨体が倒れた。

豊かな金髪を風になびかせ、余裕の笑みを見せる美しい青年。十六になったローラン様は弓を下ろすと茂みに足を入れ、俺の手を取って立つのを手伝ってくださった。長い指が髪についた葉をとってくれる。

「頬に怪我をしているね」

ローラン様は、すっかり声変わりした低く艶《つや》のある声で話した。間抜けなところを見られて、恥ずかしかった。ないとわかっていつつ怪我がないかと聞くと、ローラン様は明るく笑って頷いた。

「今日は鹿肉だと思ったのに、蕗はもっと大物を持ってきた」

持ってきたわけではないが、俺の語彙《ごい》では咄嗟《とっさ》にうまく言い返せなかったため仕方なく頷く。ローラン様は優しく微笑んで、腰元の剣を抜いて猪の腹を裂き、血を抜いた。彼は狩りも上手くなっていた。


十六になったローラン様の口癖は「もう子供じゃない」だった。十六歳と言えば、街では店を本格的に手伝い始めたり、貴族であれば家督を相続できる年齢だ。だが、俺にとってはまだまだ子供だ。

ローラン様はすくすくとお育ちになり、身丈だけで言えば俺とほぼ同じまで大きくなったが、相変わらずムラサキ豆が苦手だし、放っておくといつまでも風呂《ふろ》に入って出てこない。そもそも、ローラン様には手伝う店も、継ぐべき家督もないのだから十六だろうと二十六だろうと子供で良いのでは？　という屁理屈《へりくつ》は、あのお美しい顔で睨まれるととても言えなかった。

「もし旦那様と奥様がいらっしゃれば、ローラン様も今頃お家を継いでいらっしゃる立場です」

そう考えれば、彼が子供扱いを嫌がるのも納得だった。ローラン様の外套を繕っていた手を止め、さみしい思いで主人の顔を見つめる。彼は暖炉の傍に座り、ちょうど薪を足そうとしているところだった。何本かの新しい薪を火の中へ放ると、俺の傍へ来て椅子に座る。高貴な生まれの方だが、片足を胡坐のように組み、もう片方の足は投げ出すようにしている。俺が育てたからかもしれない。

ローラン様の手が俺の手をぎゅっと握る。いつの間にか、手は俺と同じほど大きくなっていた。薪割りだって洗濯だってご自分でやるので、皮膚は厚く、ざらざらしている。

「ムラサキ豆はお食べにならないけど……」

「食べるさ！　蕗が私を一人前だと認めてくれるならね」

明るく言って、彼の腕がぎゅっと肩を抱き寄せてくる。固く弾力のある若者の胸に頬があたり、俺は（主人は本当に大きくなったのだ）と思った。考えてみれば、十六年という歳月は確かに長かった。俺は今年で三十二になる。

俺の手から自分の外套を奪い、すいすいと針を動かして素早く繕ってしまうと、ローラン様は「冬が明けたら旅に行こう」と笑った。

「旅？」

「うん。蕗もおいで」

頷く。旅はどれくらいかかるだろう、三日以上かかるなら、家にある食べ物を片付けておかなくてはいけない。この十六年、彼の安全に神経質になるあまり、絶対に一人で森の外へは出さなかった。ローラン様はお愛想で俺を誘っただけで、お一人で自由を満喫したいのではないかとも思ったが、絶対についていくと心に決める。嫌がられようと、必ず行く。

不穏な決意も知らず、ローラン様は「この国の西には海があるのだって。お前は見たことがあるかな」と聞いた。日本では毎年潮干狩りに行っていたので頷こうとして、首を横に振る。海が日本と同じなのか、知らなかった。

俺が認めようと認めまいと、ローラン様が十六歳になったことは彼の周囲に大きな影響を与えた。一番顕著なのは年頃の娘たちとその親だった。法的に結婚を許される年齢になったからだ。彼らはたとえ今までローラン様を知らなかったとしても、道で見かけるやいなや熱に浮かされたような顔をして良い仲の娘はもういるのか、いないなら自分はどうだ、あるいは自分の娘はどうだと声をかけてくる。ローラン様は一人ひとり丁寧にまだ結婚は考えていないのだと説明しているが、俺はもう求婚お断りの札を首から下げて歩きたい気分だった。

が、彼らの気持ちもわかる。ローラン様はめちゃくちゃに美しかったからだ。もともと愛らしい顔立ちをしていらっしゃったが、十二になる頃には道行く人々の目を奪い、十六となった今はすれ違った人間の心という心を奪っている。

彼の金髪が風に揺れて、あの青い目が笑みの形に細まるだけで倒れる人間もいる。俺の主人は気軽に笑ってはいけないほど美しかった。

最近では袖《そで》を引かれて橋を渡るのに四半刻も半刻もかかると流石《さすが》に不便そうな顔をされるが、王都に行く時は必ずついてきた。彼は人が好きで、特に昔なじみの花屋のマリーや粉屋のローズ、宝石店のエディと話すのは楽しいようだ。

三人とも既に婿を得たり、嫁に行っているが、俺やローラン様を見かけると必ず声をかけてくれる。ローラン様がご自分から声をおかけになる女はこの三人だけだった。

「やあローズ、元気かい？　髪を切ったんだね。すごく綺麗だ」

「ご機嫌ようマリー。おや、赤ちゃんがいるのに重いものを持ったら駄目だろう。貸して」

「エディ、こんにちは。わあ、そのブローチすごく似合っているね」

これは挨拶の一例だが、これだけでいかに俺の主人が優しく、魅力的かわかるだろう。俺にはとても真似できない会話だ。余談だが、俺の教科書に書いてあるような言い回しは母親になった彼女たちに手本として好評だった。「子供たちとたくさん話してほしいわ」と言われている。今年で五つになるマリーの三男はローラン様より俺に魅力を感じている数少ない人物の一人で、俺が来ると必ず抱っこをねだる。子供は可愛いので大好きだ。

「ローラン、あなた商会長のお茶会に招待されたって本当？　あの人ったら、もうあなたが自分の婿になったように話していたわよ」

と教えてくれたのはエディだった。俺は驚き、身勝手な商会長に怒った顔をすべきか、ローラン様の顔を見るべきかわからず、結局主人の顔を見た。ローラン様は少し目を丸くしたものの、すぐに笑みを浮かべて足元にまとわりついているエディの娘たちのうち、一番幼い子を抱えた。

「お茶会には誘われても行かないようにしているんだ。蕗の淹《い》れてくれるお茶が一番好きだから」

付け加えると、一つ参加すれば否応なしにすべての茶会の誘いに参加しなければ諍《いさか》いが起こることが目に見えているからだった。

「ろーらん、しゅき」

ローラン様は突然の告白にも動じなかった。しがみついて離れようとしない女児を宥《なだ》めすかして母親に引き渡すと、また来ると言って宝石店を出る。俺はマリーの店で買った花をエディの娘たちの髪に一輪ずつ挿して主人を追いかけた。

ローラン様と共に歩いていると、通いなれた王都にいつも新しい発見があり、すごく楽しい。彼は露店に足を止めて見たこともない飾りについて店主と話をしたり、食べたことのない果物を買って俺に半分分けてくれたりした。彼と俺は生計を共にしているはずなのだが、ローラン様が十五になった頃から急に、彼はどこからか驚くほどの金を持ってきたりした。不思議なので観察しているのだが、確かに街の人間は俺からは二エーカーで買う果物をローラン様が売ると十エーカーで買ったりする。

俺が備蓄用にと非常に栄養価が高く、調理が簡単で安価なムラサキ豆を手に取った時だった。何度か話したことのある店の娘が、ローラン様に話しかけた。年はローラン様と同じ頃で、頬にそばかすの散った明るい娘だった。

「ねえローラン、花屋敷の幽霊のことはもう聞いた?」

娘は野菜や果物の並べられた机に前のめりになり、今にもローラン様の胸元に頬を寄せんばかりだった。

「幽霊?」

「うん。夜に行くと、今の季節咲かないはずの花が咲いていて屋敷の中には女の幽霊がいるんですって。ねえ、一緒に行ってみない? きっと面白いわ」

夜間の外出なんて絶対に駄目だと横から口を挟もうとしたが、すんでのところで彼をもう子供扱いしないと言ったことを思い出し、口を噤《つぐ》む。店の娘も鋭い眼光で余計なことを言うなとあからさまに俺を睨んでいた。

ローラン様は幽霊という言葉には興味をひかれたようだったが、結局娘の話は断り、俺が買おうとしていたムラサキ豆を半分に減らしてから金を払った。この豆は滋養強壮によく、冬に食べると体が温まって良いのに、煮ても蒸してもパサパサする食感が嫌いなのだ。が、本当に健康に良いので俺はどうしても食べてほしかった。

ローラン様が幽霊見物に行こうと俺を誘ったのは、その日の夜だった。まだ日が沈み始めたばかりの時間で、俺は思わず主人の美しい顔から窓の外へと視線をうつす。これは根拠のない考えだが、幽霊とは夜に会うより、昼に会った方が良いのではないか？

「あのこが言っていただろう、花が咲くのは夜だけなんだって。昼に見たことがあるけど、もし花が全部咲いているとしたらとても綺麗だよ。中には入らずに、花だけ見て帰って来よう」

「でも……」

豆を煮ながら、俺は渋った。幽霊なんていないと思うが、それとは別にして怖いか怖くないかで言ったら、怖い。万が一幽霊がいたとして、ローラン様をお守りする自信がない。

「大丈夫。もし幽霊が出てきても、私が蕗を守ってあげる」

ローラン様はそう言って俺の腰を抱き寄せたが、全く安心できなかった。

幽霊の花屋敷へ行くために、ローラン様はまずついてくると主張するウサギやネズミの類を説得しなければならなかった。しつこく付きまとわれ、俺の主人は困りきって「お前たち、デートの邪魔をしないでおくれ」と嘘までついた。ネズミやウサギにお前が相手なのかとばかりにじっと見つめられ、なんとなく睨み返しておく。我々の仲は悪かった。

なんとか獣どもを追い払い、ローラン様に手を引かれて王都への道を歩く。噂の花屋敷は橋を渡り広場を抜け、教会を右手に曲がった北部のはずれにあった。門構えは立派で、以前は高貴な人間が住んでいたのだろうことが窺《うかが》える。ローラン様の背から中を覗くと、俺は驚いて「あっ」と言ってしまった。

冬に入り、最近は特に寒さが厳しくなり始めたと言うのに、屋敷の庭にはまるでそこだけ春が訪れたかのように花が爛漫《らんまん》と咲いていた。美しい光景に、思わず見入ってしまう。ローラン様が門に近寄り、金属の柵の間から中を覗いて「綺麗だね。見事だ」と言った。

「見てごらん、ハネの花とモネの花は咲く時期が違うのに、一緒になって咲いている。きっとここでしか見られない」

何度も頷く。たしかに、人ならざるものの力がなければ見られないだろう光景だった。もっと中の方まで見てみたいと門に手を触れた瞬間だった。

前触れもなく金属でできた重厚な門が勢いよく中へ開く。とっさにローラン様を背に庇い、はぐれないように彼の手を握ろうとしたが、それよりも早く首筋や手首、腰や足に冷気をまとった青白い無数の手が群がり、旋毛風《つむじかぜ》のように俺の体を引っ張った。ものすごい勢いで体が引きずられ、庭の花々が蹴散らされていく。ローラン様は焦った様子で俺を追いかけた。

青白い無数の手は、どうやら屋敷の中へと俺を連れていきたいようだった。何枚もの扉がひとりでに開き、部屋という部屋を連れまわされる。放り投げるようにやっと体が解放されると、そこは誰かの寝室のようだった。ベッドや鏡台、クローゼットがある。乱暴にされたせいで、床に打ち付けられた体が痛い。あまりのことにせき込みながら手をついて体を起こすと、大きな物音を立ててローラン様が部屋へ駆《か》け込んできた。両手で肩を強く掴《つか》まれる。

「蕗！　ああ、良かった！　怪我はしてない？」

「はい」

滅多に見られないほどの剣幕に、あっけにとられながらこくこくと頷く。ローラン様は厳しく寄せた眉を一瞬緩めて、安堵したように息を吐いた。

「ごめんね、こんなことになるなんて、私が本当に馬鹿だったよ。幽霊屋敷など、来るべきじゃなかった」

凛々《りり》しい眉を下げ、ローラン様が心から後悔したように言う。俺は首を振って主人を抱きしめた。幼い頃から、落ち込む彼を抱きしめるのが俺の役目だった。

ローラン様は俺が怪我をしていないか体の隅々まで視診し、かすり傷のひとつもないことを確かめると今度は部屋を漁《あさ》ってちょうど良い武器がないか探し始めた。

まさか外から花を見るだけで襲われるとは思わず、物見遊山のつもりで来たので二人とも手ぶらだった。月明りを頼りに、屋敷の中を二人で並んで進む。途中マッチと燭台を見つけ、ローラン様が火を灯《とも》して手に持った。本当なら俺が先導したかったのだが、ローラン様が頑なに許さなかった。

武器を探すうちに、ここがかつて貴族の屋敷だったということがわかった。主人は若い女性で、使用人が何人かと、遠方に仕事へ行っている騎士の夫がいたらしい。女主人の部屋にあった日記を読んで、ローラン様は「あまり仲は良くなかったみたいだ」と言った。

一階の大きな部屋には、夫である騎士のものだろう壁にかかった剣が何本かあったので、それぞれに持つ。外に出れはしないかと扉や窓を開けようとしてみたが、どれもまるで釘《くぎ》で打ちつけたように固く、びくともしなかった。ローラン様は厳しい顔で俺の手を握った。

女のすすり泣くような声が聞こえたのは、その時だった。

顔を見合わせ、少し考えてから声の方へと足を進める。どうやら、声がするのは最初にいた二階の寝室のようだった。ゆっくりと中を見ると、そこには全身が青白い姿の女がいた。ぼんやりと薄明りを纏《まと》い、よくよく見ると体は透けて向こうの壁にかかっている絵が見える。女は丈の長いネグリジェを着ており、長い髪は背に流している。ちょうど寝る前のような格好だ。彼女は肩を震わせながらベッドの上にいた。周りには二人の侍女らしき女たちが立っており、彼女を慰めるためか背を撫でている。俺たちが何かをするより先に、彼女は急にこちらを見た。大きな目から涙が何粒も零《こぼ》れていた。

「誰なの？　わたくしの眠りを邪魔するのは」

可憐《かれん》な声だった。俺は答えようとするローラン様の前に出て、彼を背に隠した。

「不届き者ですわ、お嬢様」

「ならず者ですわ、お嬢様」

侍女たちが口々に女主人に答える。思わずかっとなる。俺だけならまだしも、ローラン様がならず者呼ばわりされるなんて、とても我慢がならない。言い返そうと身を乗り出した俺を、ローラン様の手のひらが後ろから抱き込むようにして止める。幽霊の女たちはしばらく彼女たちだけで話していたが、不意にこちらを見ると、ローラン様の顔を見てぴたりと動きを止めた。

しばらくの沈黙の後、侍女の幽霊がさっきまでならず者呼ばわりしていたのと同じ口で「旦那様ですわ、お嬢様」と言い始める。俺の主人の美貌《びぼう》は、幽霊にも有効なのだ。

「旦那様ですわ、お嬢様」

「旦那様ですわ、お嬢様」

「旦那様？　旦那様が帰っていらしたの？」

女がこちらを見る。彼女はローラン様をじっと見つめると、彼に向かって「旦那様？」と呼びかけた。ローラン様が「違う」と答える。正直なところが美徳だ。

「私はあなたの夫ではない。ここから出してほしい」

「まあ、そんなの嘘だわ。久しぶりに帰っていらしたのに、どうしてそんな意地悪をおっしゃるの？」

女は言って、またその大きな瞳から涙を流した。ベッドから降り、するすると滑るようにこちらへ来て、あっという間にローラン様に近寄ると、その白く華奢な手を彼の胸に当て、もたれるように身を預ける。阻もうとする俺の体を、女の手はあっさりとすり抜けて行った。比喩《ひゆ》ではなく、実際に。

幽霊といえど女は思わず目の覚めるほど美しかったが、俺の主人は顔色一つ変えなかった。

「旦那様、やっと帰ってきてくださって嬉しいわ。わたくし、ずっと待っていたの。ずっとよ」

女はそう言って青白い腕をローラン様の首にまわした。ネグリジェの袖が落ち、細い二の腕があらわになる。俺は彼女の後ろで「ローラン様！」「おい、触るな」「危ないです、逃げましょう」と必死になって騒いだが、幽霊たちは俺を見えないかのように扱った。本当に見えないのかもしれない。

嬉しさからか目じりに涙を滲《にじ》ませる女とは対照的に、ローラン様は冷めた表情で女を見下ろした。

「あなたの夫が帰ってこないのが誰のせいか、本当にわからないのか」

彼の背で怪しく動いていた女の手がぴたりと止まる。女は瞳を赤く濁らせながらローラン様の顔を見上げた。肌と肌が今にも触れてしまいそうだ。

離れていた侍女たちが音もなく近づいてくる。俺は剣を構えて彼女たちと主人との間に立った。どうか幽霊が剣で切れますように、と激しく祈る。

「……旦那様はいったい何をおっしゃっているの？」

ローラン様が女の細い肩に触れ、ゆっくりと突き放しながら答える。

「気づいていたはずだ。帰らないという手紙を、いつも誰が持ってくるか。夫の匂いが誰からするのか、たまに帰ってきた夫が、誰の部屋に行くのか」

彼がそう言った途端、二人いた侍女のうち、一人が歯をむき出しにし、長い爪で襲ってきた。剣で思い切りその腕を払う。

切り落とすつもりで振るったが、女の腕は鋼のように強靭《きょうじん》で、固い音を立てて弾かれただけだった。間髪を容《い》れず女に向かって剣を振りかぶる。切れはしないが、当たる。それがわかっただけで勇気づけられ、女二人を剣戟《けんげき》で追い払うと、俺はローラン様から女主人の幽霊を引きはがそうとした。が、女はものすごい力で俺の主人に抱き着いており、背に回した腕は獣のような爪で彼の服を引き裂いていた。その様子を見た突端、さあっと全身の血が足元に下がるのを感じた。

「うそよ、うそだわ。あの娘がわたくしを裏切るはずないもの。そんなことを言うなんて、旦那様はひどいわ」

「あなたはあの侍女の言いなりだった。私たちを最初に不届きなならず者だと言ったのも、あなたの夫だと言ったのも、全部彼女だ」

女の細腕に力が入り、ついにローラン様の背に血が滲む。俺はなりふりかまわず女の腕を引き離しにかかった。手首を掴み、渾身《こんしん》の力をこめる。が、びくともしない。そうしているうちに、追い払った女たちが廊下からずるずると音を立てて這い寄ってくる。俺は「ローラン様！」と主人の名を呼んだ。

「あの女になんと言われて私の蕗をひきずりこんだ？」

ぞっとするような声音だった。ローラン様は眉間《みけん》に皺を寄せ、燃えるような視線で女を睨んでいた。逞《たくま》しい腕が女を自分から引きはがす。女が悲鳴を上げて倒れこむ。その隙に、彼は胸元に入れていたマッチを出し、素早く擦って火をおこすと、足元に落ちてしまっていた燭台に再び光を灯した。燭台を持った手を高く掲げ、部屋の壁を照らした。

壁には、大きな肖像画が飾ってあった。

屋敷の主人である女と夫だろう騎士の姿が描かれている。しかし女の顔は黒く塗りつぶされ、異様だった。

その絵を見た途端、床を這っていた女たちが甲高い悲鳴をあげ、黒い煙に姿を変え瞬く間に絵の中へと吸い込まれていった。女主人も悲鳴をあげながらよろめき、ローラン様から離れていく。いつの間にか、美しかったはずの彼女の顔は絵と同じように黒くなっている。

俺はぞっとして、思わずローラン様の服を後ろからぎゅっと握りしめた。彼女は呻《うめ》きながらベッドへと倒れ、身もだえるように断末魔の声を上げた後、侍女らとは違い、弾けるように消えた。部屋中にかぐわしい花の香りが充満し、花びらが舞う。


屋敷を出ると、あれほど咲き誇っていた花々はまるで夢だったかのように枯れていた。夜は明け、空は隅の方から白み始めている。俺は頑なに握りしめていた剣を放り投げ、ローラン様の手を引いて門の外まで全速力で走った。走り続けて王都の中央広場まで来て、やっと息をつく。噴水や石畳が薄青色に光っているのを見ると、さっきまでのことは悪い夢のように思われたが、ローラン様の背中を確認すると、まるでそれだけが証拠のように服は破れ、ひっかき傷が残っていた。

「は、早く帰りましょう。傷の手当てをします」

「うん。蕗、お前が無事でよかったよ」

全然良くない。俺は大人げなくべそをかきそうだった。怖かったし、主人に怪我をさせたことが情けなく、全く危機感のないローラン様が苛立《いらだ》たしくもあった。

森に帰って、家で背中の手当てをしながらなぜあの幽霊たちを退治できたのか聞くと、俺の美しく賢い主人は笑って答えた。

「最初に入った部屋にだけ燭台がなかっただろう。寝室なのにおかしいと思ったんだ。見られると困るものがあるんじゃないかって。退治できたのは運が良かった」

天才なのか？　そんなこと、全く気づかなかった。

「あとは日記を読んで、あの侍女が主人を操っているのだと思ったから、鎌をかけてみたら当たっていた」

「もう絶対に幽霊屋敷など行ってはいけません」

背中の手当てを終え、ローラン様の正面に回って言う。彼の頬を両手で包み目を合わせると、彼の青い目が丸くなり、ついで嬉しそうに細められた。

ローラン様が幼少の頃からなにかを言い聞かせるときは必ずこうしているのだが、七つを過ぎたあたりからかえって喜ばれるようになってしまった。今回もローラン様は長い腕で俺の体を抱きしめると、ぐっと顔を近づけて頬ずりしてくる。体勢が崩れて倒れそうになったが、逞しい腕が支えてくれた。

「うん、もう絶対に行かないと約束するよ。幽霊屋敷など行かなくても、花が見たいなら月光百合の丘があるものね」

論点がずれているような気がするのは、気のせいだろうか？　釈然としない気持ちを感じつつ、確かにそうだと頷いた。


後日、持ち主を失い老朽化した建物を王都が管理するために花屋敷は取り壊される運びとなった。恐ろしいことに、工夫たちが屋敷を取り壊す折、花畑の下から夥《おびただ》しい数の白骨が出てきたらしい。庭の中央には騎士の鎧《よろい》をまとった白骨が埋まっていたそうだ。都の子供たちがきゃあきゃあ言いながら話しているのを聞き、冷汗がどっと出てきた。隣にいらっしゃるローラン様の外套を引きちぎらんばかりに握りしめる。一歩間違えば、俺もローラン様も花の下で骸骨《がいこつ》になっていたかもしれない。生きて帰ってこられて、本当に運が良かった。二度とこの方を夜間に外出させたくない。

日に日に寒さが厳しくなり、王都ではちらちらと雪の舞う日も出てきた。

俺はローラン様に綿を入れた外套やら毛糸で編んだ襟巻やらをこれでもかと着せ、ミトンのような手袋までさせた。ローラン様は「そんなに寒くない、茹《うだ》ってしまうよ」と文句を言ったが、経験上寒いよりは暑い方が良い。

雪の降る市場で干し肉や蜂蜜《はちみつ》、パンを買い込み、精肉店に狩った獣の肉を売る。ローラン様を見た店主の女房が「ローランの顔を見ると寒さも忘れてしまうわ」と言った。夏は暑さを忘れると言っていた。ローラン様がにっこりと微笑む。美しさの大判振る舞いだった。女房だけではなく、なぜか髭《ひげ》面《づら》の店主まで顔を真っ赤にしてとろけそうになっている。

ローラン様は片手にヤギの乳が入った瓶を抱えていた。大きな瓶なので重いだろうと思うのだが、へっちゃらの顔をしている。店を出ると振り返り、微笑みながらミトンをした手で俺の鼻の頭を擦った。

「赤くなっているね。早く帰って火にあたろう」

言いながら器用に片手で襟巻を外し、俺の首に巻く。ローラン様が巻くために編んだのだと言っても「子供は風の子」と断られてしまった。都合のいい時だけ子供のふりをする。

二人で今日の夕飯は何にするかを話しながら帰路につく。ローラン様は貯蔵庫に山のようにため置かれているムラサキ豆のことを知っているくせに、どうしても北ホク芋のシチューが食べたいと言い張った。北ホク芋は一か月で腐るが、ムラサキ豆は三年経っても食べられるので食糧としての格が違う。

森の入口に来たところで、異変に気づいた。

いつもは静かな場所なのに、妙に騒がしい。茂っているはずの草は何かに踏みつぶされ、地面にはいくつもの足跡や、車輪の跡がついていた。嫌な予感がし、ローラン様の手を握って踵《きびす》を返す。家にあるはずのシェード家の短剣が気にかかったが、それよりも早くここを離れたかった。

しかし、振り返るとすぐ目の前に男が立っていた。白地に金の刺繍《ししゅう》が入った立派な服を着て、腰に長剣を下げている。黒く長い髪を一つに結い上げた、切れ長の瞳の美丈夫だった。彼は俺とローラン様を見ると、後ろからやってきた数人の騎士たちに「見つけたと陛下に伝えろ」と告げた。

ばくばくと心臓が脈打つ。男がこちらを見て、一歩を踏み出した。

その瞬間、俺は手を伸ばし男の腰から長剣を抜くとローラン様を背に庇って構えた。男は不意を突かれ驚いた顔をしたものの、すぐに後ろにいた騎士から剣を奪い、俺へと切っ先を向ける。追従するように男の後ろにいた騎士たちが剣を抜いた。

「なんの真似だ？」

ローラン様が俺の手を強く握る。手袋の布はざらりとしていた。吐く息が白い。首の後ろが、緊張でぴりっと痛んだ。

「剣を下ろせ。我々はお前の敵ではない」

男は冷静に言ったが、全く信じられない。ここからどうやって主人を逃がせばよいのかを必死に考える。幸い、ローラン様はもう赤子ではない。この場面さえ切り抜ければ、賢いお方なのでお一人でも逃げられるはずだ。俺がすべきなのは一瞬の隙を作ること、そして足止めだった。剣を構えたまま、じり、と重心を傾ける。数秒の空隙。俺はローラン様を後ろに突き飛ばし、男へと打って出た。

金属同士が打ち鳴らされる激しい音。男は難なく俺の剣をいなし、柄を握った手を上へと動かして撥《は》ねのけた。ぐん、と下から持ち上げられるような感覚。相手の剣の上を滑らせるように刃を移動させ、地から足が浮かないように耐える。

男はめちゃくちゃに強かった。多分、順位づけるならこの森に棲《す》む熊と同じくらい強いだろう。俺はこの熊を生物最強だと思っていて、一度はなんとか逃げ切れたもののもう一度遭遇したら命を諦《あきら》める覚悟で暮らしてきたが、この男もそう思わざるを得ないほど強かった。切り結ぶ間に、あっという間に息が上がってくる。線は細いように見えるのに一撃が重い。よくよく見れば、繊細そうな印象は綺麗な顔に所以《ゆえん》するもので、首は太く、袖から伸びる手首にもしっかりと筋肉がついている。

俺は勝つためなら手段を選ばず、砂利を飛ばしたり男を思い切り足蹴《あしげ》にしたりしたが、決着はつかなかった。幸いなのは、男の後ろに控える騎士たちが戦いに加わることなく静観していることだ。俺だったら間違いなく参戦し数の利で勝つ場面だが、動こうとしない。噂に聞く騎士道なのか、もしかしたら勝ち抜き方式なのかもしれない。

「剣を納めろ。戦いに来たわけではない」

男は剣をいなしながら何度となくそう言ったが、俺は信じなかった。シェードの屋敷を焼き討ちにしたやつらは行儀よく開戦宣言などしなかったし、剣など一度も持ったことのない奥様まで殺した。そんなやつらが嘘をつかないわけがない。一瞬目の前を流れるように横切った男の長い髪を掴み、力の限り引き倒す。男が顔を顰め、力任せに剣を突き出した。切っ先が胸元の皮を服ごと切り裂いたが、構わずに全体重をかけて地面へと男を投げた。馬乗りになり、喉元《のどもと》に切っ先を突きつける。

その時だった。

「おお、セレスティナ、我が娘セレスティナに生き写しではないか！」

はっとして振り向くと、家の方に逃げたらしいローラン様の足元に、老齢の男が縋《すが》りついていた。いや、家から引き返して来たのかもしれない。ローラン様の手には先程までなかったはずの長弓が握られていた。彼の足元にしがみつく老人は、身に着けているものからそうとう高貴な身分だとわかる。

セレスティナ。セレスティナ・シェード。奥様の名だ。奥様を娘と言った。俺は呆然《ぼうぜん》とし、組み敷いていた男を放り出して主のもとへと走ろうとした。が、男はそれを許さなかった。後ろから腕を掴まれ、地面に組み伏せ首元に剣を突きつけられる。

「おお、許しておくれ。わしが悪かった。わしが間違っていたのじゃ」

ローラン様の足にしがみつき、白髪の老人が嗚咽《おえつ》を漏らす。彼らの後ろにはまた大勢の人間がいた。騎士たちとは違い、深緑色のローブを身にまとっている。中でも身分の高そうな、銀髪の男が進み出る。彼は口元に笑みを浮かべてローラン様の前に跪《ひざまず》いた。胸に片手をあて、雪の積もった地面に片膝をついて頭《こうべ》を垂れる。

「お初にお目にかかります。私はシンディオラ国宰相、セディアスと申します。こちらは我が主君、シンディオラの国王陛下でございます」

「国王陛下……」

ローラン様が戸惑った声を出す。彼は足元の老人から目を逸《そ》らし振り返ると、引き倒され首元に剣を突きつけられた俺の姿を見て顔を真っ青にした。眉が逆立ち、口の端が震える。

「蕗に何をする！　その手を放せ！」

黒髪の男は答えなかった。視線だけで宰相と名乗った男に指示を仰ぐ様子を見せる。銀髪の男はローラン様に無視された形になったことにやや驚き肩をすくめたものの「放してあげなさい」とこちらに指示をした。剣が下げられ、乱暴に投げ捨てられる。頬を地面にぶつけたが、構わずすぐに立ち上がってローラン様のもとへ走った。

近づくと彼の手が痛いほどに力を込めて俺の手を掴んだ。口端に笑みを浮かべたセディアスがローラン様へ声をかけた。

「手荒な真似をしたことをお許しください。が、我々はあくまでも身を守っただけだとご理解いただきたい。殿下の従者は少々気が荒いようですね」

ローラン様は俺を背に庇いながら警戒心あらわにセディアスを見た。

「殿下だと？　それは私のことを言っているのか？」

「いかにも」

セディアスはにっこりと笑った。

「あなたは国王陛下の末娘であるセレスティナ姫の忘れ形見。このシンディオラに唯一残された、直系の血をひく男児であらせられます」

騎士たちに手を貸されて立ち上がった老人が「わが孫よ」と震えた声でローラン様を呼ぶ。その瞬間、そこにいた王以外の人間が全員跪き、頭を垂れた。雪の降る日のことだった。


国王がローラン様と話をしたいと言い、乗ってきた馬車に二人が乗る。俺は騎士の一人に連れられ、森の家の方へ連れてこられた。

騎士は柔らかそうな茶髪の優男だった。彼は家の裏手まで来ると、周囲をちらっと確認すると胸元から包みを出して俺に握らせた。重い金属の感触。見上げると、柔和な顔が人好きのする笑みを浮かべる。

「手切れ金ってことで。金貨五十枚入ってるから、これでなんとか納得してもらえませんかね」

袋はそれだけで高価そうだった。朱色の生地に細かく金の糸で刺繍が入っている。それを見ているうち、ふと自分の口の中に砂利が入っていることに気づいた。顔を地面に打ち付けた時に入ったのだろう。ぼうっとしている俺を不審に思ったのか、騎士が「おーい？」と言いながら目の前で片手を振る。俺はのろのろと顔を上げて言った。

「ローラン様と話がしたいです。会わせてください」

転んだ拍子に切れたのか、唇が腫《は》れて話しにくかった。

「ああ～、うん、わかるよ」

騎士は目を閉じ、腕を組んで頷いた。

「そうだよね。俺の母親もそういうタイプ。王妃様付きの女官なんだけどさ、長年貴い人の傍にいると勘違いしちゃうよね、自分も特別だって」

よく喋る男だった。身振りも大きく、彼の手のひらを見ていると目が回った。

「でもさ、残念ながら俺の母親はただの女官だし、あんたは下級貴族に拾われただけのみなしごなわけ。ていうか、ここで話してられるのも破格の扱いなわけですよ。知って……ないよね、あんたが髪を引っ張って地面に転がしたお人、オルランド騎士団長様は王妃様の甥御《おいご》で、王室の外戚《がいせき》なんですよ。本当なら腕を切り落とされたって文句は言えない立場なの、わかります？」

「ローラン様に会わせてください」

茶髪の男は目をぱちぱちさせた。しばらく俺をじっと見つめていたが、大きなため息をつくと片手を額に当てて首を横に振る。もう片方の手が肩まで上がり、あっちへ行けといわんばかりに上下した。

「ごめん、はっきり言うね。そのお金でもう二度とあの方に会わないって約束してください」

「……なぜ？」

「あんたみたいなのがくっついてくると、面倒だっていうのが宰相閣下のお考えだから」

腰に両手を当て、男はまたため息をついた。握らされた袋を見る。金貨五十枚。贅沢に暮らしても十年は生きられる金だ。

俺みたいなのがくっついてくると、面倒なのだという。くっついてくるというのは、多分王宮にという話だろう。彼らの言う通り、奥様が王家の末姫で、ローラン様が国王の孫だと言うなら、当然彼は王宮で暮らすことになる。

まったく想像のできない話だった。急に目に涙が滲んでくる。俺はあわてて目元を押さえ、気合で涙を止めた。もう三十一の良い大人なので、人前で泣くなんて恥ずかしくてとてもできない。手は雪と泥にまみれていて、ついていた汚れが顔にうつったのがわかった。

「王宮では、ローラン様は安全に暮らせますか？」

「もちろん。そのためにいるのが我々騎士団ですから」

王都に常駐する騎士団の詰め所には何度か行ったことがあり、顔見知りの騎士もいる。彼らはみな善い人間だった。それに、さきほど剣を交えた黒髪の男は信じられないほど強かった。まだ剣を受けた手が痺れている。あれほどの男がローラン様を守ってくれると言うなら心強かった。

俺の脳裏には、あの日、十六年前のあの日、火の手が上がった屋敷で赤子を俺に託した旦那様の顔が浮かんでいた。いつも優しく微笑んでいた方だったのに、あの日は焦っていて、頬は煤《すす》で汚れ、胸元には鮮血が滲んでいた。俺の手に赤子を託し、逃げろと叫んだ。

あの方の言葉に従って、今まで逃げてきた。朱色の袋に落としていた視線を、目の前の騎士に戻す。彼は無表情で返事を待っていた。

「悪いんですけど、この家にも戻ってこないでくださいね。多分、取り壊すんで。あの方には王宮を家だと思ってもらいたいんですよ」

頷く。旦那様は、こうなることをわかっていただろうか？　自分の妻がシンディオラの姫君だということは、もちろん知っていたはずだ。だとすれば俺の仕事はローラン様を無事に王宮までお届けすることで、馬鹿な俺がよくわかっていないがために十六年も無駄にしてしまったのかもしれない。自分の愚かさに死にたいくらい落ち込む。とてもローラン様に合わせる顔がない。本当なら蝶よ花よと育てられたはずのお人に、よりによって俺は薪割りや洗濯までさせていたのだ。

唇を噛《か》んでなんとか心の整理をつけると、旦那様からローラン様と共に託されたシェード家の短剣を家から持ち出し、騎士にローラン様へ渡すよう頼む。そのまま、ローラン様の乗っている馬車に背を向けて歩いた。

森を出た俺は王都の宿屋へと向かった。ちょうど昼休憩が終わったところらしく、女将は忙しそうにしていたが、勝手口にいるのが俺だとわかるとわざわざ作業を中断して出てきてくれた。濡れた手をエプロンで拭きながら笑う。

「フキちゃん。こんな時間に珍しいわね」

言ってから、泥だらけの俺の顔に気づいて目を丸くする。彼女のふくよかで温かな手が頬の泥を拭ってくれた。

「まあ、怪我しているわ。いったいどうしたの？　ローランは？」

「王都を離れることになったので、挨拶に来ました」

口早に言って、女将に金貨を十枚押し付ける。彼女は突然渡された大金に言葉を失っていたが、はっと真剣な顔になると「ちょっと待ってて」と言い店の奥へと入った。

戻ってきた彼女の手には小ぶりの茶色い鞄《かばん》があり、中にはパンや干し肉が入っていると説明された。俺の手を取ってしっかりと鞄を抱かせながら、女将が言う。

「事情があるんだろうから、何も聞かないわ。でも、いつでも戻ってきていいのよ。いつだってフキちゃんなら大歓迎だもの」

彼女が俺の手をぎゅっと握る。乾燥と水仕事でざらついているが、柔らかな手だった。遠い記憶の中で「車に気を付けてね。信号がちかちかしたら渡っちゃだめよ」と話す女の人と同じだ。俺は急にここを離れがたいほど恋しく思ったが、短く頷いてなんとか別れの言葉を言った。

大家にも挨拶に行った。森の家が取り壊されることは知らないようだったが、俺が家を出て行くと告げると彼はふんと鼻を鳴らして「せいせいする」と言った。

「いつ出て行くのかと思っとったわ」

「最後に買い出ししてきます。体に気を付けて、困ったことがあったら女将や騎士団の人に相談してください」

小麦粉や酒、砂糖や塩を何往復もして大量に買い込む。その間、老人は一言も話さなかった。買い出しを終え、俺が椅子に座っている彼に近づき袋から出した金貨をテーブルに置くと不機嫌そうな声が「いらん」と言う。

「わしを貧乏人だと思っとるのか？　そんな金はいらん。家賃だってそうだ、金がないなら、家賃なんて払わなくてもいいから、あそこにいろ」

老人はいつもと同じように椅子に座り、窓の外を睨んでいた。腰が悪いのだ。冬は気温が低くなるせいで特に痛むらしかった。でも、幼いローラン様が甘えて膝に乗りたがると文句を言いながらも抱き上げてくれた。

俺は急にさみしくなって、そのさみしさはもうとても耐えられないほどで、思わず老人の足元に座り込んで彼の膝かけに顔を押し付けた。肩が震える。老人は馬鹿だとかあほだとか、俺を散々にののしりながら皺だらけの手で頭を撫でてくれる。

老人の手のひらを感じながら目をつむると、最後に見たローラン様の姿が目に浮かんだ。足の悪そうな国王に手を添えながら馬車に入っていく後姿。あれが最後になるなら、今日の夕飯は北ホク芋のシチューにすると言えば良かった。そうすれば、きっと喜ぶ顔が見られたのに。

それから三日後。俺はネズミと旅をしていた。

俺は旅に出ていた。

ローラン様と離れ、一人になったばかりの時は自分が何をしたらいいのかわからず、宙に放り出されたような気分だったが、すぐにするべきことを思い出したのだ。

アーシャだ。かつて王都へ逃げる道でローラン様に乳をくれた女。彼女にまだ恩を返していない。

宿屋の女将と大家に金貨を十枚ずつ置いてきたので、手元には三十枚の金貨がある。これをアーシャに届けよう。

当然、旅は一人でするつもりだった。が、荷馬車の後ろに乗せてもらうと、不意に横になにか小さなものがいることに気づいた。見ると、それはネズミだった。灰色の毛皮に、小さな桃色の手足。首には青く光沢のあるリボンが巻かれている。ローラン様の友だちだ。ネズミの見分けがつかない俺のために「青いのがジョンだよ」と目印をつけてくれたのだった。小さい頃にお好きだった絵本になぞらえたのだった。

俺は眉を寄せ、ネズミに向かって「おい、ついてくるのはやめろ」と言った。人目を気にして小声だった。が、ネズミは俺に向かって配慮もなく大きな声でチューチュー鳴く。後ろ足で立ち、前足をしきりに動かしている。なにかを伝えようとしているのだろうとしばらく見守ったが、何を伝えようとしているのかは全くわからなかった。

その時点で、王都まで大人の足で一日ほどの距離に来ていた。放っておいたら、家に帰りつくまでにこの小さな獣の一生は終わってしまうかもしれない。

ローラン様の友人を見捨てられない。俺は仕方なくこのネズミを摘まみ上げ、外套のフードの中に放り込んだ。

十六年前に会っただけの女の行方を探すのは、想像以上に骨が折れた。俺は彼女と別れた場所を正確に記憶していて、そこで手あたり次第、虱潰《しらみつぶ》しにアーシャの行方を聞いて回ったが、そんな昔にいた赤毛の女など、誰も覚えていなかった。

意気消沈しつつ、その日の宿を取る手続きをしていると、カウンターの向こうにいた主人が思い出したように言った。

「そういえば、魔女がここへ来たのもそれくらいだったな」

「魔女？」

男が頷く。恰幅《かっぷく》がよく、顎にも肉がついているので、顔を動かすと連動して肉が揺れた。

「この村から少し離れたところに湿地があるんだが、ちょうどそれくらい前から女が居ついていて、妙な術を使うんで魔女って呼ばれてる」

彼は「魔女なら何かわかるかもしれないな」と言った。話を聞くと、彼は魔女が十日後の天気までわかると思っているらしい。眉唾《まゆつば》な話だったが俺は頷き、前払いの料金を払った。

冬の旅は厳しかったが、つらくはなかった。俺は桶《おけ》いっぱいの湯をもらい体を簡単に拭くと、ついでにネズミの足も拭いてやって、体が冷めないうちに毛布にくるまって目をつむった。ネズミはチューチュー言いながら俺の服を引っ張ったり、毛布をつついたりして騒がしかったが、無視すると諦めたのか静かになった。

王都からは何も持ってこなかった。気がかりと言えば買いだめしていたムラサキ豆をはじめとする食糧くらいだが、あの騎士たちがなんとかするだろう。俺と同じくらいに家のことをわかっているローラン様も食べ物を粗末にする方ではないので、心配しないことにした。

寝ようとすると、決まって思い出すのはローラン様の声だった。旅に行こうと俺を誘う声。もう二度と聞けないのだろうか。考えるとつらくなるので、目を強く瞑《つぶ》った。

次の日さっそく魔女の家を訪ねることにした。ローブを着込んで宿を出ると、外は雪が降っていた。獣は裸足なので、雪の上を歩くのはつらかろうとフードに放り込んでおく。しばらくもぞもぞ暴れていたが、ややするとちょうどよい場所を見つけたのか動かなくなった。

宿屋の主人に教えてもらった道のりを、湿地に向かって歩を進める。しばらくすると教えられた通りにレンガ造りの洋館があるのが見えた。玄関に立ち、獅子《しし》を象《かたど》った金色のベルを鳴らす。戸が開くのを待っていると、どこからかしゃがれた声が「入りな」と聞こえてきて、錠の開く音がした。

扉を押し開いて中へ入ると、屋敷の中は暖かかった。窓は少なく、雪なのもあり全体的に薄暗いが点々と置かれた蝋燭の火で陰鬱《いんうつ》な雰囲気はなかった。

入ってすぐのところに大きな暖炉があり、暖炉の前にある椅子に、女が座っていた。彼女の顔を見て、俺は目を丸くして「アーシャ」と名を呼んだ。

アーシャは俺を覚えていなかったのか、怪訝《けげん》な顔をしていたが「十六年前、赤子に乳をもらった」と説明すると合点がいったようで、表情をほころばせた。

「ああ、あの時の子かい。よくここがわかったね」

俺はフードを脱ぎながら彼女に近寄った。聞いてもわからないはずだ。赤毛だったはずの彼女の髪は、染粉でも使っているのか鈍い金色になっていた。

「あの時はありがとう。遅くなったけど、お礼をしに来た。受け取ってほしい」

胸元から朱色の財嚢を出し、彼女に渡す。彼女は記憶よりやや皺の増えた手で袋を受け取ると、中を見て「まあ、随分な大金じゃないか」と言った。

「十六年も前にただ赤子に乳を飲ませてやっただけの女に、こんな金を渡すのかい？」

「うん」

俺は頷いた。

「すごく有難かったから、ずっとお礼がしたいと思っていた。渡せて嬉しい」

アーシャは俺を椅子に座らせると、温めたヤギの乳を飲ませてくれた。大きな砂糖を三つも入れてもらったので、すごく甘い。向き合ってみると、会った時は若くはつらつとした雰囲気だった彼女は、十六年の時を経て落ち着いた女性になっていた。髪を一つに編み込み、ゆったりとした黒のドレスを身にまとっている。俺は彼女に「あなたは魔女なのか？」と聞いた。アーシャがコップから口を離しておかしそうに笑う。

「あたしが魔女かって？　面と向かって聞かれたのは初めてだね。ええ、そうだよ。魔女なの」

「魔法陣を描いて、魔物を呼んだりするの？」

かつて戦った巨大なカエルを思い出しながら聞く。アーシャは弾けるように笑って首を振った。

「まさか！　そんなことはしない。あたしがするのは、薬を作ったり、占ったりすることだけ」

そうなのか。魔女の作る薬には興味があった。俺が質問すると、彼女は薬に使うというヤモリの足や、ムカデの心臓、乾燥させたオオウシガエルの舌を見せてくれた。擂《す》り潰《つぶ》し粉末状にして使うらしい。絶対に飲みたくない。

アーシャと話すのは楽しかった。時間があっという間に過ぎ、彼女は俺に夕飯をごちそうしてくれた。出てきた豆のスープを、懐かしい気持ちで食べた。俺が会った時と髪の色が違うせいで探すのに苦労したと話すと、彼女は笑って「似合っているだろう」と言う。頷きながら、前の赤毛も綺麗だったと言うと変な顔をした。

彼女の家は居心地が良くて、おまけに俺は特に何の予定もあるわけではなかったので、気づけばあっという間に一週間も過ぎていた。

その朝目を覚ますと、いつもは大釜《おおがま》でなにかを煮ているアーシャが台所で困った顔をしていた。俺は普段通り顔を洗ってから一階に降り、ネズミをポケットに放り込んでアーシャに朝の挨拶をした。

「おはよう、アーシャ」

「フキ、おはよう。ああ、困ったね」

「なにが？」

聞きながら、勝手知ったる他人の家で棚から乾燥ムラサキ豆を出し温めたヤギの乳をかける。ローラン様が忌み嫌う料理のうちの一つだが、俺は簡単で気に入っていた。

アーシャは額に手を当てて首を振ると「いつも宝石を掘りに行く洞窟《どうくつ》に、出たんだよ」と言った。

「出たって何が出たの？」

牛乳を吸って膨らむ豆を木の匙《さじ》で混ぜながら聞くと、アーシャは苦り切った声で答えた。

「魔物さ。チオンジー。人を食う厄介なやつだよ。ああ、困ったね。宝石が採れないんじゃ仕事にならない」

彼女は大きくため息をついて、どかりと椅子に座った。

アーシャの仕事は主に星占いで、星占いには宝石を使う。大きさは必要なく屑《くず》石で十分なのだが、一度使うと輝きを失ってしまうので数が要った。

宿賃代わりに薪を割ったり、掃除をしたりしていると、ちょうど洞窟の様子を見に行っていたアーシャが帰ってきた。口元しか見えないほど大きなローブを脱ぎ、腰を押さえながら椅子に座る。

「どうだった」

聞けば、やはり間違いなく魔物がいるので一番近くにある騎士団の詰め所へ退治してくれるよう頼みに行ってきたという。

温めたミルクに彼女の好きな果実酒を小さじ三杯入れる。コップを差し出すと、アーシャは受け取りながら「だめだね」と言った。

「ここらの下っ端騎士たちには荷の勝ちすぎる相手だよ。せっついて死なれでもしたら寝覚めが悪いしね。別の洞窟を探すしかない」

洞窟に居ついてしまった魔物は人を食うらしい。アーシャ曰《いわ》く、大きな猫の全身に鋭い棘《とげ》が無数についている魔物だという。想像するだけでこわい。

彼女は手持ちの宝石を数えながら、別の洞窟の近くに居を移さなければならない、と話した。

「あんたも来るかい？」

「えっ？」

聞かれて、思わず戸惑ってしまった。たしかに随分長いこと世話になったが、彼女にくっついて引っ越しまでするのは変な気がした。返答に困っていると、アーシャは白い歯を見せて笑う。

「なんだ、いつまでもいるからてっきり弟子になるつもりかと思ったよ」

魔女の弟子になったら、いずれは魔法使いになるのだろうか？　それは少し面白そうだった。考えてみれば、別にしなければならないことも、することもない。ここを出ればまた根無し草に戻るのだし、だったらアーシャと一緒にいた方がマシなのかもしれない。

頷こうとした俺の手を、突然激しい痛みが襲う。見ると、ネズミが指を噛んでいた。思わず振りほどいて睨みつけると、ネズミは青いリボンを揺らしながら必死に首を振っている。アーシャが「ジョンは反対みたいだね」と言った。


午後は釜の掃除をした。晴れていて天気が良かったので、釜を外に運び桶に汲《く》んだ水をかけながら内側をたわしで擦る。アーシャは中で作業していたが、一段落すると外へ出てきた。庭先で本を読みたいと言うので、揺り椅子を運んでやる。彼女は眼鏡をかけ、ひざ掛けを持って座ると、ゆっくり揺れながら本を読み始めた。

「そういえばあんた、王都にいたんだってね」

頷く。擦っていると、焦げが取れだして泡が黒く汚れてきた。中を濯《すす》ぐため地面に水を捨てる。足元に水たまりができ、傍で腹を上にして寝ていたジョンが飛び跳ねた。そのまま水たまりに突っ込もうとするため、摘み上げて移動させておく。

「都では何をしてたんだい」

「薬草を売ったり、獣の肉や毛皮を売ったりしていた」

「あんたが抱えてた赤ん坊はいくつになった」

今日はずいぶん質問が多い。振り返ると、彼女はもう本を読んでいなかった。膝の上に伏せて置いている。俺は額に滲《にじ》み始めた汗を拭いながら答えた。

「十六だ」

アーシャが椅子をぎこぎこ揺らしながら「十六か、もう立派な男だね」と言う。釜へもう一度桶の水を入れて泡を洗い流しながら、俺はローラン様について久しぶりに思い出すことを自分に許した。別れた時、彼の目線は俺と同じくらいで、手のひらは少し大きいほどだった。まだどんどん大きくなると自分で言っていたが、あれからもう背は伸びただろうか。

「あの赤ん坊とずっと暮らしてたんだね、苦労したろう」

苦労じゃなかった。そりゃ、最初の頃はシェードからの迎えを心待ちにしていたし、迎えが来ないと悟ってからも、もし奥様や旦那様が生きていれば、と考えることはたくさんあった。しかしローラン様の世話を嫌だと思ったことは一度もなかった。

俺は今でも、あの方を腕に抱いて揺らしながら夜を過ごしたいと思うことがある。

「苦労して育てた子を奪われるなんて、かわいそうにね」

たわしを持つ手が止まる。俺はアーシャを振り返った。彼女は俺をまっすぐに見つめて、微笑んでいる。

「……奪われたなんて、思ってない」

「奪われたも同然じゃないか。急に大勢で家に押し掛けてきて、身分を笠《かさ》に着てあんたを追い出した。金だけ渡してさ」

「金を誰からもらったかなんて、アーシャに話してない」

「悪いね、フキ」

椅子からゆっくり立ち上がり、アーシャが近づいてくる。足元でネズミがせわしなく鳴いている。

「詰め所に行ったら、胸に傷のある、フキって名前の黒髪の若い男を知らないかって聞かれたもんだから、正直に話したんだよ」

彼女の視線は俺の胸元を見ていた。ローラン様と別れた日、騎士団長だという男につけられた傷だ。水仕事をするから、濡れるのが嫌で上の服は脱いでいた。

騎士団が俺を探しているのか？　戸惑ってアーシャの顔を見つめる。その時、背後からがしゃん、という音が聞こえた。

はっとして振り向くと、遠くに馬に乗った騎士の姿が見えた。剣の鞘が馬具に擦れる音だ。迷っている暇はなかった。俺は足元にいたネズミを掴むと大釜から飛び出し、地面に置いていた服だけを持って靴も履かずに駆けだした。

よくよく考えれば何も悪いことはしていないのだから逃げる必要もないのだが、とにかく逃げたかった。俺にとって騎士という生き物は（カエルや幽霊ほどではないが）嫌な記憶と強く結びついていて、関わりたくなかったのだ。後ろからアーシャが大きな声で「ごめんねえ、フキ！　元気でねえ！」と叫ぶ声が聞こえる。その声を受けてか、馬のいななきと、騎士たちの「いたぞ！」「逃げた、捕まえろ」と叫ぶ声がした。

運よくここは湿地で、馬が走るのに向かない。おまけに少し行けば深い森があり、ほとんど俺のフィールドだと言って良かった。

深い茂みに隠れ、ようやく服を身に着ける。握っていた手から落ちたネズミはまるで「潰されるかと思った」とでも言うように肩で息をし、ぐったりしていた。桃色の舌がまろび出ている。

しっかりと服を着こみ、周囲を警戒しながら森を進む。半刻ほど歩くと道は行きどまりで奥に洞窟があるのを見つけた。経験上、こういう洞窟には近寄らないのが賢い。後戻りしようと振り向いたところで、やはり金属の擦れる音と騎士らしき男たちの話す声が聞こえた。反射的に洞窟へ飛び込み、岩陰に隠れながら暗がりの中で息をひそめる。ネズミはいつの間にかポケットの中に入り込み、警戒するように鼻をひくひくさせた。

(なんで俺を探しているんだ?)

考えなしに逃げてしまったが、場合によっては、素直に姿を現すべきなのかもしれない。たとえば、ローラン様が熱を出してヒナ桃蜂蜜が食べたいと言っているとか。レシピが知りたいなら、出て行くべきだろう。あの方は意外と頑健で熱を出しても一晩寝れば治るのだが、夜の間はずっとぐずって我がままを言う。俺はポケットのネズミに向かって小声で「出て行った方が良いと思うか?」と聞いた。ネズミがこちらを見上げる。

その時だった。不意に、後ろになにか大きな気配を感じる。自分以外の、なにか大きな存在が息を吸って、吐く音。生温かく、湿った空気。全身が強張《こわば》る。ポケットの中のネズミが、何を見たのか「チュー!」と絶叫した。

ネズミの声を皮切りに、弾かれたように走る。俺の足が地面を踏み抜いてほとんど転げるように体を前進させるのと同時に、後ろから咆哮が轟《とどろ》いた。音圧でうなじの毛が揺れる。

洞窟を飛び出て、無我夢中で走った。方向転換で時間を使うと間違いなく追いつかれるので、岩や低木に構わずひたすら直進した。全身が緊張し、頬が風に当たる感覚を痛いほど感じる。洞窟から追いかけてくる何かの足音は荒々しく、すぐ後ろにあった。その生き物が踏みつぶすのか、枯れ枝や低木の折れる音が絶え間なく聞こえた。

チオンジーだ。

直感的にわかった。アーシャが言っていた、洞窟に巣食う人食いの魔物。全身に棘の生えた大きな猫。捕まったら食われて終わりだと必死に走っていると、木々の密集していた視界が急に開けた。

と思うと、そこにはあれほど避けていた騎士たちが、五、六人固まって立っていた。馬から降り、何かを話していたようだ。一瞬、脳裏に悪い考えがよぎる。このまま走って、やつらを囮《おとり》にして逃げようか? 六歳から九歳までの間に、俺は自分の代わりに食われるウサギや鹿を死ぬほど見てきた。が、どういう倫理観なのか自分でも不明だが、気づけば俺は彼らに向かって叫んでいた。

「逃げろ!」

声と同時に、俺が何に追われているのか気づいたのだろう、騎士たちが剣を抜く。俺は彼らの中央を勢いよく駆け抜けた。馬たちが敏感に危険を察知し、いなないて暴れる。そのまま前に進もうとした俺の背後で、誰かの悲鳴が聞こえた。

絶対に振り向きたくない。もし後ろで今まさに誰かが食われているんだとしても、それは俺の恩人ではないし、奥様でも、旦那様でも、もちろんローラン様でもない。はっきりと姿は見ていないが、アーシャが「騎士団の手には負えない」と言っていた獣だ。俺がなんとかできるわけがない。振り向いたって、もろとも食われて死ぬだけだ。

そう思うのに、やはり体は急ブレーキをかけ、後ろを振り向いていた。

化け物だ。アーシャの言っていた通り、大きな猫の全身に、無数の棘がびっしりと生えている。そのうえ思っていたのよりずっと大きいし、爪は鋭く、口には牙《きば》が生えている。想像の五百倍こわい。チオンジーは今まさに騎士の一人を食おうとしていた。既に爪で攻撃されたのか、騎士は血を流して倒れている。

俺はこれでもかというくらい一生懸命走って、助走をつけるようにしてチオンジーにとびかかり、その横顔を思い切り蹴飛《けと》ばした。化け物の棘は鋭く、足裏から甲までを一気につらぬいた。激痛に食いしばった歯から息が漏れ眉が寄ったが、そのまま身動きが取れなくなることの方が恐ろしく、体を一本のばねのように伸び縮みさせ、地面に手をついてむりやり棘から足を抜いた。鮮血が宙に散り、地面に倒れこむ。ちょうど食われかかっていた騎士の隣へ転げ、地面に彼の剣が落ちているのが見えた。頭で考えるのより先に剣を握って飛び起きる。

化け物は鋭くこちらへ走ってきた。迎えうつように剣を横なぎにして、顔面を切りつける。突進された勢いを利用し、後ろに飛びのいて距離を稼いだ。

攻撃が気を引いたのか、今や化け物は俺しか見えていないようだった。

恐怖と緊張に、呼吸が荒くなる。が、命の危機に瀕《ひん》して五感は鋭敏になっていた。騎士の一人が助けを呼ぶと言って場を離れるのが見える。もう一人は俺の後ろに倒れていた男を引きずって離れた場所へ連れて行った。彼も怪我をした仲間を安全な場所へ置きこちらへ戻って来ようか迷っている様子だったが、彼が決断するよりもチオンジーが動く方が早かった。

騎士の剣は太く長い。重く扱いにくいが、その分丈夫で、必要な筋力さえあれば斬撃と打撃の両方に使いやすい。下から振り上げるように、チオンジーの前足から首筋までを切り上げる。化け物の棘は金属でできているかのような音を立てながら剣とぶつかり、何本かが折れて地面に落ちた。

チオンジーの方もやられてばかりではない。大きな口を開けて襲いかかったり、鋭い爪を振り下ろしたりされ、俺はあっという間に満身創痍《まんしんそうい》になった。とくに前足での攻撃は厄介で、それは足にもびっしりと棘が生えているからだった。爪が掠《かす》るたびに棘もまた肉を刺し、深く抉《えぐ》った。

戦況は悪かった。俺は今にも倒れていっそ死にたいくらいなのに、化け物ときたら血の匂いに興奮しているのか、どんどん強くなる。疲れ知らずだ。その上、体の大きさが俺の数倍もあるので一撃一撃が馬鹿のように重い。

もしかして、俺はここで化け物の餌になって死ぬ運命なのかもしれない。走馬灯か、かつて俺を食おうとしてきた獣たちが脳裏に浮かぶ。野犬、オオカミ、熊、蛇、あとはなんだっけ？　思考とは別に体が動き、大きく開いた獣の口を剣で受け止める。がちんという重い音がして、衝撃に腕がびりびりと痛んだ。

その時、馬のいななきと共にどこからか飛んできた矢が化け物の体に深く刺さった。矢はよほどの名手が打ったのか、夥《おびただ》しく生えたトゲの合間を射抜き、肉に突き刺さっている。チオンジーは低く唸ると、俺から視線を外し、矢が飛んできた方向へと勢いよく駆けていく。

見ると、そこには弓を構えた見覚えのある男がいた。高い位置で結い上げられた長い黒髪。白地に金の騎士服。

氷肌玉骨《ひょうきぎょっこつ》で体格の良い騎士団長は自分に向かってくる化け物を見据えながら、余裕のある態度で弓を下ろし、腰から剣を抜いた。大きな音がして、剣と化け物がぶつかる。彼は弓を背負い、片手で器用に手綱を引きながらチオンジーを斬りつけた。

助けとは、この男のことだったのか？　あれほど重い化け物の攻撃を悠々と片手でいなす騎士団長を呆然と見ていたが、はっとして立ち上がる。体は鉛のように重い。ポケットを確認すると、中にはちゃんとネズミがいてぶるぶると震えていた。

幸い、動けなくなるほどの怪我ではない。体を翻してその場を離れようとすると、後ろから声がかかった。

「待って！」

聞き覚えのある声に振り向くと、茶髪の騎士がいた。俺に金貨五十枚を渡した男だ。彼は焦ったような顔をして俺を見ていた。

「フキ殿、先日の非礼を詫《わ》びます。どうか我々の話を聞いてほしい。待ってください」

それはこの場面で逃げるよりも大切なことなのか？　激しく疑問に思ったが、先日の態度が嘘のように下手に出られると、かえって申し訳ないような気持ちになり、思わず足が止まる。俺は化け物をしきりに気にしつつ「話ってなんですか？」と聞いた。が、茶髪の騎士は眉を下げて化け物と戦う騎士団長の方を気にしてなかなか話そうとしない。

「あの、話がないなら行ってもいいですか？」

気が逸って聞くと、男は首を横に振った。

「待ってください。話はオルランド団長からありますので」

俺は化け物と戦う男をちらりと見た。戦い始めて既に大分経っているが、決着はついていない。チオンジーの攻撃はやり過ごしているのだが、反撃の隙が見つからないようだった。助太刀した方が良いのか悩んだが、俺より明確に彼の味方である茶髪の男が動かないので、時間をかければ勝てるのだろうと判断する。

それでも危険な場所に身を置き続けることに抵抗を感じ、貧乏ゆすりを耐えながら「あなたは話の内容を知らないんですか？」と聞いた。

「知っていますが、殿下よりオルランド団長が勅命を受けています」

「殿下？」

「ローラン殿下です」

そこで初めて、俺は茶髪の男の顔をまともに見た。色の白い男だ。髪と同じ色のやや太い眉の下にある目は人より垂れ目がちだった。オルランド騎士団長と同じ白地に金の騎士服を着ており、表情は厳しい。

騎士たちはローラン様の命令で来たという。ポケットからネズミが顔を出し、しきりに前足で俺の太ももを叩いた。

「ローラン様が、俺を連れて来いと言ったんですか？」

茶髪の騎士は言いよどんだが、仕方ないという風に肩を落とすと「はい」と答えた。

「我々があなたを遠ざけたことを知り、お怒りになってもうひと月も断食しておられます」

「ひ、ひと月!?」

驚いて声がひっくり返る。俺がローラン様から離れてだいたいひと月になるので、別れてからずっと断食しているということだ。大丈夫なのか？　心配のあまり眩暈《めまい》がした。

「さすがに水分は摂られていますが、他のものには一切口をおつけにならず、王が頭を下げても、あなたが戻らないならこのまま飢えて死ぬ覚悟だと聞く耳持ちません」

あれほど温和で穏やかなお方が、そんな風に周りを困らせてまで意地を張るなんて信じられなかった。茶髪の男は事情を説明し終わると、おもむろに両膝を地面について頭を垂れた。ぎょっとして思わず後ずさる。

「無礼な言葉をお許しください。そしてどうか我々と登城して頂きたい」

「で、でも、俺がくっついていると邪魔になるのでは……」

「我々が間違っていました」

それは、俺が城でローラン様のお傍にいても邪魔にならないということか？　それなら、もちろん俺はローラン様のお傍にいたかった。今すぐにでもシンディオラの城に向かって走り出したい。

しかし、俺の胸には太く鋭い、まさにチオンジーの持つような棘が深く刺さっていた。それは本来王宮で育つべきだった主人を、俺の愚かさのせいで森のあばら家育ちにしてしまったという後ろめたさだった。ローラン様の分厚く、ややざらついた手のひらを思い出すだけでじくじくと心が痛む。それは羞恥《しゅうち》にも似ていて、いざローラン様に会えるという選択肢を前に、足踏みしてしまった。

「お、俺はみなしごだけど……身分もないし、学もないし……」

そのせいか、なぜか普段は気にもしないことを口にして、嫌がるようなそぶりをしてしまう。正確に言うと俺はみなしごではなく、六歳から三十一まで迷子になり続けているだけなのだが、それを説明する気にはなれなかった。ローラン様にさえ説明したことがない。

「俺が言ったことを気にしているのなら、謝ります」

膝をついたまま、騎士が深く頭を下げた。つむじが丸見えだ。騎士にここまでさせ、城ではローラン様が腹を空《す》かせているというのに、なぜか俺はますます後に引けなくなった。

「邪魔になるかもしれないし、迷惑をかけるかもしれないし、お、王宮に行かない方が良いかもしれないし」

「申し訳ありませんでした」

「それに、それに」

いい加減にうんと頷いてローラン様に会いに行きたいくせに、意味もなく言い訳をして騎士に頭を下げさせる。ローラン様はひと月もものを食べておらず、俺は今すぐにでも自分の体面や気持ちなどかなぐり捨てて駆けつけるべきなのに、なんだってこんな最低な振る舞いを？　騎士だって、下げたくて頭を下げているわけではあるまい。

その報いを受けるかのように、つい今しがたまで離れた場所で騎士団長と戦っていたはずのチオンジーが、咆哮をあげながら猛烈な勢いでこちらへ向かってきた。両膝をついていた男が素早く立ち上がり、剣を構える。

チオンジーは恐れ知らずにも騎士に向かって前足を振り下ろした。俺のことは眼中にないかのように、なぜか茶髪の騎士だけを執拗《しつよう》に攻撃している。俺は呆然と化け物の後姿を見た。

「あなたは嘘をついている」

不意に響いた声に振り向くと、騎士団長が馬から飛び降りるところだった。彼は剣を腰の鞘に納め、横目でチオンジーを警戒しながら近づいてきた。

「あれは嘘つきに味方する魔物だ。人間が言い合いをしていると、誠実な方に襲いかかる」

まるで俺に誠実さがないかのような物言いで腹が立ったが、事実だった。羞恥で顔が赤らむ。思わず俯《うつむ》き、こぶしを握った。

騎士団長は俺の反応には全く興味がないらしい。手を伸ばせば触れそうな距離まで近づいてくると、まっすぐに俺の目を見て用件だけを手短に話した。

「ローラン殿下がお呼びだ。お前の給仕でないとものが食べられないと言っている。我々と城に来てほしい」

「ローラン様は花屋のマリーでも粉屋のローズでもパンを焼けばおいしいと言って食べるお方ですけども……」

この期に及んで往生際悪く言い募る俺に、オルランドは無表情だが不思議そうに首を傾《かし》げた。

「来たくないのか？」

真正面から聞かれて、答えられずに口ごもる。当然、行きたい。

騎士団長は答えようとしない俺をしばらくその透き通った金の目で見つめていたが、ややすると待つのは無駄だと悟ったのか「行きたいはずだ。チオンジーがまだあなたの味方をしているから」と俺を再度嘘つき呼ばわりした。

「あなたが来ないと、ローラン殿下は飢えて死ぬと思う。王や宰相は彼に食事をさせるためにあらゆる手を尽くしたが、彼は今日まで何も口にしていないから」

俺は俯き、必死に言い訳を探したが、そんな俺を咎《とが》めるかのようにポケットのネズミが太ももをつついた。

「じゃあ……」

騎士団長の刺すような視線を頬に感じながら、俺はさも仕方なくというように「じゃあ、行きます」と言った。頷いた彼が、しゃん、と澄んだ音を立てて剣を抜き、馬に飛び乗った。

あっという間の討伐劇だった。騎士団長は馬を操ってチオンジーに近づくと、応戦していた茶髪の騎士の前に躍り出て、出し抜けに「私は女だ」と大声で言った。馬鹿みたいな嘘だったが、化け物は目に見えて動きを止める。

好機を見逃さず、騎士団長は鮮やかな剣戟で獣の牙を折り、前足を切り落とした。次の瞬間には突き立てた剣の刃が化け物の上顎《うわあご》を貫通し、獣は全身を二、三度大きくびくつかせ、二度と動かなくなった。

彼は倒れた化け物の体から剣を抜くと、なにかを茶髪の騎士に言いつけ、こちらへ戻ってきた。その姿を見ながら、あの時俺が彼を引きずり倒せたのは、彼が俺相手に騎士道精神を遵守していたからだと気づいた。

「馬を手配させる。一人で乗れるか?」

首を振る。オルランドは「わかった。ロニーと乗れ」と言った。ロニーが誰だかわからなかったが、大人しく頷く。言われた通り待っていると、馬を引いて戻ってきたのは茶髪の騎士だった。彼がロニーだったらしい。

馬に二人で乗っての移動はこれ以上ないほど気まずかった。

俺が意地を張って嘘をついたせいで、ロニーの整った顔には切り傷や擦り傷が無数についていた。が、彼は文句ひとつ言わず馬を走らせた。

王都までは馬で三日かかり、中一日を騎士たちの駐屯所で過ごした。王都の中心で働く彼らは駐屯所でも良い部屋を使えるらしく、客人扱いの俺も恩恵にあずかり、今までの暮らしでは信じられないほど柔らかい上等なベッドで眠った。

多分、城のベッドはもっと柔らかく、シーツもつるつるとして肌触りが良いだろう。こうした環境の違いを感じて、俺はさらに激しく、ローラン様に麻の服を着せたり粗末な寝床に寝かせたりしたことを恥じた。申し訳なさで魘《うな》される俺を横目に、ネズミは駐屯所に仲間を見つけ、世間話に忙しそうだった。


じんじんとした足の痛みに目が覚めると、まだ真夜中だった。見れば足に巻いた包帯に血が滲んでいた。体にかけていた薄い布がベッドの端に寄って落ちそうになっている。ぼやける目を擦りながら上体を起こすと、廊下から話し声が聞こえてくるのに気づいた。

盗み聞きするつもりはなかったが、なんとなく立ち上がりドアに近づくと、声は明瞭《めいりょう》になって耳に届いた。

「団長、俺はまだ納得してません」

ロニーの声だ。少しかすれ気味の特徴ある声なので間違いない。足音と共に、話し声は部屋の前を移動していく。

「命令なら頭くらい下げるし、ぽっと出の王子だって迎えに行きます」

「口を慎め」

「ユーリ殿下はどうなるんですか？　団長、俺は絶対にあの若造が王太子に擁立されるだなんて認めません」

「騎士団は王室の問題に干渉できない。誰が王太子になろうと、誰が廃嫡されようと、上からの命令に従うのが仕事だ」

「あんたは違うでしょう」

ロニーの声は、ひそやかながらほとんど怒鳴るようだった。対して、オルランドは冷静らしい。足音は一定のリズムで刻まれ、声は徐々に聞こえづらくなっていく。

「王妃様の縁戚《えんせき》で、民衆にだって人気のあるあんたなら、あの方の味方になってあげられるんじゃないですか……」

以降、二人の話は聞こえなくなった。

俺はドアの木目を親の仇《かたき》のように睨みつけた。いろんな考えが頭の中をぐるぐると回っていた。ドアの前から離れ、出てきたばかりのベッドへ戻る。

ユーリ王太子殿下の名は、久しぶりに耳にした。たしか数年前に流行った病で後遺症を患い、表に出られないと言っていたはずだ。かなり人気のある王子だったので、治っていればいくら森暮らしといえど俺の耳にも入っていただろうから、まだ後遺症は残っているはずだ。

王室直系の男児であるローラン様を王太子に擁立するという動きがあり、ロニーはそれに不満を持っている。オルランド騎士団長はそれを阻止する力を持っているが、騎士団の規律に阻まれて実行できない。つまり、

(つまり、ユーリ殿下が王太子として活動できるなら、ローラン様は王室に要らないのか?)

突拍子もなく、不敬な考えだとはわかっていた。しかし、一度そう思ってしまえば、ローラン様とまた暮らせるのかもしれないという考えは頭から離れなかった。

これほど長い間人前に出られなくなるほどの後遺症とは、一体何なのだろう。流行り病に罹った者

たちは、ひどいあばたや、関節の痛み、神経痛に悩まされていた。もしあばたなら、治す方法を知っている。薬の作り方は今でもちゃんと覚えていた。が、もしそうだとしても俺のような身元も不確かでどちらかといえば政敵に属するだろう人間が、どうユーリ殿下の御前に近づき薬を届けるのか、全く思いつかない。

　俺は一晩中、それから一睡もすることなく唸りながら考え続けた。


　出発は明け方だった。ロニーが部屋を訪れ、昨日と同じく馬の後ろに乗せてくれる。彼はローラン様の従者である俺に対して、なにか思うところがあるはずなのに俺を見てもなにも感じないし、なにも考えていないかのように振舞った。無言だ。

　日が傾く頃になって、ようやく王都に着いた。俺は馬から降り、オルランドに案内されて裏門から城内へと入った。王宮は白く輝き、見上げるだけでくらくらするような建物だった。青みがかった石造りの門だけでも森にあった家より大きい。裏門でこれなのだから、正門はどれほど立派なのだろうと想像もつかなかった。

　この中にローラン様がいるのだと思うと、不思議なような、まるであるべきものがやっとその場所に戻ったかのような、複雑な気持ちだった。

　オルランドは鉄の錠がついた、木でできた細長い扉から城の中に入ると各十段ほどの狭い階段をいくつか上った。大人しくその後ろをついていくと、ある階段を上り終えたところで目の前の景色がぱ

っと変わり、華やかになった。さきほどまでは石造りの廊下だったのに、そこは一面赤い絨毯《じゅうたん》が敷かれていた

ふかふかとした感触の床は気の遠くなるほど長く続いていた。前にはオルランド、後ろにはロニーがいて、彼らが歩くたびに長剣の鞘がしゃんしゃんと音を立てた。やがて他とは目に見えて違う豪奢《ごうしゃ》な扉の前に来ると、オルランドがようやく足を止めた。

軽くノックをすると、中から女性の声が聞こえて、次いで扉が滑るように開いた。

「殿下はお休みになっています」

鈴の鳴るような声だった。オルランドの肩に隠れてよく見えないが、スカートを穿《は》いた足元で女性だというのがわかった。

「取次を頼む」

寝ているのなら、待った方がよいのではないか？　俺はどうせすることもないのだし、わざわざ起こすのはかわいそうだと思ったが声を出すよりも早く女性は部屋の中へ消えてしまった。しばらくするとまた扉が開き、今度は中へ招き入れられる。

オルランドは堂々とした足取りで中に入った。広い部屋だった。調度品の一つ一つが光るように美しい。奥には天蓋《てんがい》付きのベッドがあり、あげられた紗《しゃ》の下に、俺の美しい主人がいた。

「蕗！」

呼ばれた瞬間、気づけば前を歩くオルランドを押しのけて駆けだしていた。後ろからロニーの「あっ」という声が聞こえたが、無視した。

ベッドへ飛び乗るようにして勢いよくローラン様に抱き着く。あんなに逞しかった体は、ちょっと目を離したすきにガリガリに痩せ細ってしまっていた。それでもローラン様は腕にぐっと力を籠《こ》めると、俺の体を受け止めた。

「蕗、蕗、蕗！」

彼の低く艶のある声が、切羽詰まって俺の名前を呼ぶたび、どう連動しているのか涙が後から後からこぼれた。

あれほど人前で泣きたくないと思っていたのに、耐える時間すらなかった。

ローラン様の腕は、骨が軋みそうになるほど強く俺を抱きしめた。その苦しさすら胸を熱く焼いて、俺は言葉にならない呻き声を漏らした。主の体に腕を回して、その白い首筋にこめかみを押し付ける。彼の体はぞっとするほど薄かった。胸に当たる肋骨《ろっこつ》の感触がまざまざと感じられる。あれほど艶やかだった唇すら、張りを失い、健康的だった美しさは病的になっていた。

ローラン様はしばらくの間俺の名前を呼び続け、落ち着くと今度は部屋にいる俺以外の全ての人間を追い払った。傍付きだろう女性だけが最後まで渋っていたが、ローラン様の意志は固く、最後には名残惜しそうにしながらも退室する。

二人になった部屋で、ローラン様の大きな手のひらが俺の頬を拭う。彼は眉を下げて、口元を震わせた。

「会いたかった……」

語尾は消え入りそうに細かった。彼は俺の顔を両手で包むと、触れそうなほど近くにまで顔を寄せてじっと目を見つめた。大きな目の上にかかった長く量のある睫毛《まつげ》が何度も上下する。

「蕗は？」

ローラン様の青い瞳は潤んでいた。俺は主人の顔を見上げたまま、両目から涙を垂れ流して唇を噛んだ。唇がわななく。頬を掴んでいるローラン様の手を上から重ねるようにして掴む。彼は「蕗」と言いながら表情を綻ばせた。さきほどまで切実に寄せられていた眉がほぐれ、何も答えない俺に対し仕方のない子供を見るように目が細められる。

「会いたくなかったの？」

腹から嗚咽がこみあげて、とうとう耐えきれず、両手を伸ばして主人の首に抱き着く。ローラン様は片腕で俺を抱くようにして、もう片方の手で顔に涙で張り付いた前髪をかき上げてくれた。なんとか目を開いて目の前の人を一生懸命に見つめる。涙のせいで、視界はぼやけていた。

「もう離れたくない」

止める間もなく言葉が口から飛び出して、ローラン様に届いてしまった。使用人として、大人として泣きながらこんなことを言うべきではないとわかっているが、どうしようもなかった。俺の言葉にローラン様は大きく目を開いて、次の瞬間、その顔が傾いた。唇に熱い感触。彼の顔が、近すぎて見えない。俺は思わず息を止めて、驚きすぎたあまり、涙もぴたりと止まった。

ローラン様は軽く口を開き、貪《むさぼ》るように俺に口付けた。腰を掴んでいる手にぐっと力が入り、ベッドへと押し倒される。

沈黙の数秒、熱い息。ローラン様が頭を僅かに後ろにひいて唇を離し、深く息を吐く。彼は喉の奥から絞り出すように「離れるものか」と言った。

青い目が、乱れた前髪の間からまっすぐにこちらを見ている。

「蕗が望むなら、私は何があってもお前から離れたりしない」

望む。もちろん望む。俺は一生懸命何度も頷いた。だが、内心はひどく混乱していた。それが伝わったのか、ローラン様ははっとして、注意深く俺の顔を見た。俺に触れていた手の手首から肘《ひじ》にかけて一瞬太い血管が浮かび上がるほど力を入れた後、ふっと力を抜いて柔らかく微笑む。彼は起き上がりベッドに座り直して、俺が起き上がるのにも手を貸してくださった。

「夕餉《ゆうげ》を用意してもらうから一緒に食べよう」

すっかり変わった雰囲気に頷こうとして、はっとした。慌ててローラン様の頬を両手で挟むように触れる。

「ひと月も断食なさるなんて、体に悪いです」

できるだけ怒った風に、怖い顔で言ったつもりだったのにローラン様は全く響いていないそうな顔で答えた。なぜか嬉しそうな気もする。

「うん。すごくお腹《なか》が空いたよ。蕗のヒナ桃蜂蜜が食べたい」

「重湯から始めないと、胃がびっくりして戻してしまいます」

一刻も早く何か口に入れさせようとベッドから飛び降りて、給仕の仕方を教えてもらおうと扉を開く。すると開いた戸がぶつかりそうなほど近くに先ほどの女性がおり、思わず体がびくついた。驚きでつっかえながらもなんとか重湯を用意したいことを伝えると、彼女は「かしこまりました」とやや深めのお辞儀をして廊下の奥へ歩いて行った。

ローラン様は「全然味がしない。ただのお湯みたいだ」と文句を言いながら椀《わん》を片手で傾けて重湯を飲んだ。俺は重湯しか頼まなかったのだが、城の人間はよっぽどローラン様に飯を食べてほしいのか、フルーツや魚のほぐし身、野菜をすり潰して作ったらしいスープなどが何品も所狭しとテーブルに並べられた。が、ローラン様は俺の言う通りに重湯しか飲むつもりがないようで、余った方の手で俺の口にフルーツやら野菜やらをポンポンと放り込んでいく。渡されたものは受け取る主義なので、俺のために用意されたわけではないことに戸惑いつつも咀嚼《そしやく》する。

ローラン様は翌日から少しずつ粥の硬さを変え、五日後にはようやく普通の食事を取れるようになった。元々が健啖家《けんたんか》なので、何を出されても美味しそうに食べる。

彼がものを口に入れると、それだけで城の人間たちは感動するようだった。日に日に食事が豪華になっていく。

俺は一体どういう扱いになったのか、ローラン様の部屋の隣に住む場所を用意され、毎日ひたすらローラン様の食事を見守ったり、体を動かすのを手伝ったりした。

一か月の断食でローラン様の筋力はすっかり衰えてしまっていた。彼自身、今はとにかく少しでも早く体力を戻すことを第一に考えているご様子だ。

部屋はすぐ隣に用意してもらっているものの、ローラン様は夜になると必ず俺を部屋に呼び寄せて、一緒に寝てくれとねだった。あの狭い森のあばら家ですら、十になった頃から別々のベッドで寝ていたのに。

「寝ている間にまた蕗をどこかにやられたら、私は怒って我を忘れてしまうよ」

というのがローラン様の言い分だった。この優しい方が我を忘れたって、断食以上に酷いことなど到底できなそうに思えるのだが、断食くらいしかできないにしてもローラン様の体以上に大切なものがない俺にとっては十分脅威なので大人しく従っている。

穏やかに寝息を立てる主人の顔を見る度、俺は彼と唇を重ねてしまったという事実が頭から離れなくなった。

ほんの一瞬だったが、あの時ローラン様の顔がこれ以上なく近づき、唇同士が触れ合った。

他人に比べて性的な知識に疎い自覚はあるが、それをキスと呼ぶということくらいわかる。それも、親愛ではなく恋人同士がするキス。

そのことを考えていると、俺はいつも名状しがたい気分になり、顔は火照り、目線がウロウロした。

論理的に考えて、俺とローラン様がキスするのはおかしい。男同士だし、俺は彼が生まれた時から傍にいて、おしめだって替えた。年は離れすぎている。

でも、ローラン様は俺にキスしたのだ。

あの美しい顔が近づき、唇が薄く開いて、俺の唇や口元の皮膚を喰《は》むように動いた。時折唇同士が深く交差すると、その奥にある熱くぬめったものが俺の肌を濡らした。

そのことを思い出すと、体がむずむずとしてきて、穏やかに眠る主人の横で一晩中悶々《もんもん》と過ごさねばならない。なので思い出さないようにしよう、気にしないようにしよう、と努めるのだが、全く上手くいかなかった。ふとした瞬間に思い出しては頬がかっと熱くなってしまう。

（なんだってローラン様は俺にキスをしたんだろう？）

もしかして、俺のことが好きなのだろうか？　つまり、そういう意味で。

そのことについて、できるなら時間をたっぷり使って考えたかった。しかし残念ながら俺は忙しかった。今はキスについてより、どうすればユーリ王太子殿下と接触できるか考える方が大事だったからだ。


二週間考えたが良い案は全く思い浮かばなかった。俺は頭が良くない。経験上こうして行き詰まった時、俺にとって最も良い方法はローラン様を頼ることだった。

俺は覚悟を決め、城の中庭で小鳥と戯れていたローラン様に全てを話した。自分が彼に王太子としての立場を諦めさせてでも傍にいたいというエゴまみれの本音を吐露するのは非常に躊躇《ためら》われたが、ローラン様は真剣に話を聞いてくださった。最初は驚いたように目を丸くしていたが、徐々に瞳が優しさを湛《たた》え始める。時々言いよどむ俺を促すようにうんうん、と頷いてくれた。しかし傍にいる小鳥たちはピーチクパーチクやかましいことこの上ない。俺が思わず睨みつけると、ローラン様は「やめなさい。仲良くして」と小鳥の味方をした。

妨害を受けながらもなんとか話を終え、主君の顔を窺い見る。ローラン様は俺を安心させるように一つ頷いてから優しく微笑むと、少し離れたところに立っていた侍女に向かって「悪いけど、人払いをしておくれ」と頼んだ。ローラン様の傍仕えだ。身の回りの世話や、他の侍従の采配《さいはい》などを担っているらしい。

彼女が席を外すと、ローラン様が手招きした。素直に近づくと、内緒話のように口元に手を当てて耳打ちされる。

「城で内緒の話をするのはとても難しいんだ」

目をぱちぱちさせてすぐ傍にある主人の顔を見つめる。そうか。よく考えれば、事は国の中枢に関わる王太子擁立についてなのだ。こんなところで迂闊《うかつ》に話すべきではなかった。どこかでまだ、二人で暮らしていた森の家の続きで物を考えている自分にようやく気づき、深く恥じ入る。

「誰がどこで何を聞いているかわからない。みんな噂話が好きだしね」

彼が口笛を吹いて指を軽く振ると、木の上で休んでいた小鳥たちが芝の上に降り、またピーピー鳴き始めた。ローラン様は微笑んでそれを見つめ「でも、良いこともある」と言った。

「城にも彼らと友達になれる人間はいないようだから」

彼らとは、多分そこにいる小鳥や、ネズミのジョンのことだろう。ジョンはローラン様と再会すると、あの小さな体をぶるぶると震わせて感動していたが、二、三日後にはすっかり城暮らしを満喫していた。贅沢をしすぎているので、多分もう二度と野生には戻れないだろう。俺がそう言うと、ローラン様は「はは」と明るく笑いながら「お前たちもそろそろ友達になれたらいいのにね」と言った。

「蕗の話はよくわかった。私も城の暮らしは肌に合わないから、そろそろ家に帰りたいと思っていたんだ」

ローラン様は俺の方を向いてにっこりと微笑んだ。胸がぱあっと明るくなる。しかし、これに気づけるのは間違いなく世界で俺一人だけなのだが、小鳥に向かって鼻歌を歌うローラン様は、良くないことを考えている時の顔をしていた。

体が熱い。下半身がじんじんと痺れている。

腰骨を掴んでいる誰かの大きな手が、親指を腹に、残りの指を背中に当てて深く圧をかけながら肌を撫で上げた。ざらついた手の感触。俺の全身は汗ばんでいて、服を着ていない。ベッドにあお向けで寝転がっており、両膝は立ち膝頭は離れていた。

背を反らしたいのに力の入った両手で胴を強く掴まれているせいで、背中とシーツの間にはアーチのような空洞ができていた。

俺の体を掴み、のしかかるようにしている男は白い背を丸めて屈《かが》み、その冷ややかな唇をちょうど俺の肋骨の下あたりに押し当てた。唇の薄い肌はさらりと冷たいのに、その間から漏れ出る吐息は火傷しそうに熱い。両手を男の肩に当てて、逃れるように体をよじると男の唇が薄く開き中から真っ赤な舌が出てきた。

それは最初脇腹のあたりにべったりと押し当てられ、やや窪《くぼ》んだ広い面を使って臍《へそ》のあたりまで移動した。唾液《だえき》はぬらぬらと光って、舌が離れるとすぐにひんやりと変わる。

全身が茹りそうに熱いのに、彼の舌が舐《な》めた部分だけが冷えた。その感触は俺の背筋を這い上がり、怯えさせた。目じりに涙が滲む。くすぐったいような、今すぐに暴れだしたいような感覚が腰のあたりに溜まり、男の肩に置いた手が震える。わけもなく首を振ると、髪がぱさぱさと音を立ててシーツを叩いた。

「蕗」

俺の上にいる人は胸骨の中央に唇を当て、背に当てた指にぐっと力を入れながら囁いた。持ち上げ押し付けられるようにして、肌と唇がいっそう深く擦れる。いつの間にか尻までもシーツから浮き上がり、俺はつま先と肩で体を支えていた。緊張を強いられた太ももがぶるぶると大きく震える。

「感じているの？　可愛い」

優しい声だ。喉薬のように甘い。彼は俺の胸から顔を上げると、右手を完全に背中へと回し、左手は下へ伸ばした。長い指が蛇のように動いて前腿《もも》、膝を通り、ふくらはぎの裏を撫でる。ふくらはぎの筋肉をぐっと掴むと、今度は足の裏を通って上へ上へと移動していく。やがて足の付け根に辿《たど》り着《つ》くと、五本の指が大きく広がり、尻を揉《も》みこむように動く。

そうされると、俺は羞恥からか燃えるように顔が赤くなって、悲しくもないのに泣いた。いつの間にか両腕はしがみつくように彼の首を抱きしめていて、長い金髪が頬や額に触れる。

ローランさま。


はっとして飛び起きると、隣にはローラン様が寝ていた。すぐ横で激しく動かれたのが煩わしかったらしく目をつぶったまま顔を顰めて「蕗、まだ夜だよ」と言う。確かに、夜明け前だった。

当然ながら、俺はしっかりと服を着ていた。心臓がばくばくとうるさい。あと少しでも刺激したら弾け飛びそうなほどだ。嫌な予感を覚えながら、おそるおそるかけ布を動かして下半身を見る。思わず呻き声が漏れた。

良くないことに、反応している。性器が布を押し上げるのは、久しぶりに見る光景だった。二十八くらいから徐々に性欲は減退しつつあると思っていたが、最近疲れて自己処理もしていないからだろうか。主人を起こさないようにそっとベッドから降り、体を冷やそうとバルコニーに出る。夜風は冷たく、外は一面真っ暗だった。音を立てないようにそっと扉を閉め、石畳の隅に座る。熱い体を冷やすのにちょうどよく、石畳は夜気に冷えていた。立てた膝の上に両腕を組んで、さきほどの夢を思い出す。

（ローラン様だったよな）

馬鹿になってしまった。もともとそれほど賢かったわけではないが、完全にいかれた。徐々に闇に慣れてきた目で、じっと目の前の床を睨みつける。大恩あるシェード家の若君に、夢とはいえあんな淫《みだ》らな真似をさせるなんて、俺は完全にいかれてしまった。

だが、それはローラン様がキスなんてするからなのだ。どうしてかはわからないが、とにかくキスなんてされたものだから、俺はキスが初めてだったので、体の方が勘違いしてしまった。そうに違いない。情けなくて泣きそうだった。

自己嫌悪に陥っていると、いつの間にか性器は落ち着きを取り戻していた。暗澹《あんたん》たる気持ちで部屋の中へ戻り、寝ている主人の横にそっと滑り込む。見るとローラン様は目元に手を乗せたまま寝てしまっていたので、そっとどけて布団に入れ直してやる。ついでに乱れた前髪を直すと、惚《ほ》れ惚《ぼ》れするほど美しい顔が露になった。薄暗闇の中でしばらくその顔を見つめた。見つめすぎるあまり、気づけば空が白み始め慌てて横になった。

朝の身支度を終えると、ローラン様は侍女に向かって「そろそろ陛下にお会いしても良いよ」と言った。机の棚には国王がローラン様の身を案じ、いつなら会いに行ってもよいかと機嫌を伺う旨の手紙が溢れるほど入っている。

断食していた一か月間で、王や宰相が近くにいる間は水の一滴すら口にしなかったので、王といえど気軽には会いに来られないようだった。さすがローラン様だ。お優しそうな見た目だが、たまにいやになるほど我の強いところがある。

侍女はローラン様の言葉を聞くと、目を大きく見開き慌てて部屋を出て行った。半刻もしないうちに廊下が騒がしくなり、慌ただしい足音と布を引きずるような音がして、扉が勢い良く開いた。

国王だ。身丈は侍女よりやや大きく、太っていて、冠の載った髪は豊かだが白い。床にひきずるほど長く赤いマントを身に着けている。彼は部屋に入ると、椅子に座って優雅に紅茶を飲んでいるローラン様を見つけて目を潤ませた。勢いよく近づいてきて、大きく広げた腕で抱き着こうとする。ローラン様はそれをすっと避けてそつなく手を添え王を自分の座っていた椅子に座らせた。

「お久しぶりです、陛下」

「お、おお、ローラン。やっと元気になったのだな」

王は面食らったものの、すぐに相好を崩してローラン様に話しかけた。俺はできるだけ身を小さくして、カーテンの陰に隠れるようにしてそれを見ていた。誰に指示されたわけでもないのだが、堂々と立っているのが難しかった。よく見ると、王を守るためについてきた騎士たちの中には、オルランドとロニーもいた。ロニーは部屋の入口に、オルランドは国王の傍に立っている。

「はい。陛下が蕗を返してくれたのですっかり元気になりました」

ローラン様はにっこりと微笑んで言った。目を細めて笑うと、涙袋がぷっくりと浮かび上がり、どこか幼く愛らしい印象だ。男らしく凛々しい眉や洗練されて通った鼻筋、整った歯並びと絶妙なバランスで、異様に人を引き付ける魅力がある。

国王も己の孫の魅力的な笑顔に一瞬目を奪われたようだった。彼はローラン様の手を皴だらけの手でそっと握ると「ああ、セレスティナ」と呟《つぶや》いた。

「許しておくれ、わしが分からず屋だったせいで、セレスティナは死に、お前は十六年も行方知れずだった」

「陛下のせいで？」

ローラン様は穏やかな声で尋ねた。一瞬の朗らかな微笑みは消え、どこかひんやりとした微笑を湛えている。王は深く項垂《うなだ》れながら答えた。

「そうだ、わしが結婚を許していれば今頃は……」

「陛下」

遮ったのはオルランドだった。彼は相変わらずの無表情で、眉一つ動かさず言った。

「許しも得ず発言する無礼をお許しください。恐れながら、戸の外に誰かがいます」

「おお、そうじゃ、セディアスを呼んでおったんじゃ」

王が扉を開けるように命じると、宰相であるセディアスが現れた。彼は長い銀の髪を揺らしながら部屋へ入ると、国王に向かって頭を下げ、次いでローラン様にも一番深い礼をした。

「殿下。お元気になられたようでなによりでございます」

「ありがとう」

ローラン様が笑って礼を言う。セディアスは切れ長の目でさっとあたりを見回すと、ちょうど俺がいるカーテンのあたりをほんの一瞬見つめて、すぐにローラン様に視線を戻した。

「城での生活にも慣れて頂けているようで、安心いたしました。最近はよく王宮の中を散歩なさっているとか」

「うん。蕗を返してくれてありがとう」

ローラン様の言葉にセディアスが笑みを深める。彼は視線を俺の方に向けながら「殿下の従者は優秀ですね」と誉め言葉を言った。ロニーの『ローラン様にくっついてくると面倒』という言葉を思い出す。思わず戸の方にいるロニーを見たが、彼は興味なさげに立っているだけだった。セディアスも自分から話を振っておいてすぐに興味をなくしたようで、俺から視線を外して国王へと話しかける。

「陛下、ローラン様はすっかり回復されたご様子。そろそろ話を進めても良い頃では？」

「そうじゃな、わしもそう思っておった。なにしろユーリがあんな様子なのだ。かわいそうに、最近は塔にこもってばかりで」

「ええ陛下。お気の毒です。だからなおさら早く胸のつかえを取って差し上げなくては」

国王が何度も頷く。それを見ていたローラン様が、笑みを浮かべたまま首を傾げた。

「それは私を王太子にしたいという話なの？」

セディアスが不意を突かれたように目を丸くしてローラン様を凝視する。国王もローラン様の躊躇《ちゅうちょ》なく核心に切り込む発言に驚いたようだった。ローラン様は彼らの視線を受けながら俺へ向かっていたずらっぽく笑った。


大事な話をするからと部屋にはローラン様、国王、宰相とオルランド騎士団長だけが残り、部外者の俺は外へと追い出されてしまった。

が、これは前もってローラン様からそうなるだろうということを教えてもらっていた。なのでさほどさみしさを感じることもなく、ドアの外側であたりを見回す。ロニーもまた部屋を出ていたが、彼は守る場所が部屋の内側から外側になっただけのようで、相変わらず無表情で立っていた。

「いいかい、蕗。ミリアをよく見ていておくれ。あの子が一体誰とつながっているのか知りたいんだ」

ミリアはローラン様付きの侍女の名前だ。良家の子女らしく整った顔立ちで、髪は金色だった。ローラン様のお世話をする人間は俺を含め彼女以外にも大勢いるのだが、ミリアはローラン様が城に来た日から傍にいて、彼が人を遠ざけていた間も唯一傍で世話をする人間として選ばれていた。

ローラン様は彼女が誰かと内通していると考えていて、それを探る仕事を俺に任せたのだ。

ミリアは俺たちと同じタイミングで部屋を出るとやや早足で廊下を歩き始めた。気づかれないように距離を空けてそれを追う。ロニーがぴくりと睫毛を震わせたが、止める気はないようだった。

彼女は使用人用の扉を通り、城の裏手へと入ると洗濯場を通って中庭へと出た。警戒している様子はなく、容易に後を追うことができる。中庭はちょうど城の中心部にあり、そこから東西南北に分かれ、東棟が王室の住居、西棟が政務用、南棟が騎士団、北棟が使用人の住居だった。彼女は中庭から南の方角へと進んだ。しかし、南棟へと入る手前でくるっと体の向きを変え、注意して見なければわからないほどの小道へと入る。ミリアはそこで初めて周囲を気にする様子を見せた。慌てて近くの木の幹に体を隠す。

そっと窺うと、小道の入口には木戸があり、彼女はスカートのポケットから鍵を取り出すと素早く中へ入って扉を閉めた。慌てて木戸に近づき、尾行に気づかれないようそっと押してみたが中から鍵がかかっていた。

ぐるっと戸の周りを見てみたが、背の高い木々に阻まれて何も見えない。俺は肩を落とした。そんな。さっそく失敗してしまった。ローラン様が俺を頼ってくださるなど、滅多にない機会なのに。

幼少のみぎりは別として、ローラン様はお一人でなんでもできる方だった。城に来る前など、俺より先に起きだしては洗濯という洗濯を終わらせてしまわれるし、料理だってお上手で、気づけば薪は割り終わっている。下手をすれば俺が目を擦っている間にベッドまでスープやパンを用意されかねない日々だった。なので俺はお願いだから庭の方で鳥や鹿と暇をつぶしててくれと頼み、朝は日が昇る前に起きて、薪割り用の斧《おの》を隠さねばならなかった。ローラン様は俺が空回ってへろへろになる前に「蕗は働くのが好きだね」と言って仕事を譲ってくださったが、働くのが好きなわけではなく、ローラン様に働かせたくないだけだ。

とにかく、そんなお方がせっかく任せてくれた仕事だったのに、あっさり失敗してしまった。あまりに悔しく、しゃがみこんで親指の爪を噛む。いっそ木を登ってみようか？　考えていると、後ろから声がかかった。

「フキさん！」

大きな声に驚いて振り向く。そこには若い男が三人立っていた。騎士だ。訓練用の服を着ているが、手に持った剣には城内で働くことを示す紋章が入っている。俺は慌てて立ち上がり、別に何もやましいことはしてないが、という顔を装って会釈した。

声をかけてきた男は、俺を見るとぱっと笑って嬉しそうな顔をした。左目の下に印象的な泣き黒子《ぼくろ》がある。あまりに屈託のない笑顔を向けられ、思わず毒気を抜かれる。城に来て以来、俺を見て嬉しそうなのはローラン様以外いなかった。

「フキさん！　あの、おれジークと言います。あの時、ほら、あの化け物に襲われた時、フキさんに助けてもらいました」

騎士を化け物から助けた記憶はひとつしかない。チオンジーだ。体中棘だらけの大きな猫を思い出し、ずん、と気分が沈む。が、ジークと名乗った若者はそんなことには気づかなかったようで手を伸ばすと俺の手を握った。

「ずっとお礼が言いたかったんです、助けてくださってありがとうございました」

勢いよく頭が下げられ、ジークのつむじが目の前に来る。俺は後ろにのけ反り「うん」とか「わかった」とか答えた。

「ジーク、フキさんが困ってるだろ」

「フキさん、俺たちもあの時助けてもらいました」

ジークの後ろから二人の若者が揃《そろ》って声をかけてくる。彼らはジルとジェイと名乗った。ジークを含めた彼ら三人は同い年で同郷、出世の速度まで同じなので他の騎士たちからまとめて「ジジジ」と呼ばれているらしい。

「騎士団に何か御用ですか？　あっ、もしかして、うちで働くんですか？」

ジークがそう言うと、残りの二人は手を叩いて盛り上がった。

「そうなんですか？　嬉しいです！」

「フキさんがいたら百人力です」

かつてなく褒められ、俺はどんどん嬉しくなった。否定するのを忘れて軽率に喜んだせいで三人の若者はすっかり俺が騎士団に入るものと思って「一緒の部隊で働きたい」「部下になったら稽古をつけてもらいたい」と盛り上がった。盛り上がりすぎたせいで、別に騎士団に入るためにここに来たわけではないと改めて説明するのに、四半刻もかかった。

「じゃあ、フキさんはなんでここに？　迷子ですか？」

すっかり落ち込んでしまったジークが聞く。もちろん大人なのだから迷子ではないと前置きしてから、俺はさりげなくすぐそこにある木の扉は一体どこにつながっているのかと聞いた。

三人は顔を見合わせると、ぐっと肩を寄せて小さな声でこそこそとしゃべった。

「俺たちもよくは知らないんですが、噂によると昔大罪を犯した王妃がいて、彼女が幽閉されていた塔があるとか」

「先輩は夜中の巡回で扉の前を通るとすすり泣く声が聞こえると言っていました」

「誰も扉が開いたところを見たことがありません」

扉が開くところはつい今しがた見た。仮に彼らの話が本当だとして、そんないわくつきの塔にいるのがミリアの主人なのか？　背後を振り返り、閉め切られた木の扉を見る。扉は古ぼけており、錠前はところどころ赤く錆《さ》び腐食していた。


ジジジの三人と別れ、ローラン様のお部屋に戻ると話は既に終わっていたらしく、ロニーをはじめとした騎士たちも部屋から姿を消していた。

ローラン様は窓際の椅子に腰かけ庭を見下ろしていた。部屋に入ってきた俺に気づくとにこりと笑って「おかえり」と声をかけてくださる。俺は大きく肩を落とし項垂れて謝った。

「なにを謝るの？」

優しい声だ。ローラン様は澄んだ青い目に慈愛を湛えて俺を見た。慈悲深いお方なので、瞳には常に慈愛が満ちている。主人の傍へ行き、足元に座って頭を下げる。正直にミリアを見失ってしまったことを打ち明けると、ローラン様はなんだそんなことかと言って声を上げて笑った。

「そう、でも謝らなくてもいいんだよ。さあ、立ち上がってこっちへおいで。面白いものが見られるから」

言われた通りに立って窓へと近づく。下を覗き込んで、俺は目を丸くした。

ローラン様のお部屋から見える庭には、二人の人影があった。一人はロニー、もう一人はミリアだ。彼らは立ち止まり、二人でなにかを話しこんでいる様子だった。窓に額がつくほどに近づいて目を凝らすと、どうやら何か言い争っているらしいことがわかる。ミリアが大きな手ぶりで必死に何かを言い募っているのに対して、ロニーが首を振っている。

意外な二人だった。彼らにつながりがあるなんて、一体どういうことだろう？

隣を見ると、同じように窓の外を冷たい眼差しで見ていたローラン様がふっと眉を緩めた。

「ミリアはまだ帰ってこなそうだね」

頷く。ローラン様はベルを鳴らして侍従を呼ぶと夕餉の準備をさせた。

できるなら俺がやりたいのだが、正式に雇用されているわけでもなく城での身分がまだ用意されていないのでできない。身の置き場がないが、ローラン様にすすめられるまま運ばれてきた料理を食べる。

城の食事は豪勢で、一回の食事に何種類ものパンが出てきた。せっかく色々あるのだから美味しいものを食べればいいと思うのだが、ローラン様はいつも自分用に茶色くて硬いパンを選んだ。白い手が籠から柔らかいパンを取って俺の皿に載せてくれる。

嬉しくなりローラン様の顔を見て笑うと、彼も嬉しそうに笑った。白く柔らかいパンは森にいた頃は滅多に食べられない高級品だったが、最近は毎日のようにこのパンを食べている。

次の日、ローラン様のためにトゲ木苺《きいちご》でも摘むかと朝から部屋を出て、南棟へと進んだ。トゲ木苺のジャムを紅茶に溶かすのがお好きなのだ。

昨日ミリアを追っていくうちに気づいたのだが、南棟にはトゲ木苺の木がたくさんあった。冬に生《な》る珍しい木の実のひとつで、木の幹には棘があるのだが、実は甘くておいしい。塩漬けにしても美味で市場でよく売られている。

俺としては幼い頃に指先を真っ赤にしながら痛みをこらえて貪り食ったというやや切ない経験があるので、それほど好きな木の実ではない。

中庭を抜け、南棟の入口に来た時だった。後ろから突然腕を掴まれた。すっかり油断していたので、心臓が止まるかと思うほど驚く。

「何をしている」

冷たい声。オルランドだ。彼は昨日見たのとまったく同じ姿(つまり、今まで見たいずれとも同じ、あの騎士服)でそこに立っていた。

「迷ったのか？　この先には騎士団の施設しかないぞ」

「ち、違います。ここにはトゲ木苺を採りに来て……」

正直に答えると、オルランドは俺の持っていた籠をちらっと見て小さく嘆息した。掴んだ腕をそのまま引っ張って歩き出すので、慌ててついていく。

もしかして、勝手に採ってはいけない木の実だったのだろうか。あまりにも広すぎるし、たくさんあるので森かのように考えていたが、確かに管理する庭師もいればそもそも人の土地なので、採ってはいけなかったかもしれない。反省して項垂れていると、オルランドが足を止めた。ようやく掴まれていた腕が解放される。俺は項垂れたまま「すみません」と謝った。

「何を謝る」

「人のものを勝手に採ろうとしたので」

「人のもの？」

少し考えてトゲ木苺のことだとわかったのか、オルランドは呆《あき》れたように「構わない。どうせ落ちるから勝手に採ればいい」と言った。そうか、それなら遠慮しないが……。

「あんなところに来るな」

オルランドは周りを気にするように視線を動かして言った。下ろした手で、袖口を気にして指先を動かしている。

「あの王子はどうした？　東棟で大人しくしていた方がいい」

「ローラン様はまだおやすみになっています」

ようやく空が白み始めてきた頃だ。ローラン様に限らず、よっぽどの早起きでない限り寝ている。

そもそもなぜ俺がこんなに早起きなのかというと、性懲りもなく淫らな夢を見て、もう一度寝られなかったせいだった。

オルランドの方こそどうしてこんな時間に起きているのかと聞くと、いつも決まって鍛錬をしている時間らしい。今は走り込みをしていたという。彼は俺の顔をまっすぐに見て、薄い唇を開いた。

「部下を救ってくれた恩があるから忠告する。大人しくしていろ。あの王子にも言っておけ。王宮では流れに逆らわないのが長生きするための秘訣《ひけつ》だ」

思わず眉を寄せて閉口する。持っていた籠の持ち手を軋《きし》む音がするほど握りしめた。

「それは、あなたもそうしているという意味ですか？」

「いや。私は長生きしなくても良いから」

俺は長生きしたいし、ローラン様にはもっと長生きしてほしい。オルランドは説明不足だと思ったのか「好きに生きているから、あちこちに敵がいる」と付け加えた。

「宰相閣下も敵ですか？」

「……宰相？　彼は……」

オルランドは意外なことを聞かれたというような顔をした。即答せず、言葉を濁してから俺をまじまじと見る。

「そうか、言われてみれば、お前は知らないな」

知っているのが当たり前と言いたげな声音だ。彼は言いにくそうに口をもごもごさせた。

「あの人は私の兄だ」

言った後、ついでというように「知らないと思うので教えておくが、セレスティナ様の元婚約者でもある」と付け加える。思わぬところで出てきた奥様の名前に俺は言葉を失った。持っていた籠は落ちた。

あのセディアスがセレスティナ様の元婚約者？　俺の頭は混乱し、あまりにもよく理解できなかったので、騎士団の宿舎裏にしゃがみこみ、オルランドに地面へ絵を描いてもらった。

「……つまり、あなたとセディアス宰相は、腹違いの兄弟だということか？」

「そうだ」

では、この膨らみ切らなかったパンのような絵はセディアスだ。俺は近くにあった木の枝を拾い、わかりやすくなるよう、パンの下にセディアスと書いた。一応、その横に書かれた潰れたパンの下にもオルランドと書いておく。オルランドはなぜわざわざ文字を付け足すのかと不可解そうな顔をしたが、何も言わなかった。

「兄上が十八になったら、セレスティナ様との婚礼を挙げる予定だった。兄はセレスティナ様より五つも若かったが、とても優秀な人だったから」

落ちた赤瓜《うり》のようなものを奥様だと認めるのは難しかったが、なんとか飲み込んで頷く。

「でも、婚礼の前の晩セレスティナ様は突然消えた。ローラン殿下が見つかるまで、兄上も私もあの方は死んだと思っていた」

当時も草の根をかきわけるような捜索が行われたが、セレスティナ様の行方はわからず、王室の記録にも死んだと書かれたらしい。しかし実際彼女は王都から離れたカスピ地方の下級貴族に嫁ぎ、子供まで産んでいた。いびつな丸がいくつも書かれた相関図を見ながら、俺は「なぜローラン様がセレスティナさまのお子だとわかったのですか？」と質問した。

オルランドが持っていた枝を捨て、立ち上がりながら答える。

「七年前の流行り病で、ユーリ殿下が後遺症を患った。我々は治す方法を必死になって探していた。最近になって、王都に住む娘の後遺症が綺麗に治ったと聞き、その調査の過程でローラン殿下の存在に行き着いた」

思わぬところで知りたかったことに触れ、一気に胸が逸る。では、ユーリ殿下の後遺症とは、やはりあばたなのだ。俺は不謹慎にも嬉しくなり、オルランドの顔を見た。

「ローラン殿下がセレスティナ様に生き写しだと最初に言ったのは兄上だ」

暗い顔だった。もともと陽気な雰囲気ではないが、俯き加減《かげん》と寄せられた眉で一層暗く見える。

「兄上は夜も眠らずローラン殿下について調べ、ついにシェード家のことを突き止めた。ユーリ殿下は王の弟の息子だ。傍系だから、セレスティナ様に息子がいたとなれば継承権が揺らぐ」

オルランドの沈んだ声に、逸っていた胸がだんだんと静かになる。よくよく見ると、彼は両手をきつく握り締めていた。力を籠めすぎて、かすかに震えている。

「ローラン殿下は王になるつもりはないと言っていたが……兄上は違う。あの方は彼を必ず王にするつもりだと思う」

なんと答えたらいいかわからず、俺はただオルランドの顔を見つめた。美しい黒髪が影を作って眼差しはよく見えない。

結局トゲ木苺も摘めずに部屋へ戻ると、ローラン様はちょうどミリアに手伝われて着替えているところだった。俺を見るやいなや、そっとミリアの手を外しこちらへ近寄ってくる。あまりにも勢いが良いので、俺はびっくりして瞬《まばた》きをした。

「蕗！　どこに行っていたの？　なにも言わずに出て行くから、すごく心配した」

「昨日トゲ木苺を見つけたので、摘みに行っていました」

ローラン様の青い目がさっと俺の持っていた籠を見る。が、摘みに行っていたというトゲ木苺はなく、空だったので整った形の両眉がぐっと近づく。

「誰かと会っていたの？」

「はい。オルランド騎士団長に会いました」

「騎士団長に？」

そっと手を伸ばしてローラン様の服のボタンを留めながら頷く。ローラン様はミリアに外へ出て朝食を持ってくるように指示すると、俺の手を引いて椅子に座らせた。促されるまま、オルランドから聞いた話を全て話す。ローラン様は顎に手をあてて考え込んでいたが、戸が叩かれると表情を変え入室の許可を出した。

ミリアが朝食を持って部屋に入ってくる。慌てて立ち上がり、彼女から料理を受け取ってローラン様の机に並べた。俺の主人はミリアに礼を言うと、二人で食べるから部屋を出てくれと頼んだ。彼女の後姿を見ながらローラン様に向かって、一体彼女は誰とつながっているのだろうと言うと、答えはさらっと返ってきた。

「ユーリ王太子だよ」

「ユーリさま」

ローラン様の傍仕えであるミリアが、現王太子殿下であるユーリ様と？　出てきた名前を思わず口にすると、パンを取り分けようとしていたローラン様の顔が険しくなる。彼はパンをかごに戻すと、その手で扉の方を見ていた俺の顎を掴み、ぐっと力をいれ自分の方へ向けた。

「蕗、お前の主人は誰なの？」

「ロ、ローラン様です」

「だろう。では、私以外の人間をそんな風に呼んではいけない。王太子のことはユーリ殿下と呼びなさい」

こくこくと頷く。ローラン様は満足そうに続けた。

「ミリアはユーリ殿下の手の者だろう。南棟の近くにある塔には、彼がいるらしいから」

「ユーリ殿下がローラン様を見張らせているのですか？」

「彼自身か、彼を王にしたい誰かかはわからないけれど……いずれにしても、敵の敵は友ってことさ」

自分の皿からムラサキ豆をよけながらローラン様は笑った。城での食事にも使われるほど優秀な食材だがやはり食べる気にはならないらしい。

俺はもう二度と彼にムラサキ豆を食べるよう無理強いしないと心に決めているので、よけられた豆を自分の皿へと移した。ローラン様が目を丸くする。

いっぱいだった。

「ユーリ殿下のあばたを治したら、ローラン様はお城から出られますか？」

「彼が王になればね。蕗、協力してくれる？」

もちろんだ。俺は力強く頷いた。今すぐにでも部屋を飛び出し月光百合を取りに行きたい気持ちで

いっぱいだった。

セディアスは本気でローラン様を王にするつもりのようだった。シンディオラの王宮において、官吏の長である宰相の言は王の次に影響力を持つ。ローラン様自身は王になる気がないと宣言したのにもかかわらず、王太子教育として様々な教師がつけられ、彼には暇という暇がなくなってしまった。

俺なら受けたくもない勉強をさせられれば「やってられるか！」と逃げ出すだろうが、ローラン様は責任感が強くお優しいのでわざわざやってきた教師を追い返すこともできず、穏やかな顔で歴史や教養の勉強をなさっている。

ローラン様の暇がなくなったのに比例して、もともと暇だった俺はますます暇になってしまった。もはや、することがないと言った方が正しい。本当であれば今すぐにでも月光百合を採りに行きたいのだが、採ったとて今のままでは渡せなくて腐ってしまうよ、と主人にたしなめられた。

とはいえ、ローラン様の授業が終わるのを日がな一日待っているだけというわけにもいかない。俺は人の目を盗み、洗濯場や厨房《ちゆうぼう》で下働きをした。

幸い、俺の顔や存在はごく一部の人間しか知らないようだった。今日も使用人にまざってシーツを洗濯板で擦っていると、隣で作業をしていた少女がはあ、と悩まし気なため息をついた。鼻のあたり

にそばかすの散った、まだ城で働き始めてひと月も経っていないという勝気な女の子だ。

「どうしたの」

聞くと、彼女は泡をあちこちに飛び跳ねさせながら答えた。

「今日、東棟にシーツを取りに行ったらローラン王子を見かけたの。私に気づいてくださって、お疲れさまって言ったのよ」

ローラン様は挨拶も得意だ。最近、彼に何も教えられず十六年という時間を無為に過ごさせたということに改めて気づき落ち込んでいた俺は、少し嬉しくなった。身分や親交の深さに分け隔てなく挨拶をするお人柄は天性のものだが、一般的な言葉を彼に伝えたのは俺だ。

「なんて素敵なんだろう。自分と同じ人間だなんて信じられないわ。金のおぐしがきらきらして、まるで春の女神さまみたいに綺麗よ」

すごく良くわかる。俺は頷いた。金の髪、青い目、白い肌。ローラン様にはこの国で美人に必要だと言われているものがすべてそろってらっしゃる。

俺たちがいかにローラン様が美しいかということについて話し合っていると、隣で洗った服の泡をすすいでいた女性が「それを言ったらユーリ様だって、以前はそりゃお綺麗な方だったけどねえ」と話に入ってきた。彼女はもう二十年以上も城に勤めている。

「ユーリ様って？」

そばかすの少女が聞いた。ユーリ殿下が病で表に出なくなったのは、もう七年も前のことになる。誰も憚《はばか》ってわざわざ話題にしないせいで、少女には聞きなれぬ名前らしい。

「王太子殿下さ。背が高くって、髪は黒くてつやつやしてらして、いつも溌剌《はつらつ》と笑ってらっしゃったんだよ」

街でも大人気だった。マリーやエディ、ローズたちは結婚前どんな男性が好きなのか聞かれると必ず彼の名前を挙げていた。

「ご病気さえしなけりゃねえ。ローラン様にだって負けない貴公子だったのに」

近くにいた年かさの女たちが揃って頷く。聞けば、病気をする前は従者と一緒になって城中を駆け回るほど活発な人だったらしい。

「騎士団にロニー様っていう方がいてね。いつも一緒に走り回ってらっしゃった。私らにも気安く声をかけてくださって……」

女の隣で桶の水を捨てていた男が心配そうに言った。足元で遊んでいた使用人の子供たちが跳ねる水に声をあげて喜ぶ。

「後遺症ってのは、そんなに悪いのかねえ。こんなに経っても表に立てないほどなんだろうか」

彼らの声を背に、すすぎ終わったシーツを固く絞りながらユーリ殿下について考える。

そうだ。すっかりあばたを治せばよいだけだと考えていたが、後遺症がひとつだとは限らない。もし彼が起き上がれないほどひどい状態だったら、治せるだろうか？　治せなかったら、やはりローラン様はオルランドの言う通りこのままこの国の王になってしまうのだろうか？

次の日もローラン様は朝から晩まで授業を詰め込まれてお忙しい様子だった。が、今日は俺にもやることがあった。

南棟にある、あの木の扉の向こうに行くのだ。前に行った時はさすがに城の木に登るなんてとしり込みしたが、もはやぐずぐずと躊躇っている場合ではない。このままではローラン様はあっという間に王にされてしまう。あの方は信じられないほど賢くて、あらゆることをあっという間に覚えてしまうのだ。勉強なんてあと数日もすれば必要なくなるだろう。

いつも通り洗濯を手伝ってくると言って部屋を出た俺は、さも何も企《たくら》んでいませんよ、という顔をしトゲ木苺を摘みに来たふりをして歩いた。

木戸の前まで来ると、周囲に人がいないのをさっと確認し、すばやく近くの木の枝に手をかける。そのまま幹を蹴るようにして、反動を利用して勢いよく体を上に引き上げた。

幸い、太い枝が何本かあり、俺は難なく木の上まで登ることができた。針葉樹だということもあり、葉が体を隠してくれるのも助かった。

木々の後ろにはレンガの塀があり、それを越えるとひらけた場所になっていた。遠くに、たしかに塔のようなものがある。足を伸ばして塀へ飛び乗り、音を立てないよう慎重に体を地面に下ろす。

無事に扉の向こうへ来ることができた。

俺は見つからないうちに事を済ませようと走って塔に向かった。近づいてみてわかったが、塔はものすごく大きい。全体的に白く古ぼけており、窓が二つ、首を直角にして見上げないといけないほど高い場所にある。ところどころにツタが這っていた。ふもとまで来ると、やはり木の扉があり、これにも鍵がかかっていた。ダメもとでがちゃがちゃと動かしてみたが、開く様子も壊れる様子もない。

流石の俺もこんなに高い塔を登るわけにはいかず、途方に暮れてしまう。せっかくここまで来たが、無駄足だったかもしれない。肩を落として、引き返そうと体を回転させると、いつの間にかすぐそこに人が立っていた。飛び上がるほど驚き、思わず後ろに数歩下がる。

背の高い男だった。ゆったりとした作りの、紺色の衣を着ていて、手には本を持っている。一番目を引くのは、その顔を隠すようにつけられている銀の仮面だった。

「誰だ」

低い声が問う。俺は背中を塔の外壁にぴたっとくっつけながら「お、俺の名前は藤枝蕗です」と答えた。驚きすぎて、自分が日本語を話していることにも気づかなかった。

相手は当然俺の言葉がわからなかったようだが、かえってそれが良かったのか、張り詰めていた雰囲気がふっと緩んだ。

「城に来たばかりで迷ったのか？　こんなところに来るな」

そう言って俺の格好をちらりと見ると「洗濯係だな」と言う。何度も必死に頷く。彼はついて来いと言うように俺の手首を掴むと、城への戻り方を教えてくれた。おかげで、わざわざ木を登って泥棒のような真似をせずとも西棟のはずれから容易に出入りできることがわかった。一人で戻れるところまで俺を案内した男は、自分はそこで足を止めて「もう来るなよ」と俺の背を叩いた。

多分だが、この人がユーリ殿下だった。

月光百合を取りに行く！　と今すぐにでも城を飛び出していきたかったが、俺は足踏みしていた。なにしろ俺は未《いま》だ城内であやふやな身分なので、一度出たら最後二度と城門をくぐれない可能性がある。せっかく月光百合を採っても、届けられなければ意味がない。俺はローラン様に昼間あったことをあらいざらい喋って、どうしたら月光百合を取りに行けるかを聞いたが、ローラン様は「焦らないこと」と言って俺を椅子に座らせた。

「まだ城でやれることが色々あるよ」

「城でやること……」

「そう。折角教えてくれると言うのだから、色々なことを教わっておかないと。蕗、お前外国語を話せる？」

日本語をカウントしても良いなら、話せる。ローラン様は「もう少し勉強すれば蕗を違う国に連れて行っても苦労しないようになれるよ」と笑った。俺はローラン様と一緒なら、言葉がわからない国でも苦労に思わない。

「散歩もいいけれど、私が勉強している間、あまり遠くに行かないようにね」

白い指が頬に触れる。ユーリ殿下と月光百合のことで頭がいっぱいだったが主人の手が肌に触れていると思うと急に恥ずかしくなり、思わず目を伏せた。頬がかっかと熱い。俺の不審な様子に気づいたのかローラン様の指がぴくっと動き、しばらく止まった。

「……蕗？」

「はい、ローラン様」

返事をして、やっとローラン様を見上げる。彼は戸惑ったような、探るような顔で俺を見ていた。青色の瞳の奥に、なにかを期待するような色が見える。彼がなにかを言おうとした時だった。ドアをノックする音がする。ローラン様ははっとして顔を上げ、外に向かって誰何《すいか》した。

「ミリアでございます」

「ああ、……うん、入っておいで」

俺は慌てて椅子から立ち上がり、ローラン様の後ろに立った。ミリアは大きな木の箱をいくつか重ねて持っていた。後ろにも何人かの使用人がいて、同じように箱を持っている。中には十個以上も箱を重ねている男もいた。ローラン様の陰から出て、そっと近寄り箱を運ぶのを手伝う。見ると、それは衣装箱のようだった。

ミリアが使用人たちに指示を出し、床に次々と箱が積まれる。彼女は自身が持ってきた箱をひとつ開け、中から服を出した。

「雪解けの祝祭でお召しいただく衣装でございます」

ローラン様の体はひとつしかないが、服は数えきれないほど用意されていた。どれも眩《まばゆ》いばかりの品だ。ミリアが持っている衣装は紺色の布地にきらきらと光る糸が織り込まれていた。

ローラン様は興味なさげにそれを見ていたが、荷物を運んでいた使用人たちが仕事を終え退室しようとすると彼らを呼び止め「重かっただろう。ありがとう」と声をかけ、部屋に置いてある菓子を渡すよう俺に言った。ローラン様の部屋には常に何かしらの菓子が用意されているのだ。俺は飴《あめ》の入った籠を持って使用人たちに配った。

彼らが全員出て行くと、ローラン様は残ったミリアに「こんなに服をもらっても、とても全部着られないよ」と笑った。ミリアは楚々《そそ》とした様子で「お気に召さないのであれば、別のものを手配いたします」と答えた。ローラン様が破顔一笑する。

「困ったことに、私は着るものに興味がないんだ。蕗に聞いておくれ。私に似合うものを一番よく知っているから」

急に話を振られて驚いたが、一生懸命頷く。確かに、俺はローラン様が本当に好きなので、彼のことを四六時中考えている。何を着たら一番似合うのかも、よくわかる。ミリアは横目でちらっと俺を見たが、特に何も言わずローラン様に向かって「仰せのままに」と頭を下げた。

彼女が出て行った部屋で、さっそく箱を開けてどんな衣装があるのかを検《あらた》める。蓋《ふた》をすべて取ってしまうと、見事な眺めだった。豪華絢爛《けんらん》と言ってもいい。この世の全ての贅沢を集めた感じだ。ひとつひとつ手に取って見る俺を、椅子に腰かけてローラン様が眺める。

「楽しい？」

「はい」

ローラン様はお顔がまるで祝福を受けたかのように美しいので当然なんでも似合うが、一番似合うのはやはり瞳と同じ青い服だ。

「雪解けの祝祭には、ユーリ殿下も出席なさるという噂だよ」

「えっ」

驚いて振り返る。ローラン様は頬杖をついてにっこり笑った。

「一生懸命作法を学べば会わせてくれると言うから頑張って勉強していたのに、私の蕗はもうユーリ殿下に会ってしまったの？」

一瞬にして、毎日息つく暇もなく教師に師事していたローラン様のお姿が思い起こされる。青い衣を持ったまま、全身の血が足元に下がった気がした。主人の考えにも思い至らず勝手に動いたことを謝ろうと口を開くと、言葉が出て行くよりも一瞬早くローラン様の笑い声が部屋に響いた。彼の両腕が伸びてきて俺の頭を抱え込み、ぎゅっと抱きしめられる。柔らかな布の感触と、良く晴れた日の森のような匂い。下がっていたはずの血流が心臓まで一気に逆流する。心臓がどっとものすごい音で鼓動を打ち、頭がくらくらした。

「ロ、ローラン様」

「蕗って、本当にすごい人だね。私の考えのずっと先を行ってしまうんだもの」

楽しそうな笑顔だった。彼の胸に手のひらを当てて見上げると、俺の首をぎゅっと抱きしめていた腕が緩み、大きな手が頬を挟むようにして持つ。急に顔を持ち上げられて、俺は思わず呻いた。ローラン様がためらいなく顔を近づけて頬ずりをする。

「ああ、本当に楽しい」

ローラン様はいつも変なところで喜ぶ。例えば彼が十四歳の頃、断っても断っても送られてくる大量の恋文になんと言えばいいかと困っていた時、俺が家の前に『恋文お断り』の立札を立てたら息も絶え絶えに笑っていた。なぜ笑われているのかはいまいちわからないが、あまりにも楽しそうなのでそんな顔を見ていると「まあ、笑っているなら良いか」と思ってしまう。今回も、さっきまで謝ろうとしていたことを忘れてローラン様の目じりに滲んだ涙を釈然としない気持ちでそっと拭った。

衣装は本当にたくさんあったので、俺は一晩かけてなんとか五つに候補を絞り込んだもののそこからは中々決めきれなかった。

西棟のはずれから生垣の間をくぐってユーリ殿下の塔の近くまで行き、芝の上に座って悩む。どこで悩んでもいいのだが、時間がもったいないので折角ならユーリ殿下が通りかかる可能性がある場所の方がいいと思ったのだ。月光百合はまだ手元にないが、そもそも俺を信用してもらわなければ薬など飲んでもらえないだろうから。

見比べやすいように切ってもらった布の切れ端を地面に並べてうんうん悩んでいると、どこからか跳ねるようにしてリスが近づいてきた。尻尾《しっぽ》に白いリボンがくくられている。ということはローラン様の友達だ。

俺はぴくりと片眉を上げて「何しに来た」と聞いた。リスはふん、とでも言いたげに顔を背け、並べた布の間をぴょんぴょん飛び回った。眉を寄せてその動きを見ていると、不意に後ろで物音がした。反応したのか、リスがさらに激しく動き回る。あまりに素早く尻尾を振るので、ちぎれてしまいそうだった。音の方も気になったが、とりあえずまずは目の前の獣を落ち着かせようと両手でリスを掴む。手のひらの中にリスを閉じ込めると、後ろから耐えきれないというような笑い声が聞こえてきて、慌てて振り向く。

ユーリ殿下だ。彼は仮面の口元を押さえて肩を震わせていた。手の中にリスを閉じ込めたまま、思いがけず早く来た再会に驚く。ユーリ殿下はしばらく俯いたままだった。やっと震えが落ち着くと、こっちに近寄ってきてリスを閉じ込めた俺の手を上から握り、そっと開く。隙間ができるとリスはあっという間に逃げて行った。

「あまりいじめてやるな。野リスは喰《く》っても美味くないぞ」

尻尾がちぎれないよう落ち着かせてやろうとしただけだったが、いじめているように見えたらしい。上手く説明できる気がしなかったので、弁明は諦める。俺は立ち上がり、ユーリ殿下の顔を見つめた。しかし、俺が会えて嬉しいと伝えるより先に、彼はしゃがみこんで芝の上に広げられていた布切れを手に取った。

「はぎれを貰ったのか。小さいが、良い布だな」

彼の指が丁寧に皺を伸ばして、布を重ねて渡してくれる。

そういえば、雪解けの祝祭にはユーリ殿下も出席するのだった。彼も衣装を選んでいるのだろうか？　街中で同じ服を着ている人間に会うだけでも複雑な気持ちになるのだから、ユーリ殿下とローラン様はなおさら同じような服を着ない方がいいだろう。衣装について聞こうと口を開くと、ユーリ殿下は優しい声音で「なんだ、もうシンディオラの言葉を話せるようになったのか？」と聞いた。

もしかして、ユーリ殿下は俺が言葉を話せないと思っているのだろうか？

まじまじと彼の顔を見る。といっても、そこには冷たい銀の仮面があるばかりなのだが。唯一露出しているのは目元だが、それも必要最小限で、影になって瞳の色すらよくわからない。じっと見ているうちに、ユーリ殿下は耐えきれないと言いたげに肩を震わせながら俺の胸を押した。

「おい、近いぞ」

気づくと、鼻が仮面につきそうになるほど顔が近づいている。慌てて離れ、芝の上に腰を下ろす。

隣に座ったユーリ殿下は立てた両膝の上に頬杖をついて「不敬だぞ」と笑った。

「お前は知らないだろうが、私はこの国の王太子なんだ。唇でも奪ってみろ。お前に責任が取れるか？」

取れないし、王太子だということは知っている。反省の意をこめて神妙な顔を作り首を横に振った。

ユーリ殿下はおかしそうに目を細めた。が、すぐに俺から視線を外し、今度は憂鬱《ゆううつ》そうに目を伏せる。

「まあ、それもいつまでかはわからないがな」

思わず瞬きをしてユーリ殿下の顔を見つめる。それは、思い違いでなければ俺が言葉をわからないと思っているからこそ出た言葉のように思えた。今すぐにでも彼と話したくて開こうとしていた唇を、思わず噤む。ユーリ殿下は俺の視線に気づくと、軽く頭を左右に振った。

「さて、こんなところに来るんじゃないとお前の故郷の言葉ではなんと言うのかな」

俺は困って、色々考えた末に日本語で「またね」と言った。


なんの目的も達成できず、結局布を握りしめてローラン様の部屋に戻る。が、ちょうど出口に差し掛かったところでミリアの姿に気づき、とっさに姿を隠した。背の高い生垣の陰に身を潜める。どうやら、彼女はこちらに背を向けて誰かと話をしているらしかった。

「あんまりだわ。私、胸が痛いの」

泣いているようだ。彼女が感情を露にするところを初めて見た。いつもは冷静で、まるで人形のように表情のない人なのに、声が震えている。

「宰相閣下はあの王子に部屋いっぱいの衣装を贈ったのよ。それなのに、この城の誰もユーリさまには見向きもしないなんて」

「落ち着けよ。あのお人がユーリ様に冷たいのなんて、昔からだろ」

ロニーの声だ。生垣からそっと様子を窺ってみたい衝動に駆られたが、見つかればローラン様に迷惑がかかるかもしれない。体をさらに小さく丸めて、息を止めて耳をそばだてる。盗み聞きは倫理に悖《もと》るとわかっているが、知りたい気持ちを抑えられなかった。

「でも、御父上さますらお手紙のひとつも寄越《よこ》さないのよ。ユーリさまは気丈に振舞っておられるけど……、わたし悔しいの」

「そんなの、ユーリ様のお顔を見て以来、ずっと音沙汰《おとさた》なしだ。今に始まったことじゃない。それより今は祝祭をどう乗り切るかを考えよう」

ミリアがしゃくりあげる声が続く。彼女はしばらく嗚咽していたが、ロニーが辛抱強く声をかけると、やっと落ち着き「オルランド様に頼めないかしら」と言葉を出した。

「あのお方なら、ユーリ様にふさわしいものを用意できると思うわ」

「団長だって？　あの人はローラン派だろ」

「でも、親しかったじゃない。あなたたち、よく三人で遠駆けしていたでしょう」

ロニーの悩む声を聞きながら、俺は頭の中で聞いた情報を整理した。つまり、ミリアとロニーの二人は雪解けの祝祭でユーリ殿下の着る服がなくて困っている。そして服の手配を、オルランドに頼めないかと考えている。

結局、その場では結論は出なかった。ロニーは「聞いてはみるよ。聞くだけな」と言ってその場を去り、ミリアもほどなくして帰っていった。俺は長時間同じ姿勢でいたせいで痺れた足を叩いて、よろめきながら立ち上がった。

明朝、夜明けと同じくらいに部屋を出る。寝台を抜け出ようとすると隣で寝ていたローラン様がむずかったので、幼い頃と同じように額を数度擦《さす》ると、また眉間の皺を解いてすやすやと寝入っていた。簡単に顔を洗って髪を整え、音を立てないようにドアを開ける。

以前会った時と同じ時間に騎士団宿舎の前でじっと待っていると、ほどなくして騎士服を身に着けたオルランドが走ってくるのが見えた。日課の走り込みをするその腕を後ろからわっしと掴む。オルランドは勢いよく振り向いたが、そこにいるのが俺だとわかると警戒を解き目をまたたかせた。

腕を掴む手に力を込めてオルランドを物陰に引きずっていく。彼は抵抗する様子もなく、素直についてきてくれた。人気の少ない騎士宿舎の裏まで行くと、俺は周囲の目がないのを注意深く確認してから話を切り出した。

オルランドは黙って話を聞いていたが、徐々に眉を寄せ、全てを話し終わると完全に難しい顔になっていた。

「……だめですか？」

俺には彼の部下を救ったという恩があるから、多少難しくても頼みを聞いてくれると思ったのだが……。もし祝祭に着ていく衣装を用意する一助になれたら、ユーリ殿下の信用を得られるかもしれないという下心が当てを失い急速にしぼんでいく。オルランドは首を振った。

「騎士団が関われる問題じゃない。私は身分に責任を持つ必要がある」

「名前を隠して贈るのもできないですか？」

諦め悪く追いすがったが、オルランドはすげなく頷いた。

「無理だ。王宮で完璧に隠しごとができる人間なんていない。バレた時、免職される」

思わず肩を落としてしまう。オルランドは申し訳なさそうにしていたが、なにかを思いついたようにこちらを見た。

「お前が贈ればいい」

それができれば、言われなくてもしている。この男は、俺が金を持っていないと見てわからないのだろうか。仕方なく「金がないので、できません」と言おうとした俺を、オルランドの手のひらが制する。差し出された手には、翡翠《ひすい》でできた輪のようなものがあった。金の金具がつけられており、小さな丸い板には王家の紋章が刻まれている。見る目がなくても高価だとわかる。売って資金にしろということだろうか。

「騎士団用の通行証だ。これがあれば、自由に外と王宮を出入りできる」

「く、くれるんですか？」

声が上ずった。これがあれば、月光百合をいつでも採りに行ける。

「貸すだけだ。用が済めば返してくれ」

激しく頷く。俺は彼の手から通行証を受け取った。素手で触るのがなんとなく躊躇われたので、袖を伸ばして布越しに掴み、落とさないよう胸元の合わせに入れておく。すごい。当初の目的とは違うが、欲しいと思っていたものが手に入ってしまった。俺はオルランドに頭を下げた。


部屋に帰ると、ローラン様は窓際の椅子に腰かけて身支度をしているところだった。ブラシを手に、長い髪を適当に梳いている。朝日が金髪にあたって、きらきらと輝いていた。彼の鼻歌を聞くためか、窓の外には小鳥たちが集まっていた。

彼は部屋に入ってきた俺に気づくと、柔らかく微笑んだ。近寄って彼の手からブラシを貰う。ゆっくりと髪に滑らせると、ローラン様は嬉しそうに肩を揺らした。髪を梳き終わり、後ろで編み込みながらオルランド騎士団長から城の通行証をもらったことについて話す。

「なので、すぐに月光百合を採ってきます。俺が薬を作って、ユーリ殿下の顔が治ればまた森の家に帰れますよね」

「そうだね。早く帰ってお前の作ったシチューが食べたいよ」

俺は一生懸命頷いた。ローラン様が着替えを終えるとちょうどミリアが朝食を持って現れた。今日は社交の教師が来るのだと言う。ローラン様は彼女から今日の予定を聞きながら俺に向かって「ダンスを習うんだ。蕗にも教えてあげる。今度一緒に踊ろう」と言った。

彼が授業に行くのを見送って、善は急げとさっそく外出することにした。久しぶりの王都だ。そう長い間離れていたわけでもないのに懐かしさに胸が高鳴って指先がじんわりと熱を持った。

衛兵たちに通行証を見せ城門を抜けると、すぐに街の喧騒が耳に届いた。せわしなく動く人々の流れに乗ってつい数か月前まで住んでいた場所へと向かう。

やるべきことは色々あったが、まずは宿屋の女将のところへ行くことにした。外から様子を窺うと、どうやら書類仕事をしているらしい。普段はかけない眼鏡をかけて机に向かっていた。入口の看板を手の甲で叩くと「はーい、今行きますよ」とこちらを振り向いた。

彼女は俺を見ると文字通り飛び跳ねて喜び、やっていた作業をすべて放り出して表に出てきてくれた。勢いよく走ってきた彼女が、俺の体を両腕で力強く抱きしめる。ずっしりとした重みを感じて、俺は慌てて足に力を込めた。

「ああ、良かった！　もう二度と会えないかと思っちゃったわ」

女将はそう言って腕に力を込めた。しばらく抱きめしられ、気が済んだのか照れたように笑いながら離れていく。

「そうだわ、ちょうど大家さんも来ているの。今呼んでくるわね」

目じりを拭いながらそう申し出てくれるのを断って、一緒に宿の中に入り食堂へ行く。奥にある一人用の席に、いつも通りに老人はいた。近づいて声をかけると、彼は一瞬呆気《あっけ》にとられた顔をしたものの、すぐに仏頂面に戻り読んでいた本に視線を戻す。

「なにか買い物はありませんか？　欲しいものがあれば買ってきます」

俺はまるで昨日別れたばかりのように声をかけた。老人がふん、と鼻を鳴らす。

「好きな時に去って好きな時に来るなんて、勝手な奴だ。お前の世話になる道理はない」

冷たい言い方だったが、話してくれるということは機嫌は悪くないらしい。それなら酒と小麦を買って届けると言って、二人に挨拶をして宿を出た。

王都は相変わらずにぎわっていた。少し歩くだけでも人にぶつかってしまうほどだ。雪解けが近いからか、みんなどこか嬉しそうで、笑顔だった。

ロニーが取り壊すと言っていたのであるかどうか不安だったが、森の家に行く。幸い、家は出た時のまま変わっている様子はない。中に入ると、人が出て行ったせいでやや荒れていた。が、恐れていたほどではなかった。煤けているが、不思議と蜘蛛の巣はなく、虫もいない。

俺は家に入るとまっすぐ寝台に近づき、布団を持ち上げた。敷布団と寝台の間には俺がひそかに貯《た》めていた金があった。突然家を出ることになったので、そのままだったのだ。袋を開けると、中身は手つかずのままだった。

こんなはした金で買える服などたかが知れているが、ないよりはマシだろう。足りなければ、なにか仕事を貰ったり、薬草を売ればいい。祝祭まではまだ時間に余裕があった。金を持って家を出ようとすると、足元で「チュウ」という鳴き声がした。

ネズミだ。首元に青いリボンを巻いている。思わず目を丸くして「ジョン」と名前を呼ぶ。彼はチュウチュウ鳴いて後ろ足で立ち、前足をせわしなく動かした。そうするうちに、どこからか数匹のネズミが出てきて集まる。てっきり城を終《つい》の棲家《すみか》にしたのかと思っていたが、いつの間にか森に戻り家庭を持っていたらしい。

久しぶりに会ったジョンは、隣にいる同じくらいの身丈のネズミと、生まれたばかりだろう小さなネズミを一生懸命に指さしている。おそらく番《つがい》だろう、同じくらいのネズミが一匹と小さなネズミが三匹並んでいた。礼儀として軽く頭を下げると、彼は満足そうに胸を張った。

「ローラン様はもうご存じなのか？」

問うと、ジョンが首を振る。挨拶に伺うべきだろうと助言すると家族そろって一生懸命に頷くので、城に連れて帰ってやることにした。ネズミの足では城まで何日かかるかわからないし、万が一駆除されたり踏みつぶされでもしたら寝覚めが悪い。外套のポケットに入るよう促すと、全員躊躇いもなく入ってくる。野性は忘れたままらしい。

貯めていた金を持って、まずは仕立て屋を訪ねた。流行り病にかかった娘のあばたを治したことで、仕立て屋の店主とは浅くない付き合いがあった。彼は俺の顔を見るとすぐに奥から出てきてくれた。

「やあ、フキさん！　久しぶりですね。噂で街を出たと聞いたけれど、もう戻ってきたんですか」

「はい。今日は服を買いに来ました」

机の上に袋を置いて、この金で買える一番良い服が欲しいと頼む。仕立て屋は金を数えてから、俺に向かって「ローランさんの服ですか」と聞いた。

首を振って今度の雪解けの祝祭のためユーリ殿下に服を贈りたいのだと話すと、彼は眼鏡の奥の目をぱちぱちさせた。

「ユーリ殿下に……ですか」

彼はしばらく黙りこみ、俺に少し待つよう言って店の奥へと歩いて行った。戻ってくると、手に布を持っていた。厚紙を芯《しん》に幾重にも巻かれた布の束だ。素人が見てもわかる、美しく上等な布だ。引き込まれるような深紅がしっとりと濡れるように輝いている。明らかに俺の持ってきた金では足りない品に、戸惑って店主の顔を見る。

「うちにある一番良い布です。フキさん、あなたにはいつか助けてもらった恩を返したいと思っていたんです。どうぞこの布で作らせてください」

どう考えても貰いすぎだ。ありがたい話だが首を振る。が、店主も譲らなかった。俺には恩があるし、シンディオラの民として王太子殿下の力になりたいという。俺たちは半刻以上もお互いに粘り合って、結局全てを仕立て屋に任せるのではなく布と、最終的な仕立てを店主に頼み、それ以外の装飾などは俺が自分で手配するという話に落ち着いた。話が終わる頃には、二人して額に汗が滲んでいた。

装飾を施すため裁断された状態の布を手に持ち、どことなく負けたような気持ちで仕立て屋を出る。ポケットの中でネズミたちがチュウチュウ話しているが、何を話しているのか考えるのも面倒くさかった。

布を持ち、次は月光百合を採りに行こうと森を目指して歩く。店の建ち並ぶ通りにかかった橋を渡ろうとすると、後ろから肩を叩かれた。振り向くと、そこには宝石店のエディがいた。彼女は大きな目を見開いて、頬をぱっとバラ色に染めた。

「フキさん！　フキさんだわ！」

彼女は華奢な手で俺の手首を掴むと、力いっぱい握りしめた。あまりの勢いに驚いて目を丸くしていると、その細腕のどこにそんな力があるのか、彼女は急に俺を引っ張ってどこかへ歩き始める。

「どこに行ってしまったのかと、とても心配していたのよ。私もローズもマリーもね！　私たちに黙ってどこかへ行ってしまうなんて、あなたってひどい薄情者だわ」

エディは憤懣《ふんまん》やるかたないといった様子で早口に俺を責めた。

「ご、ごめん」

謝りつつ彼女に引きずられるまま歩くと、花屋に着いた。最後に来た時より広くなったように見える店内には数人の客がいて色とりどりの花々を思い思いに選んでいる。勝手知ったる様子でエディが店員に声をかける。しばらくして奥から出てきたマリーも、さきほどのエディと全く同じ反応をして俺をなじり、店の手伝いをしていた長男に粉屋までローズを呼び行くように伝えた。

こうして、あっという間に三人の女たちに囲まれてしまった。花屋の二階に連れ込まれ、ほとんど無理やり椅子に座らされて質問攻めを受ける。特に隠す必要もないので、聞かれるまま、あらいざらい話す。彼女たちは驚いたり憤慨したり、悲しんだり、喜んだりとせわしなく反応した。

「ローランが王子だったなんて！　どうりで、気品がありすぎると思っていたわ」

「まあ、フキさん、そんなことをされたの？　悔しいわ。私がいたらその騎士のほっぺを思い切りつねってやるのに」

「なんにしろ、こうしてフキさんが戻って本当に良かったわ。王都にもまた遊びに来てね」

ローズに手を握られて頷く。彼女はにっこり笑った。

隣に座っているマリーが頬に手を当てて「でも、フキさん針仕事なんてできるの？」と聞いた。得意だとは言わないが、もちろんできる。十六年間ローラン様の服が破れた時、繕っていたのは俺だ。が、彼女たちは顔を見合わせると、声を合わせて自分たちにも何か手伝わせてくれと言ってきた。それぞれがそれぞれの言い方で好きなように同時にしゃべるので、聞き取るのが非常に難しい。

「いいでしょう？　私たちだって恩返しする権利があるはずだもの」

「フキさんよりずっと上手に刺繍できると思うわ」

「流行りの絵柄にも詳しいしね」

エディが俺の持っていた布を奪い取りあっという間に振り分ける。俺は慌てて取り返そうとしたが、袖の部分の布を一枚しか取り返せなかった。取り返したというより、分配されたと表現する方が正しいかもしれない。

「祝祭ってことは、きっと花もいるわよね。力になれるわ」

「宝石なら任せてね。うちで一番良いものを用意するから」

「きっとお菓子もいるわよね。気合を入れて作らなくっちゃ」

どうやら、配偶者を得て子供を持っても依然としてユーリ殿下への憧《あこが》れは変わらないらしい。彼女たちは刺繍の図案本を出すと、三人で顔を突き合わせてどこにどの絵を入れれば素敵かを話し始めた。あっという間に話がまとまり、担当が決まる。俺にも図案の写しが渡された。

「じゃあ、祝祭の三日前には仕上げるから、取りに来てね」

流されて、結局頷いてしまった。花屋を出る頃には、すっかり日が暮れ始めていた。

月光百合の丘は、前と変わらず満開に花を咲かせていた。月の出る晩であれば、季節問わず咲く花だ。持ってきていた瓶に花弁を集めて詰め込む。森に帰り、習った手順を思い出しながら鍋《なべ》で薬を作る。できあがった黄金色の液体を瓶に入れ、俺は安堵のため息をついた。


真夜中になってしまっていたが、城門で夜番の兵士に通行証を見せると中に入れてもらえた。

ローラン様の部屋に戻ると、彼はまだ起きていて、窓際の椅子に座り月明りで本を読んでいた。俺を見ると、椅子から勢いよく立ち上がって近づいてくる。

あっという間に目の前に来た彼の大きな手が俺の肩を掴んだ。ものすごい剣幕に戸惑ったが、それよりも先にその手のひらの大きさに違和感を覚える。目の前の主人をよくよく観察してみると、やはり背が少し伸びたようだ。俺は場違いにも感心して、思わず手を伸ばして彼の頭を撫でた。

「ローラン様は大きくなったみたいです」

厳しい顔をしていた彼の顔が、呆気にとられたように緩む。

「あは、蕗、やっと帰ってきたと思ったら……」

肩を掴んでいた手が離れ、今度はそっと背中に回り抱き寄せられる。

焚《た》き染められた香の良い匂いがした。あまりにも良い匂いのせいで、いつまでもこうして触れていたい気持ちになったがなんとかみじろいで彼から離れ、胸元に入れていた月光百合の薬を取り出した。

ローラン様は元々大きな青い瞳をさらにひとまわり大きくした。

「薬が作れたので、これでもう大丈夫です。ローラン様、蕗と一緒に家に帰りましょう」

興奮で声が大きくなった。ローラン様が薬瓶を手に取る。許されるなら今度は自分から彼を抱きしめたい気持ちでいっぱいだったが、なんとか我慢して言葉を待つ。俯いて瓶を見つめる横顔は、垂れた御髪《おぐし》で隠れてよく見えない。

「ローラン様？」

名前を呼ぶと、ローラン様は小さく唇を動かした。

「……もし、あの方の傷が癒えても……」

ひとときの沈黙。窓から入る月明りが、ローラン様の白い肌を照らしている。彼はゆっくりと顔を上げると、一瞬泣きそうに瞳を揺らしてから笑った。

「お前を攫って、どこか遠くに逃げてしまおうか。ついてきてくれる？」

「はい」

答えは考えるよりも先に口をついて出た。薬瓶を持つ彼の手を、上から両手で包むように握る。俺はそこにそっと頬を寄せて答えた。

「はい。蕗はずっとローラン様のお傍にいます」

ネズミたちは森の家から城へと移り住んだようだった。ジョンの子供を見るとローラン様はすごく喜んで、手のひらで抱き上げて頬ずりをした。子ネズミたちは嬉しそうに全身を震わせていた。

さっそく薬を届けようと次の日から毎日塔まで通ったが、ユーリ殿下にはなかなか会えなかった。

仕方ないので、自分の担当である袖の刺繍に寝る間も惜しんで取り組む。毎晩毎晩夜更かしをする俺に、ローラン様が一体そうも一生懸命何をしているのかと聞いてきた。

彼が雪解けの祝祭で着る衣装は、既に布を選び終え、城のお針子たちが製作に取り掛かっているらしい。当然ながら、俺のすることはない。

深紅の布に縫い針で金の糸を通しながら「ユーリ殿下の衣を縫っています」と答えると、ローラン様は目を見開いて「はあ？」と大きな声を出した。びっくりして針を動かす手が止まる。

「誰の衣だって？」

ローラン様は眉を逆立てて聞いた。さっきまで寝台の上でまどろんでいたのに、立ち上がってこちらに来る。俺は思わず椅子から立ち上がり、持っていた布を背中に隠した。

「もう一回言ってごらん、一体誰の衣を縫っているの」

「ゆ、ユーリ殿下です。祝祭で着る服がなくて、ミリアやロニーも困っていたので、それに着る服がないのはとても困るので」

現に、シェードの屋敷から逃げ出した折も街で買い足せるまで服には心底困った。

「そう。私の服は誰とも知れない城の者が縫うのに、ユーリ殿下はお前が縫った服を着るのだね」

正確に言えば、大体は仕立て屋とマリーたちが縫っており、俺が針を入れるのはほんの一部なのだが、説明してもローラン様の機嫌は直らなかった。どかりと椅子に座り、行儀悪く胡坐を組んでひじ掛けに頬杖をついている。どんなに粗野な振る舞いをしても美しく様になる人だった。

「ああ、私も蕗の縫った服が欲しい」

わざとらしく大げさに眉を下げてため息をつく。俺を困らせようとしているのはわかっているのだが、ローラン様を無下に扱うのはすごく難しい。

俺は弱って、持っていた布を投げ出して彼の足元に膝をついた。ローラン様がちらっと横目で俺を見る。彼の白い手が俺の頬に触れ、顎のあたりを指先でくすぐった。

「主人を放って他の男のために働くなんて、悪い従者だな」

意地悪ばかり言う。俺はとうとう困り切って、頬に触れるローラン様の手を掴んで彼の顔を見上げた。ローラン様が目を細めて、もう片方の手を伸ばして俺の頬に当てる。両手にぐっと力が入り、顔が上向きに固定された。

「よし、じゃあハンカチを縫っておくれ。そうしたら許してあげよう」

ハンカチ。戸惑ってローラン様の顔を見返す。ハンカチを縫って渡すなんて、女の子が好きな相手にやることだ。そう思ったが、主人が言うなら断るなんてできない。それで機嫌が直るなら安い気もした。俺が頷くと、ローラン様は「決まりだ」と明るい声を出した。


次の日、ローラン様はさっそく白い布を用意した。受け取った白い布を見ながら、やはりここにはシェード家の紋章を刺繍するべきだと考える。

昨日、夜の間中考えて決めたのだ。おかげでほとんど眠れず、あくびが止まらない。そうとなれば、手本がいる。俺はローラン様に刺繍のために護身の短剣を見せてほしいと頼んだ。難しい顔でなにかを書き写していたローラン様が、手元から顔を上げて首を傾げる。

「短剣？　持っていないよ。家に置いてきたのかも」

驚いて言葉を失う。

全身の血が足元に下がった。そんなわけがない。だって、俺はちゃんとローラン様に渡してほしいと短剣を騎士に渡したのだから。ロニーに。それに、森の家にはつい最近帰って掃除をしたばかりだ。剣の置き場所は金と同じだったのでもし家にあればすぐに気づいただろう。

どういうことなのか、確かめなければならない。短剣は俺にとってローラン様の次に大事なものだった。

部屋を飛び出して騎士団の宿舎に向かうとちょうど昼休みだったらしく、数人の騎士たちが東棟の周り、思い思いの場所で休んでいた。あの時短剣を頼んだはずのロニーがいないかと目を凝らして探したが、見つからない。いたと思っても別人だった。

困りきってあたりを見回すと、ちょうど木陰で以前話したことのある騎士の三人組を見つけた。ジーク、ジル、ジェイの『ジジジ』の三人組だ。彼らは俺に気づくと昼食を食べていた手を止め歓迎してくれた。

「フキさん！　どうしたんですか？　騎士団になにか用事ですか？」

俺は何度も頷いた。尋常ではない様子に、三人が顔を見合わせる。

「ロニーを探しているので、どこにいるか教えてほしい」

「副団長？　どこかな」

ジークが首を傾げる。ジルが「この時間なら、執務室じゃないか？」と答えた。するとジェイが手を上げて「俺が案内しますよ」と笑う。こくこくと頷いて、早く立つようにジェイを急かす。なぜかジルとジークもついてきて、四人連れ立って騎士団の宿舎へと入った。

三人に連れられて関係者以外立ち入り禁止と書かれた建物に入り、執務室へ行くとロニーは奥にある机で事務仕事をしているところだった。

俺を見ると目を見開いて驚く。俺は案内してくれた三人組が見ているのにも構わず彼に詰め寄って大声を出した。

「短剣をどこにやった」

ロニーの目が咄嗟に人目を気にして動く。彼は俺の問いには答えず薄笑いを浮かべて、まずジジの三人に部屋を出るよう命じた。彼らは俺が突然大声を出したことに驚き、何事かと気にする様子はあったものの、上官の命令には逆らえず部屋を出て行く。

きつく睨みつけると、ロニーはおどけるように肩をすくめた。

「短剣？　なんのことだか」

あまりの言いように言葉を失う。このふざけた態度に対してなんと言っていいのかわからず、俺は拳《こぶし》を握り締めた。ロニーは握っていたペンを羊皮紙の上に置くと、椅子の背もたれに深く背中をあずけて俺を見た。

柔らかそうな茶髪は後ろで一つにくくられている。髪を結う緑のリボンが騎士服の肩にかかっていた。今すぐにでもその襟首を掴み上げたい衝動をこらえながら、なんとか言葉を絞り出す。

「俺が渡した短剣です。あなたたちがローラン様を迎えに来た時に渡したものです」

「さあ、覚えてませんね」

ロニーが肩をすくめて薄く笑う。

頭に血が上って沸騰しそうだった。あの日の自分をぶんなぐってやりたい。俺は短剣を手放すべきじゃなかった。ローラン様以外に渡すくらいなら、たとえ主と離れようと、俺が持っているべきだったのだ。

何も答える気がないらしいロニーを睨みつけ、踵を返す。部屋を出ると、すぐそこにジジジの三人がいた。壁に張り付いている。俺を見ると慌てて立ち上がって集まってきた。一体副団長となにを揉めているのか、大丈夫なのかと気づかわしげに聞いてくる三人を無視して建物を出る。

噛み締めた唇が、じんじんと痛い。頬は熱を持って、全身に力を入れていなければ泣くか喚《わめ》くかしそうだった。最後の理性を振り絞り、後ろを振り返って道案内をしてくれた男たちに礼を言った。

なぜロニーはこんな意地悪をするのか？　あの短剣は、旦那様と奥様が俺を信じて託してくれたものなのに。ローラン様のものなのに。騎士団の宿舎を出ると、全速力で城を走ってローラン様の部屋に戻る。

主人は勉強に出ていて、部屋は無人だった。それをいいことに、俺はローラン様のベッドに顔を突っ伏しあらんかぎりの大声を出した。限界までシーツに顔を押し付けたせいで、声はくぐもる。全身がぶるぶる震えて、握りしめた手はまっしろになっていた。

肩で息をして、なんとか気持ちを落ち着けようと試みる。部屋には自分以外誰もいないと思うと、止めようもなく目から勝手に涙が流れた。

頭の中では、優しかった旦那様や、美しかった奥様の笑顔が次々と浮かんでは消えていく。忙しい合間を縫って剣の稽古に付き合ってくれたこと、優しく笑って大きなお腹を撫でさせてくれたこと。あの日、燃える屋敷の中で俺の手にまだ赤子だったローラン様を抱かせ、短剣を握らせた旦那様の、冷たく震える手。死を覚悟した瞳。逃げろと叫んだ声。あの火の中でローラン様と一緒に渡されたのだ。彼らにとって、あの短剣がどれだけ大切だったか。

見つけなければ。なんとしてでも、短剣を取り返さなければならない。

俺はなんとか息を落ち着け手首の内側で目元を拭うと、部屋の隅にある小さな穴に向かって「ジョン」と呼びかけた。ごそごそという物音を立てながら、首に青いリボンを巻いたネズミが出てくる。彼は俺を見上げ、首を傾げた。親の後をついてきたのか、子ネズミの姿も見えた。

床に膝をつき、ネズミを手のひらに乗せる。獣の目をまっすぐに見て「頼みがある」と言うとネズミの髭がぴん、と震えた。

「悪いやつがローラン様の短剣をどこかへやってしまったんだ。取り戻すために力を貸してほしい」

ネズミはしばらく考え込むように俯いた後、顔を上げ、前足をせわしなく動かした。が、相変わらず何を言っているのかさっぱりわからない。相手も、俺が全くわかっていないことがわかったのだろう。深く肩を落とした後、子ネズミに向かってチュウチュウと鳴き始めた。子ネズミたちは顔を見合わせて頷き、穴の中へ走って戻っていく。

ジョンはそれを見送ると、また俺を見上げて「チュウ！」と力強く鳴いた。


ロニーのことを考えると腹が立って仕方ないが、俺はユーリ殿下の服に刺繍することをやめなかった。当然、気持ちでは全てを放り出したくなったが、よくよく考えればロニーとユーリ殿下は別の人間で、ロニーに対する感情をユーリ殿下にぶつけるのはおかしな話だし、もし雪解けの祝祭に彼が出なければローラン様は一人で出席することになる。そうなれば、まるでローラン様がこの国を背負って立つことになってしまいそうで、それだけはどうしても避けたかった。

王室の一員として出席する初めての公務である祝祭が近づいていることもあり、ローラン様は連日ダンスや作法の練習、歴史や語学の勉強に忙しかった。

最近はなにやら難しい数の授業も受けているらしい。時折窓に向かって歌っては、帽子を被った梟と星の巡りや水の重さについての話をしている。

そんな彼の横で、嫌なことは一日でも早く仕上げてしまおうと一心不乱に針を持つ。そうしている間に時間はあっという間に過ぎ、気づけば祝祭はもう三日後に迫っていた。

城門を出てマリーたちとの約束通り王都まで衣装を取りに行く。彼女たちはよっぽど気合を入れたのか、刺繍は城で過ごすうち目の肥えてきた俺ですら思わず唸るほど見事な出来栄えで、エディが担当した裾と襟には小さな宝石まであしらわれていた。彼女は「売り物にならない屑石よ」と笑っていたが、胸元に縫い込まれた黒曜石など、親指の爪ほどの大きさがある。

彼女たちから布を預かり、その足で今度は仕立て屋を訪れ刺繍の終わった布を預けた。出来上がる頃にまた来ると約束し店を出る。

俺はいつもの店で酒や砂糖を買い込み、老人の家へ向かった。簡単な身の回りの世話をして、具合が悪くなったらすぐに医者にかかれと老人に言っておく。医者嫌いなのだ。

聞けば、森の家はもう誰にも貸す気はないという。壊すのにも金がかかるから、いつでも帰ってこいと言われて頷く。ローラン様も帰りたいと言っていたと告げると、老人は「城よりボロ屋がいいなんて、王子っていうのは嘘か」と鼻を鳴らした。


約束通り仕立て屋から出来上がった衣装を貰い、城へ帰る。ローラン様の部屋に戻りまとめて渡せるよう衣装と月光百合の薬瓶を大きな布で包んで一緒にしておいた。準備を終え、俺は自分用の棚からまだまっさらな白い布を取り出した。ローラン様に刺繍してくれと言われたハンカチだ。短剣を取り戻したらすぐ取り掛かれるよう街で買ってきた刺繍糸を挟んで折り畳んだ。

俺はさっそく荷物を持って西棟のはずれから塔へと向かった。もし会えなかったら塔の外壁を窓までよじ登るのも辞さない覚悟だったが、ユーリ殿下はすぐに見つかった。

ここ最近の空振りが嘘だったかのように、当然のような顔をして芝の上に座り膝の上で本を広げている。俺が小走りで近寄りすぐ横に勢いよく座ると、ユーリ殿下は本から顔を上げた。

閉じた本を膝の横に置き、「また来たのか」と声をかける。俺は頷き、持っていた風呂敷《ふろしき》を無言で彼に押し付けた。

「なんだ?」

言いながらユーリ殿下の手が包みを開く。中から出てきた衣装に、彼は動きを止めた。

「……お前が用意したのか?」

頷く。俺は服を広げ、袖の部分を指さして「縫いました」と言った。言ってから、ユーリ殿下の前で口を利いてしまったことに気づき、はっとして彼の顔を見たが、彼は気にしていないようだった。

白い指が赤い衣の上を滑り、金糸の刺繍をなぞる。袖の刺繍の、俺が特に苦労して針を入れたところで、彼はおかしそうにくっと喉を鳴らした。

「ロニーだろ」

突然出てきた名前に、呆気に取られて口が開く。慌てて首を振ったが、ユーリ殿下は信じようとしなかった。肩が揺れ、いつもどこか硬質な声が柔らかくなる。

「良い衣だ。安くない買い物だっただろうに、呆れたやつだ。……お前にも手間をかけたな」

「ち、違う。違います」

「わかってる。言うなと言われてるんだろう。そういうやつだから」

彼はそう言って、布の上に転がっていた小瓶を手に持った。仮面の前に掲げて、中のとろりとした液体を見つめる。

「もう要らないと言っているのに、何度でも薬を届けさせるんだ」

本当に違うのに、信じてもらえそうにない。俺が一生懸命縫って、王都の人たちが手伝ってくれた衣を、あんな嘘つき男のおかげだと思われるのは我慢ならなかったが、それよりもロニーからだというこにしておいた方が薬を飲んでもらいやすいような気がして、思わず口を噤む。マリーたちや仕立て屋に顔向けできず、胃がきりきりと痛んだ。

ユーリ殿下は衣と薬を元通り風呂敷に包むと、やはり立てた膝に頬杖をついた格好で俺に向かって「駄賃をやらねばな」と言った。

「あの男にこき使われただろう」

首を振る。が、ユーリ殿下はこれも信じなかった。明るく笑って「悪口くらい言え。黙っててやるから」と俺の肩を叩く。

「優男のくせに、意地が悪いんだ」

意地が悪いどころではない。あの男は嘘つきだし、人のものを盗む。全部ぶちまけてやりたかったが、そうすれば薬がロニーからのものではないとバレてしまうかと思い、服を握って耐える。ユーリ殿下は黙りこくる俺を見つめてひょいと片眉を上げた。しばらくの沈黙のあと、彼が囁くように言った。

「でも、こんな忘れ去られた男に、まだ忠義を尽くしてくれる……」

思わず顔を上げると、ユーリ殿下は軽く頭を振って、地面に手をつき立ち上がろうとしていた。読んでいた本と一緒に包みを持つと、俺に向かって「宴《うたげ》などすっぽかそうと思っていたが、せっかく用意してもらった衣をしまっておくのはもったいないな」と笑った。立ち上がり、頷きで応える。

仮面をしているのでよくわからないが、ユーリ殿下が微笑んだような気がした。


ジョンが現れたのは、その日の夜のことだった。ズボンの裾を引かれて床に視線を落とす。

ジョンは身軽に椅子の脚を伝って机の上まで登ると、また前足を器用に使ってなにかを伝えようとした。今度ばかりは一生懸命彼の意図を汲み取ろうと「短剣か？」「ロニーが持っていたのか？」と話しかけるが、短剣についての話だということがわかった以外、我々は全く噛み合わなかった。ジョンも俺もただ話していただけなのに肩で息をする。思わず額の汗を拭うと、ジョンは痺れを切らしたように机を飛び降り、俺の裾を咥《くわ》えて引っ張った。

ついて来いと言われているらしい。俺は燭台の火を消した。前を歩くジョンの後を追う。

てっきり東棟を出て、南棟の騎士団宿舎に行くのかと思ったが、ジョンは東棟のさらに奥、より高い身分の王族が住んでいる方へと俺を引っ張った。戸惑って思わず足を止める。ローラン様より身分の高い王族は、王か王妃しかいない。当然俺などが近づいてよい場所ではない。が、ジョンはしきりに俺を急かした。

躊躇いながらもついていくと、奥に左右に分かれた廊下が現れる。右手が王の居室で、左が王妃の部屋につながる。ネズミは左へと動いた。王妃の部屋だ。そのまま先を行こうとするネズミを捕まえ、少し戻った階段の踊り場にうずくまる。

「この先は行けない。男は入れないから」

ネズミはチュウチュウと鳴いた。子ネズミ達もせわしなく走り回っている。俺は頭を抱えた。もし王妃の部屋に忍び込んでそれが見つかれば、俺はどんな事情があるにせよあっという間に騎士団に捕縛され縛り首になるだろう。

「王妃様の部屋に短剣があるのか？」

確かめるために聞くと、ジョンが必死に頷く。俺は彼を胸元の合わせにしまい、もう一度階段を上り壁の陰からそっと廊下の奥を見た。王宮の警備を詳しく知っているわけではないが、王妃の居室だ。間違いなく騎士が守っているだろう。

短剣は必ず取り戻す。そう決めている。しかしどうしたら良いか方法がわからない。俺はダメもとでジョンに向かって「お前が運べないのか」と聞いたが、激しく首を振られてしまった。

どうする？　騎士たちの目を盗み、なんとか王妃の居室で短剣を探すべきだろうか。でも、万が一捕まってしまえばローラン様にご迷惑がかかる。俺がローラン様の従者だということは、国王や宰相、ロニーやオルランドも知っているのだ。それとも、どうにかして王妃に会い正直に短剣を返してほしいと伝えるべきか。

とにかくいつまでもここで悩んでいても仕方がない。ローラン様に相談しよう。一旦《いったん》部屋に帰ることにして、廊下へと歩みを進める。その時だった。右足を置いた床が、突如眩い光を放つ。

魔法陣。

俺はとっさに胸元からジョンを逃がし、高所から落ちるような浮遊感のあと、視界が暗転した。

湿った土の匂いがする。

目を開けると、自分が地面に倒れていることに気づいた。降り積もった落ち葉に手をついて起き上がる。雨が降ったのか、体が濡れている。額に張り付く髪を手で払うと、泥が顔についたのがわかった。

頭は霞《かすみ》がかったようにぼんやりとしていた。まとまらない思考で必死に記憶を手繰り寄せる。夜中に短剣を取り戻そうとジョンについて行くと王妃の居室へたどりつき、引き返そうとしていたところで魔法陣を踏んだのだ。

魔法陣を通じて別の場所へ出てしまったのかもしれない。以前も、街で娘を攫うカエルの化け物を退治した時に同じようなことがあった。

頭がひどく痛んだ。とにかく、ローラン様のところに戻らなければ。近くの木に手をつき、ふらつきながらもなんとか歩く。

夜の森は暗かった。茂った葉の間から僅かに月明りが差し込んでいる。睫毛に汗がかかり、自分が暑さを感じていることに気づいた。汗？　今は冬なのに。

はっとしてあたりを見回すと、探すまでもなく、夏にしか咲かない花を見つけた。

しゃがみこんで赤い花弁を指で触る。瑞々《みずみず》しい感触がした。本物だ。混乱しながら顔を上げる。すると、森の奥から物音が聞こえた。とっさに身を隠す場所を探したが、次に聞こえてきた声に足が止まる。

「探せ！」

人間だ。足音を立てないように気を付けながら、声の方へ向かう。木々の間から様子を窺うと、騎士のようだった。何人かが松明《たいまつ》を掲げており、白い服が橙色《だいだいいろ》に照らされている。オルランドや、顔見知りの騎士がいないか探したが、見当たらない。

「まだ近くにいるはずだ。なんとしてでも夜が明けるまでに見つけ出して殺せ」

上官らしい男が部下たちに指示をしている。騎士たちがこちらに来るのに気づき、俺は慌ててその場を離れた。騎士は殺せと言った。不穏な雰囲気に、口の中が渇いた。

騎士たちから離れ、より木々が密集し、草が倒されていない方へ進む。よくよく考えれば彼らから逃げずともよかったはずだが、なぜだか見つからないように動いてしまった。

ようやく人の話し声が聞こえなくなったところで歩を緩める。喉が渇いていた。沢を探そうと耳を澄ませる。その時、つま先がなにか柔らかいものを蹴り、思わず足を止めてしまった。

低木と落ち葉に埋もれるようにして誰かが倒れている。男だ。慌ててしゃがみ、男の背中に手を当てる。温かく、上下している。幸い生きているようだ。

うつぶせの体を呼吸がしやすいように動かそうと力をこめる。ごろんと体が回転し、露になったその顔を見て俺は思わず息を呑《の》んだ。

白い肌に金色の髪。ローラン様だ。

地面に倒れていたせいで顔には泥が付き、そこらじゅう擦り傷や切り傷が目立つが、間違いない。俺が彼を見間違えるわけがない。気を失っている彼にぞっとして、思わず胸に手を当てて揺さぶる。

彼の胸に当てた手が濡れる感触がした。見ると、べっとりと赤いものが手のひらについている。鉄の匂い。よく見れば、彼の衣は胸から腰にかけてが血にまみれていた。俺はとうとう半狂乱になって彼の肩を揺すった。

「ローラン様、しっかりしてください、目を開けて」

なぜ彼がここに？　まさか、俺が巻き込んでしまったのだろうか。自身の軽率な行いを激しく悔やむ。目じりに涙を滲ませながら主人の白い頬に手を当てて撫でようとすると、遠くで誰かの足音が聞こえた。はっとして、考える間もなく主人の体を背負い、その場を離れる。見つかりたくないというのは、本能だった。

ほとんど誰も足を踏み入れたことのないだろう森は、足場が悪く歩きにくかった。油断すると積み重なった落ち葉に隠れた木の根に足を取られそうになる。意識を失った人間の体は重い。

背中の主人が目を覚ます気配はなく、身じろぎすらしない。時折息をしているかだけ確認しながら必死に足を動かし、人の気配から離れる方向へ森の中を進む。

やっと身を隠せそうな洞窟を見つけた時には、汗が顎から滴っていた。ローラン様を地面に下ろし、着ていた上着を脱いで枕代わりにする。伏せられた長いまつげが、簾《すだれ》のように白い肌に影を落としていた。

息を殺して外の様子を窺っていると、不意に洞窟の奥から水の流れる音がすることに気づいた。進んでみると、裏に抜けたところに小さな沢が流れている。俺は胸元から手ぬぐいを出し、水に浸した。洞窟へ戻り、ローラン様の唇を濡らした手ぬぐいで湿らせる。乾き切った唇が少しずつうるおい、下唇が震えた。ついで呻きが漏れ、瞼がぴくりと動く。

次の瞬間、彼の目がかっと開き、横たわっていた体がばねのように勢い良く動く。大きな手に肩を掴まれ、体勢を一気にひっくり返された。地面に背中をぶつけ、息が詰まる。痛みに思わず目をつぶると、顔のすぐ横に何かが突き立てられた。短剣だ。目を疑う。それは、間違っていなければ失《な》くしたはずの、シェード家に伝わる護身の短剣だった。

「誰だ?」

冷たい声だった。とっさに、それが目の前の主人から聞こえるものだとわからずほうけてしまう。

見上げたローラン様は、青い瞳をすっと眇《すが》めた。

「騎士じゃないな。服が違う」

「ろ、ローラン様」

「ローラン? まさか俺のことじゃないよな、誰かと間違えてるのか?」

意味がわからず、口を噤む。必死に主人の顔から状況を読み取ろうとするが、彼は俺が何も答えないと、さっと視線を走らせ武器を持っていないことを確認し、興味を失ったように視線を外した。

突き立てた短剣を地面から抜き、腰に戻す。乗り上げていた体が上からどくと、俺はゆっくりと体を起こした。

ローラン様は洞窟の入口へ近づき、外の様子を窺っているようだった。胸元に手を当て「ちくしょう」と悪態を垂れている。後ろで結われた長い金の髪が、背中に揺れていた。が、その髪はどこか傷んで、ぼろぼろの様子だった。ついさっきまで一緒にいた、俺の主人とは違う。

間違い探しのように、主人と目の前の男の違いを探しながら、それでも俺はなぜだか彼がローラン様本人なのだと確信していた。

木々をかきわけ、大勢の人間が地面を踏む音が聞こえる。さっと顔を青くして舌打ちした男の手を掴み、俺は洞窟の反対側へと走り出した。

「おい、どういうつもりだ？　手を放せ。聞いてるのか？　答えろ、口は利けるんだろう」

矢継ぎ早に紡がれる言葉を無視して歩く。夜の森は静かで、騎士たちが誰かを探す声や足音は近づけばすぐに聞こえてきた。が、それとは別に暗闇の中、息を潜めてこちらを見ているものたちの気配も色濃い。緊張に汗が滲んだ。

騎士たちは『夜が明けるまで』と言っていたが、月はまだ中天を少し過ぎた場所にある。夜明けまで、森をさ迷い続けて逃げ切れるだろうか。振り返ると、月明りに照らされたローラン様は蒼白《そうはく》な顔色をしていた。焦りや不安のせいだけではない。胸から足元へぽたぽたと血が滴っている。

どこか落ち着く場所を見つけなければいけない。傷の手当てが必要だった。森の奥深くさらに奥へと歩いていると、不意に後ろを歩いていたローラン様の体が崩れた。慌てて振り向くと、彼は地面に膝をつき胸に手を当てて苦しげな呼吸をしていた。俺はしゃがみこみ、彼の胸に手を当てた。その手が鋭い音を立て強《したた》かに撥ねのけられる。

「触るな」

冷たい声だった。彼はそのまま、拳を握って俺の肩を乱暴に押した。後ろに尻もちをつく。

「なんのつもりか知らないが、さっさと消えろ」

乱暴な言葉遣いだ。俺は怯《ひる》みそうになりながら首を横に振った。

「消えません」

「このまま騎士団に俺を売り渡そうって腹か？　殺されたくないなら諦めるんだな。小金欲しさに命をなくしちゃ元も子もないだろ」

話す姿は間違いなくローラン様なのに、出てくる言葉はローラン様が決して口にしないだろう言葉で、鋭い棘がある。が、その眼差しも、腰に差す短剣も、声音も、月明りに照らされた髪の一筋でさえ、彼がローラン様なのだということを俺に伝えている。

なぜ彼が森で怪我をしているのか、なぜまるで俺のことなど知らないように話すのか、わからないことばかりだ。でも俺は、彼がローラン様なら、それだけで助けずにはおれないのだ。彼の傍に膝をつき、胸に当てられた手を今度は両手でそっと包み込む。睨みつけられたが、その目をまっすぐに見つめ返した。

「お守りします」

「……は？」

ローラン様が理解しがたいものを見るように眉を寄せる。俺は繰り返した。

「お守りします。蕗があなたを。きっと」

手を伸ばして、指の腹で彼の顔についた泥を拭う。綺麗になった頬は、やはり主人の頬に似ている。

もし万が一これが勘違いで、本物のローラン様は今も城にちゃんといるのだとしても、今ここで彼を見捨てればきっと後悔する。ローラン様のもとに帰るのは、彼を助けてからでもいい。彼は呆気にとられたように俺を見ていたが、すぐに眉を顰め、俺の手を払った。

「信じろと？　さっき会ったばかりのお前を？　馬鹿げてる。俺は絶対に信じたりしない」

言いながら、彼は急に咳《せ》き込み、口元を手で覆った。その指の隙間から、どろどろと赤黒い液体が垂れる。それだけではない。木々が揺れ、葉が踏み荒らされる音。騎士たちの声が近づいてくる。怪我人の足ではとても逃げ切れない。俺は彼に背を向けた。

「乗ってください」

「馬鹿か、乗るわけない」

「走りますから、早く乗って。もう騎士が来てしまいます」

躊躇う気配がする。が、すぐそこで踏みつけられた小枝の折れる音が聞こえたことで決心がついたらしい、背にローラン様の重みが乗る。

彼を背負って、俺は走り出した。自分とほとんど同じか、やや大きい体格の男を背負うのは当然めちゃくちゃにきつかったが、死力を尽くした。火事場の馬鹿力というやつなのか、悪路でも足はちゃんと動く。

しかしやはり騎士たちとの距離が近すぎたらしい。見つけたぞ、という声がし、騎士たちの足音、松明の明かりが目に見えて近づいてくる。

「いたぞ！　捕まえろ」

「仲間がいる」

「構わん、王妃様の命だ、諸共殺《もろともころ》せ！」

やはり騎士たちが探していたのはローラン様だったのだ。

後ろから飛んできた矢の何本かが足や腕を掠める。幸いローラン様には当たっていないようだが、いつまでも幸運が続くとは限らない。必死に足を動かしながら、状況を打開する方法を考える。追手を撒《ま》くために崖から落ちるか？　一人ならそうしたが、今はローラン様がいる、そんな博打《ばくち》はできない。

その時、俺の目は森の暗闇に光を捉《とら》えた。いつもなら間違いなく背を向けて走り出すであろうその光に、今は一縷《いちる》の望みをかけて一直線に駆ける。

向こうもその異常な雰囲気を察知したのだろう、恐ろしい唸り声をあげ、暗闇から獣が姿を現した。ギリギリまで近づき、こちらの喉元に食いつこうと獣が跳躍した瞬間、俺は体全体を伏せてやつらの足元へと滑り込んだ。

飛びだした獣は既に俺の後ろにいた別の獲物を視界に入れている。松明を持ち、目立つ白い服を着た人間たち。後ろにいた群れの獣は、首魁《しゅかい》である一匹を追って、俺には目もくれず猛然と騎士たちの方へと押し寄せた。悲鳴と唸り声。爪と剣の交わる音。俺は体を起こし、背のローラン様を抱え直した。

騎士たちが獣に気を取られているうちに、少しでも距離を稼ぐ。必死に森を走っていると、脇腹を伝って、足元に赤い雫が落ちていくことに気づいた。背がぐっしょりと濡れている。ローラン様の胸から出た血だ。

彼はもう話す気力もないようだった。耳元に荒い呼気が触れる。体は微《かす》かに震えていた。恐怖に立ち止まりたくなる。彼の体を胸に抱きしめて、死ぬなと叫びたい。でも、そんなことをしてなんになる？　俺にできるのは、逃げて、彼を安全な場所へ連れ出し、一刻も早く治療することだけだ。頭の中に止血の薬草がいくつも浮かんでは消える。

横になれる場所、身を隠せる場所が欲しい。

必死に走っていくうち、俺は不意に見覚えのある場所を見つけた。森の奥まった場所、行き止まりにある洞窟。かつてチオンジーの住処《すみか》だった場所に似ている。考える余裕もなく、俺は洞窟へ飛び込んだ。一刻でも早く身を隠す場所が欲しかった。しかしその瞬間、信じられないことだが洞窟の奥にオルランド騎士団長が首を落としたはずのチオンジーが息づいているのを感じた。

頭の中ではもう一人の自分が「お前は馬鹿か？」と罵詈雑言《ばりぞうごん》の限りを尽くしていたが、この最悪の状況ではそこにチオンジーがいるとわかってなお、かえってここが一番安全なように思えた。

俺は嘘つきで、チオンジーは俺の味方をするから。

洞窟に足を踏み入れた途端、奥の暗がりから自分より遥《はる》かに大きい生き物が深く息を吐く音が聞こえた。緊張に手が震える。重たい足音。やがて姿を現した、自分の五倍ほどもあるチオンジーを前に、俺は覚悟を決めた。

全身を棘で覆われた大きな猫の獣は、ゆっくりと俺に近づいた。やがて俺のすぐ傍まで来ると、棘と鼻先が触れそうなほど近くで大きな口を開き、低く唸る。牙は鋭く、舌は真っ赤で、全体が短い棘で覆われている。生温かく湿った空気が顔全体を撫で、恐怖に体が震える。俺はローラン様を背負う手にぐっと力を籠め、目の前の獣に聞こえるよう、はっきりと口を動かした。

「お、俺は、お前のことが怖くないし、ローラン様なんて大嫌いだ」

嘘だ。目を強くつむる。チオンジーは嘘つきを食べない。そう知ってはいるものの、今にも鋭く生えた無数の牙が自分もろともローラン様を噛み砕《くだ》くのではないかと気が気ではなかった。

体感で数刻ほど、俺はやっと目を開いた。すぐそこに、化け物の両目がある。それは自分の頭ほども大きく、ぎょろりとこちらを見ていた。瞳孔《どうこう》が縦に長い。

どうやら食べられないようだとわかり、賭《か》けに勝った安堵で全身の力が抜けた。がくがくと震える膝でなんとかローラン様を洞窟の奥まで運ぶ。チオンジーは興味を失ったようにふいとそっぽを向くと、洞窟を出て行った。

とにかく止血しなければ。横たえたローラン様の服の合わせを解く。現れた素肌には、胸から脇腹にかけて、一直線の刀傷があった。それほど深くはないようだが、範囲が広い。あまりの痛ましさに、思わず唇を噛む。俺は着ていた服を脱ぎ、それを裂いてその場しのぎの包帯を作った。逃げながらむしり採ってきた血止めの薬草を手のひらで揉んで包帯と傷との間に挟む。なんとか処置を終えると、目から涙が零れた。

ローラン様の手を取り、唇に押し当ててぎゅっと握りしめる。

一体どうしてこんな傷を？　あの騎士たちに襲われたのだろうか。王妃が殺せと命じたと言っていた。でも一体なぜ？　俺はついさっき、明かりの消えた部屋、ベッドの上に置いてきた主人を思った。

本を読みながら寝たせいで、胸の上に開きっぱなしの歴史書があった。俺はその本をそっと閉じて机に置き、ブランケットをかけたのだ。頬はなめらかで傷一つなく、髪はよく手入れされてつやつやしていた。

なのに、今目の前にいる主人はどうだろう。

胸には大きな傷を負い、髪は乱れ、頬はかさつき、血と泥まみれだ。なんでこんなことになってしまったのか、さっぱりわからない。でも、守らなければ。

この方は間違いなくローラン様なのだ。なぜか俺を忘れてしまっているし、言葉遣いも人が変わったようだが、お姿も、声も、全てが俺の主人だ。空いている方の手で、ローラン様の頬を何度も撫でる。指先で額を撫でると、横たわった彼の眉間の皺がふっと緩んだ。幼い頃と同じ姿だ。たまらなくなって、俺は彼の肩に額を押し付けた。

不思議と、自分が夢を見ているのだとわかった。体がふわふわと浮いて、上から世界を見下ろしている。

城の中、ローラン様の部屋だ。俺は天井のあたりにいて、すぐ下には椅子に座ったローラン様がいた。ひじ掛けに頬杖をついて、足を組んでいる。紺碧《こんぺき》の輝くような衣をまとっていた。俺は一目でそれが雪解けの祝祭で着る衣装だと気づいた。良く晴れた日の湖面のような衣は、美しい主人にとても似合っていた。

夢だとわかっているのに嬉しくなって、俺は彼に飛びつこうとした。しかし、腕を伸ばした俺の体が、誰かの叫び声で止まった。

「頼む、どうか信じてくれ。彼は無実なんだ、私が誓うから」

声のした方を見ると、そこには黒髪の美丈夫がいた。ローラン様に向かって跪き、両手を地についで頭を垂れている。彼のまとっている深紅の衣で、それがユーリ殿下だということに気づき驚きで声を失う。

「……あなたが？」

あざ笑うような声だった。

ユーリ殿下の瞳が揺れる。彼はもう仮面をしていなかった。完璧に滑らかな肌。輝く顔。薬が効いたのだ。喜ばしいことのはずなのに、俺の胸は嫌なふうに鳴った。状況は明らかに異常だった。ユーリ殿下の視線を追うと、そこには騎士二人に押さえ込まれ、打ちのめされた様子の男がいた。ロニーだ。髪は乱れて、床には血が散っている。項垂れているせいで、表情は見えない。

「あなたの誓いに、なんの価値がある？　私はそんなに難しいことを言っているかな」

ローラン様は美しく微笑んだ。青い瞳が窓から差し込む朝日を取り込んで輝く。が、瞬きの間にその微笑みは掻《か》き消え、無表情になった彼はぞっとするほど冷たい声を出した。

「私の従者を返さないなら、あなたの従者も返さない。それだけだ。この男は二度も私から蕗を奪ったから、私もこの男から奪う」

「頼む、信じてくれ……、ロニーは、ロニーは何もしていない」

「そう。でも一度目のお礼がまだだろう。腕は二本あるから、ちょうどいい。きっと本当のことを言う気になると思う」

ローラン様は立ち上がり、ロニーを押さえつけている騎士に近づくと、その腰から剣を抜いた。騎士は戸惑って体を強張らせたが、逆らうつもりはないようだった。

本気だ！　俺はローラン様を止めようと動いたが、夢だからか、彼には俺が見えないようだった。抜き身の剣が、高く掲げられる。

「私です！」

剣が押さえつけられたロニーの腕の付け根に向かって勢いよく振り下ろされる。その時だった。

ロニーとローラン様の間に小さな体が滑り込む。額を床に擦りつけるのは、ミリアだった。がたがたと全身が震えている。ローラン様の手がぴたりと止まり、彼の向こうにいるユーリ殿下が掠れた声でミリアの名を呼んだ。刃はロニーの体に触れる寸前で止まっている。

「わ、私なのです、お許しくださいませ、す、全て、全て私のやったことでございます」

「そう」

ローラン様は短く答え、剣の切っ先でミリアの顎を持ち上げた。彼女の顔は血の気が失せ、紙のように白かった。


目が覚めると、全身に冷汗をかいていることに気づいた。頭が鈍く痛む。地面に手をつき、なんとか体を起こす。洞窟の中だ。さっきの夢を思い出すと、腹の底が冷えるような思いだった。ローラン様の氷のような表情。冷たい声。

思わず髪をかき乱す。ただの夢だとわかっているのに、妙に胸が騒いだ。それは自分が見たことのないユーリ殿下の顔を、鼻梁《びりょう》や頬のなだらかさに至るまでを想像というには無理があるほどはっきりと知覚していたことへの違和感だったり、ローラン様の信じられないほど冷酷な言動が原因だったりした。

押さえつけられたロニーの肩に向かって、ためらいなく剣を振り下ろすローラン様の顔を思い出す。思わず下唇を強く噛みしめていると、不意に横でみじろぎする気配を感じた。はっとして視線を移す。ローラン様だ。洞窟の外から光が差し込んでいた。やっと夜が明けたのだ。

まだ眠っている彼の額をそっと撫でる。熱はない。が、顔色はひどく悪かった。幸い薬草が効いて出血は止まっているが、残っている血が少ないのだろう。

薬が必要だ。何か食べるものと、清潔な包帯、それに水も。幸い、当てはあった。チオンジーの洞窟があるということは、アーシャの家が近い。彼女なら頼み込めば助けてくれる。

ローラン様を背負い、獣が戻ってくる前に洞窟を出る。森を出口に向かって一刻弱ほど歩くと記憶の通り湿地帯に出た。見つけた屋敷の戸を叩くと、木の軋む音を立てながら戸が開いた。アーシャだ。俺は戸惑って瞬きをした。最後に見た彼女は生まれついての髪を「好きじゃないから」と言って金に染めていたはずだが、目の前にいるアーシャの髪は燃えるように赤かった。

彼女は俺とローラン様の姿を見て眉をひそめ「面倒はごめんだよ」と言って戸を閉めようとした。

慌てて戸が閉まりきる前に足を挟む。

「待って、助けてほしい」

「嫌だね。揉め事には関わらないことにしてるんだ」

「迷惑はかけないと約束する」

「足をどけな」

彼女は容赦なく木戸で俺の足を挟んだが、どけるわけにはいかない。つま先にぐっと力を籠め、戸を押し開ける。無理やり家に押し入った俺は、必死にアーシャを説得した。

「無理は言わない。ただ、水と薬だけ欲しいんだ。取ってくる間、この人を見ていてほしい」

アーシャがじろりと俺の背にいるローラン様を見る。まだ眠っているようだが、呼吸が荒い。背中越しにせわしなく収縮する胸の動きが感じ取れた。目を眇めつつ彼を観察するアーシャに、さらに言い募る。

「お礼もする。洞窟にチオンジーがいて困っているだろう。俺が退治してくるから。もし金が欲しいなら、今はないけど、きっと用立ててくる」

「チオンジーだって？」

アーシャが腕組みをしてこっちを見る。彼女は深く息をついて、部屋の奥にある椅子に腰を下ろした。置いてあった巾着《きんちゃく》を掴み、中身をテーブルの上に広げる。出てきたのは大小さまざまで色とりどりの宝石だった。どれも中に文字のようなものが浮かび上がっている。

机の上の宝石を手のひらで転がすようにして、アーシャが唸り始めた。石占だ。彼女はしばらく石を見つめると、俺に向かって「そいつは二階に寝かせな。薬は貸してやる」と言った。

短い間だったが寝起きしていた家だったので、間取りはよく知っている。俺はすぐに二階へと上がり、ローラン様を空いているベッドに下ろした。アーシャがゆっくりと階段を上ってついてくる。左手には薬草の入った籠を持っていた。

彼女は横たわったローラン様を見て、顰め面をますます嫌そうに歪めた。

「あんた、とんでもないものを持ってきてくれたね」

確かに、騎士に追われていたし、大怪我をしているし、アーシャにしてみればとんだ迷惑だろう。

「こりゃ魔女の弟子だよ。逃げてきたんだね」

「魔女の弟子？」

思わず目をまたたかせて聞き返すと、アーシャは薬草を煎《せん》じながら答えた。

「見ればわかる。魔女ってのは、自分の弟子には印をつけるからね。逃げるために自分で潰そうとしたんだろう」

指さされたところを目を凝らしてよく見ると、ローラン様の胸にある大きな傷の下に、茨《いばら》のような黒い模様が這っているのが見えた。言われてみれば、彼の傷はこの模様を掻き消すようにつけられている。では、ローラン様は自分で胸に傷をつけたのか？

「どういう関係か知らないが、見捨てた方がいいよ」

アーシャが冷たく言った。彼女の手から潰した薬草の入った皿を受け取りつつ、首を横に振る。アーシャは呆れたように鼻を鳴らした。

「後悔するよ。魔女ってのは執念深いからね。特に、逃げた弟子には容赦しない」

ローラン様が、魔女の弟子？　もらった薬を塗るために濡れた布でローラン様の肌を拭いつつ、気づかれないようにアーシャを窺い見る。

ローラン様も彼女も、まるで俺のことを知らないように振舞う。それに、洞窟には死んだはずのチオンジーもいた。鈍金色だったはずの彼女の髪は赤い。

アーシャが出て行った部屋で、水で綺麗に洗った胸の傷に止血の薬草を塗り込める。痛みにローラン様が呻き、指先がベッドのシーツを皺にした。傷全体に薬を塗り終え、新しい布をあてがう。アーシャは造血薬も置いていってくれていた。飲み薬だ。小さく丸められたそれを指でつまみ、ローラン様の唇に当てる。彼は眉を寄せ、むずかって首を振った。

「薬です。どうか飲んでください」

指で薄い唇を割り開き、白い歯の僅かな隙間を押し広げる。ぐっと力をこめ、丸薬を舌の付け根に置くと、ローラン様の体がえずくようにのたうった。肘を使って暴れる体を押さえ込み、吐き出さないように口を塞ぐ。体重をかけて動きを封じると、しばらくして彼の喉が上下した。

唾液で濡れた指を布で拭い、乱れた主人の前髪をそっと整える。

一体、ここはどこなのだろう？　考えながら、しかし心は既に答えを知っていた。俺は六歳の頃のようにまた、違う世界に迷い込んでしまったのだ。

少し休ませてもらえればすぐ出て行くつもりだったが、アーシャはローラン様の目が覚めるまではいても良いと言ってくれた。

　言葉に甘えて、彼の体が少しでも早く回復するよう看病に努める。世話になる間家の手伝いをすると申し出ると、彼女はやはり薪割りや、釜の掃除を頼んだ。

　ローラン様の看病をしながら、どうやったら元の世界に帰れるのかと考えてばかりいる。唯一救いだったのは、日本から来た時とは違い今回は明確に原因の心当たりがあることだった。王妃の居室からローラン様の部屋へ帰ろうとした時に踏んでしまった魔法陣。あれが原因に違いない。まずはあの時の魔法陣について調べるべきだ。

　目下の目標を定めたものの、気がかりなこともあった。ベッドで熱にうかされているこの世界のローラン様だ。傷の回復に体力を消耗するのか、夜中にふと目を開くことはあっても朦朧《もうろう》としていて、はっきりとは意識が戻らない。額の汗を拭いながら声をかけても、青い瞳はぼんやりと天井を見上げるばかりだった。

　胸の傷は範囲は広かったものの浅かったおかげで徐々に塞がり始めているが、目が覚めなければろくな食事もとれない。俺は心配のあまり夜も眠れなかった。ローラン様が横になるベッドの近くに椅子を置き、乱れた布団を直してばかりいる。

　苦し気に眉を寄せて呼吸をしているのを見ると、いてもたってもいられず手を握っては名を呼んだ。

　その日もやはり、俺はローラン様の手を握って彼の表情をつぶさに見守っていた。しかし、何日も寝ずの看病を続けていた体の方が気力より先に限界を迎えたらしい。ふ、と意識が遠くなり、気づけば俺はまた夢を見ていた。

香が焚き染められている。甘い匂いだ。紗の向こうに人影が二つ見える。片方は立ち、もう片方は椅子に座っているらしい。

「お心は決まりましたか」

男の声だ。聞いたことがある。どこで聞いたのかをぼんやり思い出そうとしていると、もう一つの影が答える声がした。

「なんの心？」

ローラン様だ。霧が晴れるように意識が明瞭になる。俺は横になっていた体を起こし、垂れ下がった紗のある方に向かって歩いた。手で押しのけて中を覗くと、やはりローラン様が椅子に座っていた。籐《とう》の椅子の上で膝に黒い毛の猫を抱いている。乳白色のゆったりとした衣をまとっていた。衣の袖口には金糸で見事な刺繍が入っている。長い金の髪は青い簪《かんざし》でざっくりとまとめられていた。彼が部屋の中で着飾っている姿が珍しく、俺はまじまじと美しいその姿を見た。

「ついに王になる覚悟を決められたのかと思いまして」

ローラン様の傍に立ち話をしているのはセディアス宰相閣下だった。背中で両手を組み、口元には笑みを湛えていた。

「侍女の面皮を剥がれたとか。あの娘はあれで良家の娘ですよ。始末には苦労しました」

「女の面皮を剥いだら王になれるの？」

ローラン様はつまらなそうに言った。セディアスが笑みを深める。

「いいえ、私に借りを作ったから。今までけしてそんな隙を見せなかったではないですか」

交わされる会話に絶句する。侍女の面皮を剥ぐ？　ローラン様が？　脳裏に青ざめたミリアの姿が去来した。しかし、まさか本当に彼がそんなことをするなんてにわかに信じがたかった。

ローラン様は猫の背を撫でながら香炉から立ち上る煙を見つめている。

「別に、庇ってもらわなくても良かった。ミリアの顔だって、あの娘が口を割らないからほんのちょっと皮を剥いだだけだ。騒ぐほどのことじゃない」

「王太子はたいそうご立腹です。あの侍女を引き取って、今にも娶《めと》らんばかりという話ですよ」

「好きにすれば良い。あの男が誰と結婚しようが、どうでもいい」

「そうでしょうとも。あなたが気になさっているのは、王妃殿下のことだけ……」

ローラン様が猫を撫でていた指先をぴたりと止める。青い瞳が、一瞬苛烈《かれつ》な光を湛えた。


目が覚めると、まだ部屋の中は薄暗く、窓の外では星が光っていた。頭痛がする。それは以前夢を見た時よりも強い痛みだった。

こめかみを押さえながら頭を持ち上げると、ベッドの上のローラン様が目に入った。目を覚ましたらしい。起き上がっている。片膝を立てて、その上に腕を置いて俯いている。はっとして立ち上がると、血が足元に下がるような心地がして体がぶれた。倒れそうになった肩を、力強い腕が掴まえる。

「ローラン様」

名を呼ぶと彼が顔を顰めた。

「だから、誰だよ、それは」

支えられながら、ゆっくりと椅子に腰を下ろす。ローラン様は眉間に皺を寄せ、厳しい表情だった。

俺がしっかりと座ったのを見ると、またさっきの体勢に戻ろうとしたようだが、不意に手を伸ばし、白い指先で俺の顔を拭った。ちょうど鼻と唇の間を撫でられ、戸惑う。見ると、彼の指先に血がついていた。鼻血が出ているらしい。慌てて手の甲で拭うと、指の背にべったりと血が付いた。ローラン様が呆れたようにため息をつき、ベッドの脇に置いてあった清拭《せいしき》用の布を差し出してくれる。

「……お前、なんなんだ？」

布で血を押さえていると、ローラン様が硬い声で聞いた。くぐもった声で名を答えると、またため息をつかれる。彼は指先で自分の前髪を雑に乱して、最後にふっと息で吹き上げた。浮いた前髪がぱらぱらと丸い額に着地する。

「俺が誰か知ってるのか？」

「ローラン様、俺の主人です」

「全部違う」

鼻を押さえたまま、戸惑って瞬きをする。ローラン様は意地悪そうな顔をしながら俺の目の前に指を突きつけた。

「いいか？　俺は捨て子だから名前なんてないし、お前の主人でもない。お前とは会ったばかりで、俺たちには縁もゆかりもないんだ」

勢いに押されて思わず頷く。しかし、そうは言われても目の前にいるのはどう見てもローラン様だった。それとも、もし俺が考えている通りに世界が違うなら、同じ顔をしていても違う人間ということになるのだろうか。

「わかったらさっさと失《う》せるんだな」

そう言うと、彼は痛むのだろう、片手で胸を押さえながらベッドから降りた。棚にかけてあった服を羽織り、窓を開ける。俺は慌てて鼻に当てていた布を放り出し、彼の服を両手で掴んだ。ローラン様が振り返り、歯を剥《む》き出《だ》しにして小声で器用に怒鳴る。

「放せ！」

「だ、だめです、まだ怪我が治っていません」

「うるさい、こんなところでぐずぐずしていられるか。捕まっちまうだろ」

アーシャが言っていた、彼は魔女から逃げているのだという言葉を思い出す。王妃に命じられ彼を殺そうと追いかけていた騎士団。

ローラン様は窓枠に足をかけて俺を追い払おうとしたが、俺は意地でも置いていかれまいと彼の背中へしがみついた。

「ど、どうしても行くなら、俺も行きます。一緒に行きます」

それを聞いて、ローラン様は一瞬虚をつかれた顔をした。が、すぐに気色ばんで怒鳴る。

「はあ？　お前なんか連れて行ってたまるか、放せ！」

「一緒に行きます、ぜ、絶対に離れません」

ローラン様が暴れて、俺たちはもみくちゃになって争った。絶対に放してたまるか。俺は必死になってローラン様に抱き着いた。彼は俺の肩や腹を押したりひっぱったりしたが、どうやっても離れないのでついに肩で息をしながら「わかった」と折れた。手で胸を押さえている。傷が痛むのかもしれない。

「どうしてもついてくるって言うなら、条件がある」

「条件？」

聞き返すと、彼は息を落ち着かせようと傷に手を当てて深呼吸しながら言った。

「俺はお前の主人なんだろ？　じゃあ、俺のために湖で花をとってきてくれ。煎じて飲むと傷に効くから」

一も二もなく頷く。ローラン様は「いいか？　じゃあ放せ。寝るから」と言ってベッドを指さした。おそるおそる腕から力を抜くと、彼は逃げ出すそぶりもなく、素直にベッドへ横になった。顔を壁の方にして、俺に背を向けている。

「早朝に出る」

そっけない言葉に、俺は何度も頷いた。

前を歩くローラン様について森を歩く。

早朝の森は下手をすれば自分の手もよく見えないほど濃く霧が立ち込めていた。はぐれないよう必死に目の前の影を追いかける。すぐそこにいるのに、霧のせいで姿が捉えにくかった。

ローラン様はこの森をよく知っているのか、迷いのない足取りで歩いた。湿地を抜け、丘をいくつか登ると、ひらけた場所に湖があった。岸辺まで歩くとローラン様が湖面を指さして言った。

「花は水中にある」

ぬかるんだ岸辺を歩く。足を踏み出すたびに靴底が沈み泥がまとわりついた。やや行って背の高い草が茂った場所に着くと、ローラン様がブーツの底で地面を蹴る。するとぐらりと地表が揺れたように見えた。が、よくよく見ればそこに一艘《そう》の船があることがわかる。草やツタに覆われているせいで埋もれていたのだ。彼は近くの木の幹に手を置いて古びた木の船を湖面へと蹴りだし、身軽に飛び乗った。船の上から呼ばれて、見よう見まねで船に乗る。

船底に転がしてあった櫂《かい》を持ち、水中に差し入れる。さっそく花はどこかと湖面を覗き込んで探すが、見当たらない。聞けばもっと沖に出ないといけないらしい。

ローラン様は足で埃や土を払ってから船に腰を下ろした。身を乗り出して腕を伸ばし、指先を湖水に浸す。

「傷の具合はどうですか?」

聞くと、ローラン様は神経質そうにそっぽを向いた。

「別に。大分良い」

そっけない答えだが、顔色は悪くなかった。俺は安心して笑った。ローラン様が横目でちらりとこちらを見て、また興味なさそうに視線を逸らす。

「……あの女は？」

「アーシャですか？　俺たちを助けてくれました」

「魔女だろ。俺は魔女が嫌いなのに、お前のせいで借りができた」

俺は頷き、彼女が湿地の魔女と呼ばれていることや、困っている時にはいつも助けてくれることを話した。

少し薄情なところもあるが、悪い人間ではない。今回も、困っていた俺に薬や水、食料や清潔な包帯をくれた。お礼として洞窟にいる化け物チオンジーを倒さなければいけないが、死ぬ気で頑張ればなんとかなるだろう。

それで貸し借りはなしだし、そもそも借りを作ったのは俺なので、ローラン様が気にすることはない。

ローラン様は俺の説明をそっぽを向いたまま聞いていたが、話が終わると「チオンジーって、あのチオンジーか？　体中棘だらけっていう……、図鑑でしか見たことない」と言った。実際には俺に背負われて気絶している間に、目と鼻の先まで接近したが、それは黙っておいた。

彼は頬杖をついたまま、俺の全身を上から下までじろじろと眺めた。ローラン様からそんな風に見られるのは初めてだったので、居心地が悪く、櫂を動かしながらもじもじとしてしまう。そういえば、今朝は急いで出てきたので髪を直しもしなかった。寝癖がついている気がする。

徐々に頬を赤らめていく俺を見てローラン様は怪訝そうに眉を顰めた。今更だが、前髪を指で整えておく。

「お前みたいなのが、どうやってチオンジーを倒すんだ？　武器も持ってないくせに」

たしかに、改めて言われると無謀な気がしてきた。少なくとも、武器は必要だろう。シェード家で剣術を習ったことがあるので、できれば剣が良いが、最悪木の棒でも構わない。俺はローラン様に、以前カエルの化け物と戦って、木の棒で勝ったことがあると話した。ローラン様は信じていないのか、俺の実績を鼻で笑った。

話しているうちに、ちょうど湖の中央ほどまで来た。ローラン様に言われるまま、船に手をついて湖面を覗き込む。

花は水中に咲いているらしい。水は青く透き通っていた。朝日を受け、きらきらと光っている。その奥、深い暗闇の中に白くぼんやりと浮かび上がるものがある。これが花だろうか？　目を凝らして覗き込む。するとだんだん見えてきたものに、俺は息を呑んだ。

人だ。沈んでいる。目を閉じ、眠っているようだ。水中で揺蕩《たゆた》う長い金の髪。

「ローラン様！」

考える間もなかった。ローラン様は後ろにいると、頭ではわかっているのに気づけば腕を伸ばし、船から身を乗り出していた。冷たい水に指が触れ、腕が沈む。沈んでいる主人の体を抱え起こそうと体を手で掴む。

瞬間、人だったはずのそれは形を変え、緑の蔓となって俺の腕に巻き付いた。ものすごい力で水中へと一気に引きずり込まれる。まともに顔から落ちて、口はもちろん、鼻からも水を吸い込む。大きな気泡が胸から口、水中へと勢いよく出て行った。

湖は深い。全身が浸かってもまだ底が見えない。俺は必死に足を動かし、なんとか上へと泳ごうとするが手や足に絡みつく蔓がそれを許さない。混乱しながらも目を開いてあたりを見回すと、蔓は大きな葉につながっており、幾重にも重なった葉の中心に無数の白い花があるのが見えた。大きく優美な白い花弁の中心部には黄色い雌蕊《めしべ》が密集していた。

これがローラン様の言っていた花だと思い、手を伸ばす。もがいているうちに、息が続かなくなってきた。気が遠くなり始める。もう限界だと思った時だった。

襟首を誰かに掴まれ、ものすごい力で水面へと引き上げられる。水飛沫の上がる音と共に、酸素が胸へと押し寄せた。一瞬の浮遊感のあと、元の数倍ほどもありそうな重力が全身にのしかかる。船へと引きずり上げられ、俺は必死で腕を伸ばした。

「お前……」

俺は激しく咳き込んだ。体中、穴という穴から水が入っている気がする。水を吸い込んだせいで、鼻の奥がつんと痛んだ。

やっと息が落ち着いて顔を上げると、ローラン様は呆然とこっちを見ていた。彼へ向かって握った右手を差し出す。指を開くと中には白い花がある。

なんとか一輪だけ掴んできたのだ。ローラン様は花を見て、言葉を失ったようにただ黙って俺を見た。

美しい顔がすぐ近くにある。その青い瞳はやはり俺の主人が持つ瞳と寸分たがわず輝いていた。大きな瞳を彩るように縁どっていた金色の下睫毛が、不意に震える。

涙だ。泣いている。俺は慌てて彼の頬に濡れた手を当てた。

「どうしたんですか？　泣かないで」

「フキ……」

名を呼ばれ、ずぶ濡れの体をローラン様の乾いた腕が抱きすくめる。折れそうなほど強い力で抱きすくめられ、頬が彼の胸についた。熱い体。

俺は驚いて、思わず船の板に花を落としてしまった。


濡れ鼠になった俺を背負ってローラン様が森を歩く。当初は主人の背に乗ることを断固として拒否した俺だが、ローラン様の方が百倍頑固だった。言い合いの末、おとなしく背に乗れば逃げ出さずアーシャの家に帰り傷が治るようもう一晩休んでもいいと言うので、仕方がなく彼の首に腕を回し、体重を預けた。

乗れば潰れてしまうのではないかと思った背中は、思ったよりもずっと広く、しっかりとしていた。ローラン様が足を踏み出すたびに、靴が落ちた葉や枝を踏み、ぱきぱきと軽い音を立てる。

「王宮で育った」

彼はそう切り出した。後ろで雑にくくった金髪が、右肩の上を流れて胸の方で揺れている。

「俺を殺そうとしているのは王妃だ。魔女は自分の弟子が逃げるのを許さない。自分だけが持つ技術が流れるのを恐れているから」

では、彼は魔女である王妃に育てられたのか。彼の背中で瞬く。前髪からぽたぽたと雫が滴った。

布が肌に張り付いて冷たい。かつて、俺はローラン様が城で過ごせていればと後悔したが、目の前に実際城で育ったローラン様がいるというのはひどく不思議な気分だった。揺れる主人の金髪を見つめる。

「師とはいえ、なにかを教わったってわけじゃない。気が付いたら弟子になっていて、胸には印がついてたし、塔に閉じ込められて、塔には本しかなかったから、読んでたら多少の知識がついたってだけだ」

王宮にある塔といえば、ユーリ殿下が住んでいたあの塔だ。幼い日のローラン様があのさみしい場所に一人でいたのかと思うと、耐えがたく胸が痛んだ。

「ずっと考えてた」

伝えようという気はないような、呟くような声だった。俺の足を抱えるローラン様の腕に、ぎゅっと力が入る。

「もし傍に誰かいたらって……、俺のことを心から思ってくれる誰かが、一人でもいたらって」

います、そう伝えたかった。ローラン様のお傍に、俺がずっといる。旦那様や、奥様の分まで、ずっと一緒にいて、あなたを守る。しかしなぜか言葉は出てこず、気づけば彼の背で深く眠ってしまっていた。

次に目を覚ますと、アーシャの家だった。かつて世話になっていた時に使わせてもらっていた部屋と同じ部屋のようだ。目だけでぐるっと状況を確認すると、枕元でアーシャが薬を煎じているのがわかった。ローラン様の姿は見えない。体を起こしてアーシャに声をかけようとすると、肺から押し出したような咳が出た。

「寝てな。風邪だよ」

中々咳が止まらないので、言われるがまま布団に逆戻りしながら内心で驚く。風邪なんて滅多にひかないのに。湖で濡れたのが悪かったのだろうか。ブランケットを胸元まで引き上げながら、椅子に腰かけて薬草を挽《ひ》いているアーシャに声をかけた。

「ローラン様はどこですか？」

「さあね。すぐ戻るって言って出かけたよ」

「本当に戻ってくるかな」

不安に思って尋ねると、アーシャが呆れたようにこちらを指さした。見ると、枕の横になにか置かれている。驚きに息を呑む。シェード家の短剣だ。寝ていて良かった。立っていたら腰を抜かしていたかもしれない。

「必ず戻るとさ。あんた、一体なんだって朝から湖に入ったんだい？　夏とはいえ朝夕は冷えるってのに馬鹿じゃないのか」

短剣をそっと持ち上げて決して失くさないよう握りしめながら、薬になる花を採るために行くと、湖にローラン様が沈んでいるように見えて理性もなく飛び込んだこと、ローラン様だと思ったものが花だったことを話す。アーシャは少し考えてから「そりゃ、幽水蓮《ゆうすいれん》だね」と言った。

「幽水蓮？」

「植物の形をした魔物さ。その人間の一番大事なものに化けて、助けようとしたところを引きずり込んで溺《おぼ》れさせるんだ」

また魔物か。ここらへんは魔物が多すぎる。

俺は咳をしながらチオンジーは必ず退治すると約束するが、治安が悪すぎるので引っ越した方が良いと進言した。アーシャが笑いながら首を振る。薬草を挽いてできた汁と搾りかすを、丁寧により分けていた。

「ここの湖で幽水蓮が出るなんて、あたしも初耳だよ」

「もう湖には近づかない方が良い」

「知っていれば、恐れる魔物じゃないさ」

そういう問題か？　出された薬を受け取って、一息に飲み込む。信じられないほど苦い。ローラン様が幼い頃、俺はどうにか飲みやすいようにとヤギの乳や砂糖、小さな果実を混ぜ込んで味を調整したが、そういう心配りは一切なかった。まあ、俺は良い年をした大人なので、文句を言える立場ではない。

あまりの苦さでびりびりと痺れる舌を口から出して顔を顰めていると、用は済んだとばかりにアーシャが部屋から出て行った。その背中に向かって、慌てて礼を言う。薬をくれたこと、俺とローラン様をかくまってくれたこと。アーシャは目元に皺を寄せて「いいんだよ」と答えた。

「情けは人のためならずってね。なんの打算もなしに助けたわけじゃないさ」

アーシャが出て行くと、途端に部屋はしんとしてさみしくなった。短剣を握りしめながら寝返りを打つ。寝ようとするが、すっかり目が冴《さ》えてしまい眠れなかった。

眠れずにじっとしていると、とりとめもなくローラン様のことを考えてしまう。ここのところよく見る夢。塔に一人でいたと話していた姿。俺の大切なローラン様。贅沢な暮らしも、よい教師もつけてあげられなかったが、それでもいいなら、俺は何度でもローラン様の傍にいる道を選ぶ。あの夢はなんなのだろうか？　冷たい目をしていた。ああ、早く帰らないと。ローラン様がきっとさみしがっているのに……。

最後に風邪をひいたのは、まだ森にいた頃だったように思う。咳が出て苦しかった。あの頃は食べるものもなくいつも腹が減っていたし、安心して眠れる場所もなかった。最初のうちはランドセルを片時も放さず持ち続けて、さみしくなると教科書を開いていた。あめんぼ、かきのき、ささのは、ひらがなを指でなぞりながら声に出して読む。裏表紙には母が書いてくれた名前があり、それを見るとどんなに寒くて腹が空いていても気が紛れた。ふじえだふき、という自分の名前だけは、絶対に忘れないでいられると思った。そのおかげか、いつの間にかランドセルはどこかへ行ってしまい、教科書も失くしたが、ちゃんと名前は憶えていられた。

あの頃は、咳が出ただけでもう自分は死ぬのかもしれないと思って怖かった。生きるのに必死で、とにかくつらくて、さみしくて、だから老爺の腕に抱き上げられた時、すごくほっとして嬉しかった。知らない大人だったが気にならず、俺は彼についていき、暖かい部屋で白く柔らかなパンを食べさせてもらった時は、これがこの世で一番おいしい食べ物だと思った。それは今になっても中々忘れられず、白いパンは俺の好物だった。

あの日俺を抱き上げてくれた老爺と優しく頬を撫でてくれた老婆が死んだ時は、悲しいのはもちろんまた森に戻ることになるのかもしれないと怖かった。

それからの数年面倒を見てくれたシェード家には、返しても返し切れない恩がある。優しかった旦那様と奥様。身分の差など感じさせず、時には我が子のように抱き上げてくれさえもした。俺はあの屋敷で安心して飯を食べ、眠り、遊ぶことができた。冒険小説も読んだ。剣も習った。

二人の大切なローラン様。かわいい赤ちゃん。俺が命をかけて守るべき人。ローラン様を守れるなら、なんだってする。旦那様や奥様に与えられたものをひとつ残らず全部ローラン様へお返しするのだ。


自分の咳で目が覚めた。体がずっしりと重く、だるい。窓から入る光は西日が強くなってきていた。胸に抱きしめていた短剣を握り直しながらベッドの上に体を起こす。アーシャが用意してくれたらしい水差しが傍にあったので、コップに注《つ》いで飲む。目の奥がひどく痛んだ。汗をかいたせいで服が湿っている。手の甲を首筋に当てると、まだ熱い気がした。

ふらつく足でなんとか階段を降りていると、すぐ下にアーシャの後姿が見えた。開いた玄関の戸の前に立って、誰かと話している。

「驚いた、あんた、一人でやったのかい」

「これで俺もフキも、あんたに対して貸し借りはなしだ」

ローラン様だ。帰ってきたのだ。残りの数段を急いで降りると、物音に気づいたアーシャが振り返って俺の名を呼んだ。まだ外にいたローラン様は、はっとしたように目を見開いた。持っていたものを庭へ放り投げ、アーシャの横をするりと抜けてこちらへ来る。彼は俺の腰に手を当て、支えるようにぐっと抱き寄せた。

「なんで起きてる。風邪をひいてるんだから、大人しく寝てろ」

「おかえりなさい、ローラン様」

そう言うと、ローラン様はうろたえて口を閉ざした。

気まずそうに視線を逸らし、かすかに頷く。彼はつけていた手袋を取り、俺の額にそっと触れて「まだ熱がある」と言った。後ろで玄関の鍵をかけていたアーシャが「熱冷ましは二番目の棚だよ」と言う。ローラン様に促されるまま椅子に腰かけると、彼は流れるような手つきで棚を開け、中の薬を検めた。

「それで、いつまでいるつもりなんだい」

隣の椅子に腰かけたアーシャが聞く。ローラン様は粉薬を少量の水で練り丸くしながら「熱が下がったら出て行く」と答えた。相槌のような咳が出る。アーシャが頬杖をついて俺の方を見た。

「フキ、あんたの主人が約束を守ったよ」

約束？　小さく続く咳をしながら首を傾げると、アーシャが「チオンジーさ。外に転がってる」と付け加えた。驚いて立ち上がり、窓から庭を見る。

　すると、玄関のすぐ傍に見間違えるはずもない棘だらけの巨体が倒れているのが見えた。慌ててローラン様の傍へ行き、彼の体に手のひらで触れ怪我が増えていないか確かめる。ローラン様は丸薬を持ったまま「おい、やめろ！」と慌てて逃げた。アーシャが声を上げて笑う。彼女はいつの間にか赤い果実酒を出して手酌で飲み始めていた。

「あたしの薬はよく効くから、今日が最後の夜になりそうだね」

「アーシャ」

　ローラン様の傍から戻り、彼女に近寄って頭を下げる。

「助けてくれて本当にありがとう。アーシャが困っていたら、必ず助ける」

　ほんの一晩匿ってもらうだけのつもりだったのに、彼女は薬や食事をくれ、おまけに風邪をひいた俺にまで優しくしてくれた。感謝してもしきれない。酒を飲みながら、アーシャが口元をやわらげた。

「魔女と約束するな」

　ローラン様が冷たい声を出した。彼は俺の手に丸薬を握らせ、コップに水を注いだ。アーシャはひょい、と片方の眉を上げて肩を竦めた。それからすぐに真剣な表情でローラン様を見る。

「気をつけな。胸の印を消したって、油断すればすぐに見つかるよ」

　眉間に深い皺を寄せ、ローラン様が苦く頷く。彼は俺が薬を飲んだのを見ると、チオンジーの体を片付けると言ってまた外へ出た。その背中を見送りながら、アーシャに尋ねる。

「もし魔女に見つかったら、どうなる？」

「そりゃ、殺されるだろうね」

あっさりと返されて、指先が冷えた。俺はなるべく早く元の世界に戻らなければいけないが、命を狙われているこの世界のローラン様を置いていくわけにはいかない。

玄関の戸が軋みながら開き、ローラン様が戻ってくる。彼は汚れた手を払いながらこちらを見た。

明朝、熱はすっかり下がっていた。まだ朝もやの出る時間、ローラン様と一緒に玄関に立ちアーシャに別れを告げる。彼女はブランケットを肩に巻き付け、赤毛を背に垂らしたまま手を振った。

夏とはいえ、朝はやや冷える。ローラン様は俺の手に手袋を被せ「つらくなったら言え」と言った。彼の手袋をしたまま、何度か手を握ったり開いたりする。手に吸い付くような革の感触が不思議だ。

湿地を抜け、村をいくつか越えて大きな街に出ると、昼頃になっていた。ローラン様はフードで顔を隠し大通りにある質屋へと入った。胸元から小さな巾着を取り出し、店の親父に渡す。中からは宝石が出てきて、金貨三枚になった。

服を数枚と、干物などの保存食を少し買い、最後に馬屋へと行く。ローラン様は金貨一枚で買える一番良い馬を選んだ。黒毛の牡馬《ぼば》だ。手綱をひいて路地に出ると、彼は買った服から、一番薄い上掛を出し、俺の肩にかけた。馬に乗るように促され、以前ロニーと一緒に乗った時のことを思い出しながらなんとか跨《また》がる。俺が苦戦しながら座ったのを見てから、ローラン様はふわりと身軽に飛び乗った。鞍《くら》に腰かけ、俺の腹の横から手を伸ばして手綱をひく。

「まずは住む場所を探さないとな」

ローラン様はそう言って馬を走らせた。魔法使いは食うに困らない。薬草の扱いに長《た》けているし、彼らだけが扱う特別な技術があるからだ。例えば、アーシャには占いがある。

住むなら近くに森があり、人里から離れすぎていない場所がいい。ローラン様がそう言うのを聞いて、俺は一か所心当たりがあることに気づいた。肩越しにそっと主人の顔を窺う。すると、彼はすぐに気づいて「なに」と声をかけてきた。慌てて顔を前に戻して首を振る。

彼が気づいているかわからないが、この道をずっと進めば、シェードの屋敷がある。屋敷は近くに森があり、里も近い。ローラン様の腰にはシェード家の短剣がささっていた。彼は屋敷の正統な所有者だ。でも、最後に俺が見た屋敷には火の手が上がっていた。もしかしたらかつての姿は失われ、影も形もなくなっているかもしれない。そう思うと、屋敷へ行ってみようとはとても言えなかった。

夜になる前に、通りかかった村で宿を取った。ちょうど他にも客が来ているらしく、四つしかない部屋のうち、既に三つが埋まっているらしい。宿の女将が布団を余分に用意すると言うので、ローラン様はその部屋を取った。村にはここ以外に宿がないのだ。

荷物を部屋に置き、夕食を食べるために食堂へ出る。ローラン様が部屋で食べると言うので、女将に部屋まで持って上がれるよう料理を用意してもらった。

準備ができるのを待っていると、ちょうど階段から他の宿泊客が降りてきた。知り合いなのか、やや大きな声で話しながら食堂へ入ってくる。若い男たちが数人いるらしい。

「この村で最後だが、見つからなかったな」

「そうとう痛手を負ってるって話だったろ。ここまで逃げられないんじゃねえの」

「反対側の村を探してるやつらがもう捕まえてるかもしれないしなあ」

何気なく振り返って、慌てて顔を逸らす。騎士だ。名前も知っている。ジーク、ジル、ジェイ。元の世界で、俺がチオンジーから助けた男たちだった。

彼らはやはり俺がわからないのか、こちらを気にする様子もなく食堂の椅子に腰かけると女将に向かって大きな声で給仕を頼み、また話し始めた。なるべく目立たないよう、俯いて体を小さくする。

「手助けしてるやつがいるって話だろ？　二人ならここまで来れるんじゃないか」

「でも、ここらの医者にかかったって話もないし」

「見つからなかったらどうなるんだろうな」

彼らがいるということは、騎士団長であるオルランドも近くにいるのだろうか。彼が出てきてしまえば、情けない話だがローラン様を守り切れる自信がない。胸が痛いほど鼓動を打つ。

女将が料理を終え、皿を載せた盆を渡してくれる。受け取ると、俺は急いでその場を離れ、階段を上がった。

部屋ではローラン様が布団で横になっていた。疲れていたのか、上着も脱がずに寝息を立てている。料理を机の上に置き、そっと彼の顔を覗き込む。体の横で丸まっていたブランケットを広げて体にかけると、眉を寄せてむずかる。

ジジジの三人相手なら、俺でも彼を逃がしてやれる自信がある。でも、オルランドがいるならだめだ。あの男とやりあって勝てるとは思えない。ローラン様に手を伸ばして、前髪を払い、額をそっと撫でる。とたん、眉間の皺が緩み、穏やかな寝顔になる。俺は思わず声を出して笑ってしまった。

「……なんだよ」

気づけばローラン様が薄く目を開けている。俺は慌てて手をどけた。うるさくしたことを謝ると、彼は軽く頭を振りながら体を起こした。机の上にある食事に気づいたらしく、一緒に食べようと誘われる。

スープにはムラサキ豆が入っていた。見守っていると、ローラン様はためらいもせずに匙を口に入れた。が、すぐにその顔が顰められる。

「まずい。この豆、パサパサしてる」

舌を出して呻いているので、手ぬぐいで拭ってやる。水を渡すと一気に飲み干した。

「好き嫌いはだめですよ、すごく栄養があるんです」

疑いの目で見られるが、本当だ。ローラン様は少し考えると「栄養があるなら、お前が食べた方が良い。病み上がりだから」と言ってスープの皿をこちらに押し付けた。思わず元の世界のローラン様が幼い頃「フキにあげる」と言って豆を皿の端によけていた姿を思い出してしまう。渡された椀に口をつけると、温かいスープが喉を通って腹に落ちた。

食べ終わってから先ほど階下の食堂での出来事を伝えると、ローラン様は厳しい顔をした。

「もうここまで来てるのか」

自ら食器を下げに行こうとしていた手を止め、机に腰かけて頬杖をつく。彼は少し考えてから、俺に食器を下げ、湯を貰ってきてくれと頼んだ。

指示通りに下へ降り、女将に湯の支度を頼む。騎士の三人組は食事が終わったのか、もういなかった。女将が桶に沸かした湯を入れながら大きなため息をつく。あまりにも深刻そうなので、俺は礼儀として「どうしましたか」と声をかけた。彼女が目を見開き、頬に手を当てて赤面する。

「あら、いやだわ。私ったら、お客様の前でため息なんてついて」

「なにか困りごとですか」

「困りごとっていうか……」

彼女が湯の入った桶を重そうに持ち上げようとする。俺は慌てて声をかけ桶を自分で持ち上げた。女将はほつれた髪を耳にかけ直して礼を言った。濡れた手を前掛けで拭く。

「村に騎士様がいらっしゃって……、てっきり井戸を直しに来たと思ったものだから」

「井戸？」

「ええ、みんなが使う井戸が壊れて、ずいぶん不便しているの。村長が騎士団の詰め所に頼みに行ったって聞いていたから勘違いしたのよ」

ジジジの三人は、ローラン様を探しているふうな口ぶりだった。井戸を修理してもらう当てが外れてがっかりしたのだろう。女将は手ぬぐいを二枚用意すると、桶を持っている俺の腕にかけてくれた。

階段を登りながら、桶いっぱいに入れてもらった湯を見つめる。井戸が使えなくて不便な思いをしているなら、水は貴重だろう。なのに客とはいえ、惜しげもなく湯を分けてくれた。

桶を抱えたまま肘を使って戸を開け、部屋にあった光景を見て俺は悲鳴を上げた。

「ろ、ローラン様！　お、御髪が！」

短剣で切ったのだろう、右手に切り離された三つ編みを持ち、ローラン様が水を浴びた犬のように首を振る。ばっさりと短くなった髪が、顎のすぐ下で揺れた。

桶を床に置き、ローラン様の傍に駆け寄って絶句する。ローラン様の輝くような金の御髪が、ばっさりと短くなってしまった。取り返しがつかない。元の持ち主によってなんの感慨もなく机に放られた三つ編みを手に持つ。

ローラン様は胸元に入れていたらしい薬袋から数個の実を取り出した。部屋に置いてあったコップに桶から湯を入れ、実を浸す。指で潰すと、湯はあっという間に黒く粘度の高い液体に変わった。

みるみる間に、ローラン様の髪が黒く染められていく。俺は泣きそうな気持ちでそれを見ていた。

視線に気づいたのだろう、ローラン様が眉をひそめる。

「なんだよ。こんな目立つ髪、名札を下げて歩いているようなものだ。隠した方がいいだろ」

少し迷ってから頷く。確かに、騎士団は長い金髪の男を探しているだろう。髪を切って染めるという選択は逃げ切るためと思えば合理的だった。

とはいえ悲しい気持ちは変わらず、俺は項垂れながらローラン様の御髪を胸元にしまった。ローラン様は怪訝そうに眉を寄せたが、特に何も言わず、黙って髪を染め続けた。

一人ではやりにくいだろうと後ろに回って後頭部の毛に薬剤を塗る。つん、と鼻をつく匂い。染め終わると、ローラン様は桶の湯をコップに移し手を洗った。使った水を窓から捨てる。

残った湯は湯あみに使った。ローラン様の胸の傷は塞がり始めていた。もう薬草は必要ないだろう。彼が一人で湯あみをするのは嫌だと言うので仕方なく俺も服を脱ぎ手ぬぐいを浸して体を拭く。足を拭いていると、ローラン様が「傷がある」と言った。

彼の手が伸び、胸の傷に触れる。オルランドに斬られた時の傷だ。指は素肌をなぞるように動き、足へと移動した。甲にあるのは、チオンジーと戦った時、足を貫かれて出来たものだった。どちらも塞がっていて、もう痛まない。

一階へ降り、裏口で使い終わった湯を捨て部屋へ戻る。ローラン様は就寝の支度をしていた。床に敷いた布団に今にも横になりそうなのを慌てて制止する。絶対に、なんとしても俺がこちらで寝ると言い張ると、彼は首を横に振った。

「病み上がりだろ」

「もうすっかり良くなりました。俺が床で寝るので、ローラン様がベッドで寝てください」

「いやだ。お前がベッドを使え」

四半刻にもわたる言い合いの末、先にローラン様が折れた。彼は燭台の火を消して渋々ベッドへ寝転がると、勝利に震えている俺の腕を後ろから掴み、思い切り引っ張った。油断していた俺はあっけなく彼の上へと転がる。起き上がろうとする頭を押さえつけられ、もう片方の手が背中に回り、幼子にするようにとんとん、と動く。

「ローラン様」

横になったローラン様の腹に完全に重なる形になり、俺は戸惑って彼の名を呼んだ。

「うるさい。寝るから、静かにしろ」

目を閉じたまま言われ、仕方なく口を閉じる。薄暗闇の中で、そっと彼の顔を盗み見る。髪の短い彼は、なんだか幼く見えた。指を伸ばし、白い頬に触れる。なだらかな稜線《りようせん》。長いまつげが揺れた。抱き込まれたままの体から力を抜くと、頬が彼の服の下、鎖骨の固い感覚に触れた。


夢だ。またあの夢だろうか。

遠くから何かの音が聞こえる。耳を澄ますと、それは鐘の音のようだった。目を開くと、窓の外に白い布がかけられているのが見えた。どうやら城内の一室らしい。

窓辺に寄り外を見れば、城のどの窓からも長く白い布が垂れ下がっている。下を見ると、人々が長い列を作っていた。みな白い服を着て、手には白百合の花を持っている。

誰かが死んだのだ。その時、後ろで戸の開く音がした。はっとして振り返ると、やはり全身を白い服に包んだローラン様が部屋に入ってくるところだった。彼の後ろにはセディアス、それにオルランドがいる。両人とも白い服を着ている。

「即位式の日取りを決めねばなりませんね」

セディアスが言った。オルランドは何も答えず、剣を持ってただ佇《たたず》んでいる。

ローラン様は上掛けを脱ぎながら気だるそうに椅子へ腰かけた。高い位置で結っていた髪をほどき、頬杖をついて深く息を吐く。

即位式。では、死んだのは王なのだ。

俺はローラン様を見つめた。震える足で傍に寄り、彼の足元に座る。膝に置かれた手に触れたが、彼は気づかなかった。

「私が王に？　この国には正式な王太子がいるだろう」

疲れたようにローラン様が言うと、セディアスは持っていた扇子で口元を隠して目を細めた。

「あの方を廃位寸前まで追いやったのは、他ならぬあなたさまでは？」

何を考えているのか、オルランドが目を伏せる。黒く長いまつげが白い肌に影を落とした。

ローラン様はしばらくセディアスの顔を真正面から見つめ、言葉の真意を受け止めていたようだった。しかし不意にさっと視線を外すと、疲れたのか目を閉じて首を振った。

「出て行ってくれ。おじいさまが死んで心が痛い。お前に付き合っている余裕はないよ」

二人が部屋から出て行くと、ローラン様は立ち上がり机の上にある箱を手に取った。金細工に赤い布の張られた、上等な箱だ。開くと、白い布が出てくる。布の端を指でめくると中には数色の刺繍糸があった。それは見間違いでなければ俺が彼のために刺繍をいれるはずだったハンカチだ。

彼は布を取り出すと、しばらくその白い表面をじっと見つめていた。その顔が、おもむろに険を帯びる。驚きつつ見ていると、彼は勢いよく振り返り入口の扉に向かって静かだが厳しい声を出した。

「命が惜しければ二度とその顔を見せるなと言わなかったか」

扉がゆっくりと開き、部屋の中へ人影が現れる。ロニーだ。彼は青ざめた顔でローラン様の前へ進み出ると、勢いよく体を伏せ額を床にこすりつけた。

つま先のすぐ傍にあるロニーの柔らかそうな茶色の髪を見て、ローラン様はふっと鼻で笑った。肩が揺れ、徐々に心底おかしそうな笑い声が部屋に響いていく。

ロニーは小刻みに震えていた。彼は床についた手の指を爪が皮膚に食い込み今にも皮膚が裂けてしまいそうなほど強く握りしめていた。

「ご慈悲を……」

震える声だった。

「慈悲？」

笑い声がぴたりと止まる。ローラン様はその美しい顔から一切の表情を消してしまうとロニーに一瞥《いちべつ》もくれることなく部屋を歩き、離れた場所にある椅子に腰かけた。背を背もたれに深く預け、片足を膝の上に置く。

「お前が私に慈悲を乞《こ》うとは……、人でなしのクソ野郎ではなかったの？」

「すべてお詫び申し上げます。愚行は命で償います。どうかお許しください」

ロニーがほとんど怒鳴るようにそう言って、蹲《うずくま》ったまま肩で息をした。部屋は肌寒いのに、顎から汗が垂れている。

ローラン様はつまらなそうに彼を見て、頬杖をついた。長く艶やかな金髪が肩の上を流れる。ローラン様がなにも答えないと、ロニーはぐっと目をつむり、血を吐くように続けた。

「御身に流れる高貴な血の慈悲を、どうかおかけくださいませ」

「なるほど、慈悲は血でかけるものだったか。だからお前も、お前の主人も私に優しくないのだね」

ローラン様は手を打って深く頷いた。芝居がかった仕草だったが、目は冷たい。彼はロニーを見ながら静かな声で言った。

「お前の主人が奪ったものは返せないのに、私には与えてくれと乞う。それも卑しい血のせいなの？王族の血が流れていなければ、人とはそんなに愚かなのか」

言いながら、ローラン様は決してそうではないことを知っているようだった。だからこそ、目の前の男が余計に許せないらしい。青い瞳は今や触れれば火傷しそうに凍てついている。俺は呆然としてその顔を見ていた。初めて触れる彼の怒りに全身が総毛立つ。夢ではない。理屈ではなく直感した。これは夢ではないのだ。今、目の前で実際にローラン様が苦しんでいる。

ロニーは痛罵《つうば》されてなお、ローラン様に向かって言った。

「殿下はご存じなかったのです！　すべて私とミリアのしたこと。主人は無実の罪で十分な罰を受けました。これ以上を望まれるなら、どうぞ私を殺してください」

「罰？　それはあの男の生家が私の親を殺したと暴いたこと？　あの男から後ろ盾を奪ったこと？それの何がつらいのかわからない。あの男は私に向かって、お前やミリアを許すようにと言った。私はお前たちを許した。私から蕗を奪ったお前を、殺しもせずに生かしている！」

「王になるべき方なのです！」

いてもたってもいられず、俺はローラン様の膝に乗り上げ、彼の頭を胸に抱え込むようにして抱きしめた。しかし彼は俺に気づくことなく、どうかもう何も聞かず何も見ないでほしいのにまっすぐに目の前のロニーを見ている。

ロニーもまた、目を逸らさずローラン様を見ていた。全身が震え、目じりが赤く染まっている。よく見れば、俺が知る姿よりも随分やつれていた。

「あの方は、ユーリ様は、王になるべき方なのです。そのためにずっと努力してきた。あなたが都で自由に暮らしている間、ずっと……、あなたは王にならずとも生きていける。けれどユーリ様は、あのお方は王以外の生き方を知らない」

ローラン様はそれ以上何も言わずにロニーの言葉を聞いていた。瞳孔は開き、眉根《まゆね》がぐっと寄っている。歯を食いしばっているせいで、首筋に血管が太く浮かび上がっていた。椅子の肘置きを掴む指先は、力の入れすぎで白くなっている。あまりにも痛ましい姿だった。

「あなたの気が済むなら、どうぞ俺を殺してください。四肢を落として、全身の皮を剥いだっていい。だからどうか、どうか王にならないでください」

「……王になるために、私の親を殺した」

「ユーリ様はご存じなかった」

ローラン様が目を伏せ、呆れたように声を出して笑った。全身の力を抜き、背もたれに倒れる。彼の首にしがみついていた俺も引きずられて、首筋に顔を埋《うず》めた。かすかに香る彼の匂いに肩が震える。

ロニーは審判を待つように黙っている。唇を引き結び、緊張のせいか顔色が悪い。ローラン様はしばらくぼうっと宙を見つめていた。思案するように幾度か瞬きをする。

「あの男を王にするためなら、なんでもするのか？」

ロニーは頷いた。

はっと目を覚ますと、黒い髪のローラン様が心配そうにこちらを見ていた。目じりから頬へ涙が伝うのを感じる。戸惑った顔のローラン様が、手のひらでそっと流れる涙を拭った。皮膚は固く、少しざらついている。

「ずいぶん魘されていた。悪い夢を見たのか？」

首を振る。唇がわなわなと震えた。いいえ。夢ではないんです。俺の主人が苦しんでいるんです。こうしている間も、たった一人で。あちらの世界でひとりぼっちで。

「帰らなきゃ」

気づけば俺はそう口にしていた。ローラン様が目を見開く。涙が溢れて止まらない。俺は両手で顔を覆った。その手首を、ローラン様の手が掴んだ。熱い。

「ローラン様のところへ帰らないと」

言ったってどうにもならないのに、俺は子供のようにぐずった。

「帰るって……」

「さみしがってる、きっと泣いてる」

夢じゃない。ローラン様は現実にユーリ殿下を跪かせ、ミリアの面皮を剥ぎ、祖父である国王を失ったのだ。

俺を探している。見つからないと知っている。戻りたかった。ローラン様のいる世界に。今すぐに彼のもとへ行って、彼を抱きしめたい。旦那様と奥様を殺したやつらを皆殺しにして、ローラン様の味方になる。

手首を握る男の手が、ぐっと力を強めた。無言で強く引き寄せられ、長い両腕が背に回る。隙間なく顔を覆った手の甲が、ローラン様の服の合わせに擦れた。

「帰せない……！」

喉に血が滲むような声だった。骨が砕けそうなほど力強く抱きしめられ、息が苦しい。

「帰せるわけない、やっと、やっと会えたのに！」

こめかみに熱い息を感じる。俺は言葉を失った。急に視界が明瞭になった気がする。目の前のローラン様の、肌の震えがわかる。

「勝手だろ、急に現れて、急に帰るなんて……、お前、俺を守るって言ったくせに……！」

思ってもみなかった方から、力いっぱい頭を殴られたようだった。俺が顔を上げたのに気づいたのか、隙間なく抱きしめられていた体が離れる。至近距離で目が合う。黒く短い髪、白い肌、青い瞳。瞳の縁が盛り上がり、下睫毛に重そうな涙の雫が乗っている。

俺はわけもなく顔を左右に振った。髪が頬を叩く。ローラン様はぐっと唇を噛み締めた。肩を掴む手の力が、また強くなった。

どんなに最悪な気分でも朝は来る。

顔を拭くために湯を貰いに行くと、女将は朝食の準備をしているところだった。昨夜と変わりなく、頼めば快く盥《たらい》いっぱいの湯を分けてくれる。部屋に戻り、湯にくぐらせた手ぬぐいを絞って渡すとローラン様が無言で受け取った。

宿を出る時には、ローラン様は目深に外套のフードを被った。来た時と全く変わってしまった髪形を隠すためだ。宿賃を払い外へ出る。外につないでいた馬をひいて、街の向こうへと歩き始める。

ちょうど街の半ばほどまで来て、少し前を歩いていたローラン様が、耳を澄ましてやっと聞こえるほど小さな声で「ローランって、どんなやつ」と聞いた。

思ってもみなかった質問に言葉が詰まる。俺は少し考えてから、彼が恩人の息子であることを話した。ローラン様は一応聞いてみたがさほど興味はなかったように「へえ」と答えた。

宿から大分離れたところでローラン様はフードを脱いだ。黒い髪が肩より少し上で揺れている。暑かったのだろう、おくれ毛が汗で首筋に張り付いていた。

ほどなく差し掛かった街の中央には大きな井戸があった。子供たちが井戸の周りを駆け回って遊んでいる。馬をひいて歩くローラン様の後ろを数歩遅れて歩きながらなんとはなしにその様子を眺める。女将の言っていた、壊れてしまったという井戸だろう。

昨日はもし直せるようなら修理を手伝いたいと思っていたのに、今はすっかりそんな余裕がなくなっていた。

「帰るって、どこに」

落ち着いた声だった。今度は喧騒の中でも聞こえる。前を見ると、彼は歩みを止めず、見えるのはやはり後姿だった。背筋はまっすぐに伸びている。手綱をひく手は大きく、手の甲には細かな傷がついていた。

「元の世界に……」

自分でもどう説明すればいいのかわからないことをわからないままに話す。いきなり違う世界から来ただなんて言っても滑稽《こっけい》に聞こえることはわかっていたが、嘘も誤魔化しもしたくなかった。声は情けなく揺れていた。自分の声ではないようだった。

「はあ？　元の世界って……」

意味を測りかねたのか、ローラン様がこちらを振り返る。訝《いぶか》し気に寄せられた眉が、俺の顔を見るなり驚きに跳ねた。

彼の顔色がみるみる青くなるのに驚いて、思わず名を呼ぶ。ローラン様は立ち止まり急に俯いて、頭を軽く振った。手綱をひいた手の肘をもう片方の手で抱えて、目を逸らしたまま彼が言った。

「……わかった。お前、魔法陣を通ってきたんだな」

今度はこちらが驚く番だった。なぜ彼がそれを？　戸惑って見つめると、ローラン様は唇を片側だけ上げて皮肉っぽく笑った。石畳を走る子供の足音が聞こえる。その時なぜか、俺の意識は目の前のローラン様から逸れそちらへ流れた。幼い女の子のスカートが風に揺れている。

「あの女って、ほんとろくなことをしないな」

ローラン様が吐き捨てるのとほとんど同時に、俺の体は弾かれたように動いた。遊んでいた子供のうち一人が、井戸の傍で体勢を崩すのが見えたのだ。

軽い体があっという間にさかさまになる。天を向いたその足先を、すんでのところで捉えた。腹が強かに井戸とぶつかり、子供の体重をまともに支えることになった肩が激しく痛む。引きずられて浮きそうになる踵《かかと》を、歯を食いしばって地面へと縫い付ける。

「フキ！」

ローラン様がこちらへ近づいてくる。その声に反応したのか、一拍遅れてやってきた恐怖に子供が身をよじって泣いた。掴んだ手が離れそうになり、咄嗟に井戸につき体を支えていた手を放して子供の足を握る。不安定だった踵が浮き、体がぶれた。

まずい、落ちる！

俺は井戸へと引きずり込まれるのを覚悟し、子供を掴んだ腕に力を籠め、体の上下を入れ替える。小さな体を胸に抱きこむと、真上に突き抜けるような晴天と井戸を覗き込むローラン様のひどく焦った顔が見えた。

臓腑《ぞうふ》が浮くような感覚。なんとか落下の衝撃を和らげようと、俺は井戸の中に垂れていた水汲み用の紐を無我夢中で掴んだ。手のひらが激しい摩擦で燃えるように痛む。が、おかげで墜落の衝撃は恐れていたほどではなかった。打ち付けた背は痛いが、幸いにも骨が折れた感じはない。腕の中を確認すると、子供も無事だった。何が起きたかわからないのか、目をぱちぱちとさせている。

「フキ、返事をしろ！　無事なのか？」

「はい！」

上から降ってきた切羽詰まった様子の声に大声で返事を返す。逆光で表情は見えないが、ローラン様の影が胸をなでおろしたのがわかった。彼は人を呼んでくると言って井戸を離れた。

まだ三つほどだろうか？　見ず知らずだというのに俺の服を握って放さない子供の頬をそっと指で撫でる。女の子だ。薄桃色のドレスを着ていた。彼女を抱きながら、狭い空間でなんとか体を起こす。

待っている間に何かできないかとあたりを見回す。最近まで水が満ちていたのだろう、底の石はまだ湿っていた。石を掴んで登るのはどうかと考えたが、自分一人ならまだしも子供を抱えては無理そうだ。大人しく救助を待つほかないだろう。

ため息をつきながら俯く。その時、足元になにかがあるのに気づいた。石に何か模様がついている。靴をずらすと、それが丸い形だということがわかる。

魔法陣だ。はっとして息を呑む。子供を抱く腕に、放さないよう力を入れる。異変を察したのか、子供の方も小さな手で俺に抱き着いた。

見れば、魔法陣は石を彫って描いてあるようだった。過去二度見たことがある魔法陣はどれも光っていたが、今はただ描かれているだけだ。万が一光り始めてもどこかへ飛ばされないよう、なるべく井戸の端による。が、底の石いっぱいに描かれた魔法陣は、どう避けても一部を踏んだままになってしまった。

全身に緊張が走る。もし今魔法陣が光ったら、俺はこの少女と共にまた違う世界へと飛ばされるのだろうか？　助けを求めるように上を見ると、ちょうどローラン様が戻ってきたところだった。子供を抱いている俺の姿を確認すると、呼んできたのだろう助けに向かって「こっちだ！」と声をかける。

数人の足音がして、身を引いたローラン様の代わりに姿を現す。井戸を覗き込んだ顔ぶれに、俺はぎょっとして悲鳴を上げそうになった。

騎士だ。それもジジジの三人が三人とも揃っている。彼らは井戸の底に俺と少女の姿をみとめると、こちらへ向かって安心するようにと大声で呼びかけた。

「すぐに助けるから、待ってろ！」

髪を低いところで一つに結っている騎士、ジェイの声掛けに動揺しながら頷きで応える。抱かれている少女は俺の肩から顔を上げ、不安げに指を吸いながら空を見上げた。

騎士たちは井戸の中に荒縄を落とし、それをまずは少女にくくりつけ、彼女から引き上げようと言った。指示されるままに、落ちてきた縄を子供の体にくくりつける。服を緩衝材のように巻きつけつつ、万が一にも解けないようきつく結んだ。彼女が無事に上まで引き上げられると、地上で歓声が上がった。安堵したせいか、爆発するような泣き声が遅れて聞こえてくる。俺は思わず上を見上げたまま笑った。

すぐさまローラン様がまた縄を下ろしてくれたので、俺はそれを支えに井戸の内壁を蹴った。狭い井戸なのが幸いして、背と足、縄でバランスをとりながらなんとか這い上がれそうだ。

縄を掴む手にぐっと力を入れ、体を持ち上げる。その時だった。縄に擦れて怪我をした手が激しく痛み、手のひらから血が滴った。手首を伝った血は肘からさらに下へと落ち、魔法陣の描かれた石へと雫が落ちる。発光。足元の線が青白く浮かび上がる。頭上で息を呑む声がし、ローラン様が鋭く俺の名前を呼んだ。

痛みをこらえて縄を掴み、地上へと駆け上がる。ローラン様も縄を掴み、後ろへと思い切り体重をかけて俺の体を引き上げた。しかし、体が完全に井戸の外へ出るよりも魔法陣から何かが出る方が早かった。

大きな頭。太い胴体。目に鱗《うろこ》のまだら模様が飛び込んでくる。巨大な蛇だ。

それは滝を登るように井戸の底から伸びあがると、一直線に外へ向かった。大きく開いた口には鋭い牙がある。

この化け物が俺を通り越せば、外にはローラン様がいる。俺は本能的に避けようとしていた体を咄嗟に反転させ、化け物の鼻面へと向かって勢いよく足を突き出した。靴底が化け物の眉間に当たり、額の上を滑る。大きな金色の目が動き、縦長の瞳孔が俺を捉えた。

「フキ！」

ローラン様の声だ。反応する余裕はなかった。俺はなんとかこの化け物を足止めしようと、掴んでいる縄とは別の、水をくみ上げるために垂らされていた紐を渾身の力で引き、井戸の壁を走って化け物の太い首へとくくりつけた。回された紐から逃れようとしてか、蛇は全身を大きくのたうたせる。煽《あお》られ体勢を崩し、背中を石壁へと叩きつけられた。痛みに息が詰まる。

「魔物か？　団長を呼べ！」

「市民を退避させろ！」

「あっ、おい待て、それは俺の剣だぞ！」

「借りるだけだ！」

異変に気づいたのか、上でも騒ぎが起きている。蛇の巨体と壁の間で、潰されないよう必死に踏張っていると、不意に上からの光が遮られて、次の瞬間体が大きく沈んだ。なにかが蛇の上に落ちてきたのだ。はっとして見やると、それはローラン様だった。飛び込んだのだろう、重力に置いて行かれた黒い髪が、遅れて白い頬へと落ちてくる。騎士の剣を両手で握って、その切っ先が蛇の脳天を貫いていた。

力強く張りつめていた蛇の体が、一瞬にして水のように解ける。俺ははっとして蛇に巻き付けていた紐から両手を放した。自由になった俺の手を、ローラン様が力強く握った。彼の腰には縄がくくりつけられている。

蛇の体が轟音《ごうおん》と砂埃をあげながら井戸の底へと落ちる。抱き合うように身を寄せ合いながら、俺はすぐ傍にあるローラン様の顔を見上げた。

ローラン様の体につながっていた縄を騎士たちが三人がかりで引きあげ、俺はやっと地上へと転がり出た。騎士たちがすぐさま抱き起こしてくれる。大丈夫かと聞かれて、こくこくと頷く。

ローラン様は蛇に突き立てた剣をジルに返していた。その姿の向こうに、こちらへと向かってくる人影を見て体が緊張する。俺はローラン様を慌てて背に隠した。ジルやジェイもその人物に気づいたらしい、彼らの顔色が目に見えてぱっと明るくなった。

「団長！」

オルランドだ。

いつかと同じように、少しの乱れもなく騎士服を身に着け、腰に剣を佩《は》いてこちらへと歩いてくる。伏し目がちな瞳はこちらをまっすぐに捉えていた。

彼は視線を巡らせ状況を把握すると、自身に向かって立礼をとるジルたちに向かって短く声をかけた。

「魔物が出たと聞いた」

「はい、先ほど井戸の中に巨大な蛇が現れました」

オルランドは軽く頷くと、躊躇いもなく井戸の中を覗き込んだ。その姿を遠目に見ながら、俺は自分が無意識に息を止めていたことに気づいた。すぐそこに迫った脅威に、心臓がばくばくとうるさい。

オルランドは高く結い上げた黒髪を揺らしながら顔を上げると、今度はこちらへと視線を向けた。

彼の意を汲んだのか、一連の経緯をジークが説明する。

「井戸に落ちた少女を助けてくれた方です。救助中魔物が現れましたが、幸いみな無事でした」

「……なぜ井戸に魔物が？」

オルランドの視線が興味を失ったように自分から外される。どっとひと際大きく動悸《どうき》がして、全身の感覚が血流と共に戻ってくる。

俺が冷汗を拭っていると、ジェイとジルがこちらへ近寄って来た。彼らは人好きのする笑みを浮かべて、俺やローラン様の肩を軽く叩いた。

「あの子を助けてくれてありがとう、騎士としてお礼を言うよ」

「剣を奪われた時はびびったけど、魔物に向かっていくなんて勇気があるな」

親し気に肩を抱かれて、ローラン様が眉を寄せる。顔を近づけたジルが、驚いたように目をぱちぱちさせた。

「あんた、すごく綺麗な顔をしてるな！　妖精みたいだってよく言われない？」

「言われない。手を放せ」

ローラン様はそっけなくジルの手を払いのけ、俺と肩を組んでいたジェイの手も払った。オルランドは魔物を調べるためか、井戸の底へと降りることにしたらしい。ローラン様に気づいた様子はない。良かった。俺はやっと緊張を解き、隣に立つローラン様の服を握った。


よく躾《しつ》けられた馬は足を折り畳み路傍で休んでいた。ローラン様が服に着いた汚れをはたき落としながら馬の傍へ戻り、俺もそのあとを追う。

後ろではジルとジェイ、そしてやっとオルランドへの説明を終えたらしいジークが大きく手を振っていた。彼らには悪いが、一刻も早くオルランドから離れたい。あまりにも笑顔で手を振られるので、自分も手を振り返そうか迷っているらしいローラン様の服を引っ張りその場から離れる。

ローラン様は俺に急かされるまま馬をひきながら「おい、なんだよ」と文句を言った。

街を出ると、数歩も歩かないうちに景色一面が茶畑になった。ちょうど茶葉を収穫する時期なのだろう。

青々とした低木が見渡す限り海のように広がっている。木々の匂いが清涼で心地良かった。前も後ろもすっかり茶畑しか見えなくなるまで歩いて、俺はやっと肩の力を抜いた。

誰かが追いかけてくる様子はない。指が白くなるほど力をこめて握っていたローラン様の服を放し、額の汗を拭う。ローラン様がその手をぱっと掴んだ。

「怪我してる」

井戸の中にいた時、摩擦で切れた傷だ。

縄の形で一直線についた赤い線に、じわじわと赤いものが滲んでいる。見た目は派手だが、それほど痛くない。大丈夫だと言って彼の手を外そうとするが、ローラン様はぐっと指に力を入れ俺の手を固定すると、もう片方の手で外套のポケットに入っていた袋を取り出した。袋の口を広げて中から薬草を取り出すと、柔らかな葉を指先で擂り潰してから傷へと塗り込む。化膿《かのう》止めだ。

彼が何も話さないので、なんとなく俺も口を閉じて彼の指先が動くのを見守る。ローラン様の長い睫毛が陽光に照らされて白い肌に陰影をつけている。目を凝らせば細い影の数を数えられそうだった。顎先ほどで短く切られた黒い髪が、風に揺れている。

「俺が帰してやるよ」

やや乾燥気味の薄い唇が動いた。突然の言葉に俺は思わず「え？」と聞き返した。ローラン様は傷のある手のひらに目線を落としたまま落ち着いた声で言った。

「元の世界に。お前のこと、俺が帰してやる」

静かだが芯のある声だった。薬草を塗り終わった指先が俺の手を解放する。彼はぱっとこちらに背を向けると、馬の手綱を手に幾重か巻き付けて持った。

「魔法陣を通って来たならさ、あの女の仕業ってことだから。逃げ出したとはいえ俺は弟子なんだから、責任がある」

「あの女……」

「わかるだろ」

頷く。彼が師だと言うのは、王妃のことだ。ローラン様は俯いていた顔を上げ、遠くを見るように目を細めた。

「さっきのもさ……、あの女の仕業だよ。井戸の水を止めて魔法陣を描いて、魔物を使って……、他のやつらのことなんて考えちゃいない。俺さえ見つけて殺せればいいんだ」

「王妃様が、魔法陣を?」

「手下にやらせたんだろ。多分、俺が逃げてた森の近くの井戸はみんなそうなってるよ。井戸ならどの村にも必ずあるからな」

彼は乾いた笑い声を漏らした。

逃げ出したローラン様はひどい怪我を負って血を流していた。生きるためには水が必要だ。もし彼がここへ来て、人目を忍んで井戸の水を汲もうとすればその血が魔法陣にかかり、蛇が襲いかかってくる。

俺は思わず足を止め、後ろを振り返った。今からでも引き返してオルランドや、ジルたちにこのおぞましい計画を話した方が良いと思った。しかしそれは目の前の主人を危険にさらすことと同じだ。

どうすべきなのかわからず、ローラン様の背中を見つめる。そうすれば、彼は青い目を柔らかく細めて口元に微笑を湛えながら答えを教えてくれるような気がした。

「フキがなんで喚《よ》ばれたのかはわからないけど……、元の世界に帰してやれるとしたら俺かあの女しかいない」

魔女の使える技は秘匿されており、同じ技を使えるのは教えを受けた弟子しかいない。魔法陣を扱える魔女はこの世界にローラン様と王妃の二人だけなのだ。不意に前を歩いていたローラン様の足が止まる。彼は振り向いて俺をまっすぐに見つめた。

「帰りたいんだろ」

「はい」

考えるより先に答えていた。ローラン様が眉を下げ「はは」と笑った。幼子のように無垢《むく》な笑顔だ。彼の伸ばした指先が俺の手に触れる。そっと絡められた体温は驚くほど熱い。そんなわけがないのに火傷しそうだとすら思う。細めた目じりがうっすらと濡れている。

「いいよ」

小さな声だった。

「いいよ。俺が帰してあげるよ。元の世界に、フキのこと……」

その日は次の街へとたどり着かず、野宿だった。

火を焚き、焚火《たきび》から少し離れたところで横になる。ローラン様は眠れないからと言って火の番を引き受け先に俺を寝かせた。

火に枯れ枝をくべる背中を見ながら、何度か瞬きをする。体は疲れているのに、上手く眠れなかった。気づかれないよう、そっと手を伸ばして外套の裾に触れる。握りしめると、やっと瞼が重くなってきた。それでもなぜか眠るのが惜しくて、ローラン様の後姿を見つめる。

焚火に赤く照らされた白い肌。黒く染められた髪。

彼をローラン様だと信じている。ローラン様と同じ顔をして、同じ声で話して、シェード家の短剣を持った男の子。お城の塔の中で、一人で本を読んでいたローラン様。何があったのかはわからないけれど、命をかけて逃げ出して、森で血を流していた。

そんな人の手を、嫌がるのも無視して無理やりとったくせに、彼を一人残して元の世界に帰ろうとしている。森に一人でいるのがどれだけ心細いか、痛いほど知っているくせに。

気づけば頬を幾筋も涙が流れていた。彼の服の裾を握った手の甲で嗚咽が出ないよう口元を押さえる。したいようにできるなら、今すぐ体を起こして彼を抱きしめたかった。ずっと傍にいると約束して、王妃や騎士、魔物からこの先ずっと守ってあげたい。でもできない。彼を抱きしめたら、俺はもうあの世界へ置き去りにしてきたローラン様のもとへ帰れなくなってしまう。俺が今目の前の人のためにできることは、もう身勝手に抱きしめたりしない、それだけのことしかないのだ。

元の世界へ帰る前にローラン様に何か残していこうと思いついたのは、翌朝のことだった。

近くにあった清流で顔を洗い、手ぬぐいで拭く。夏とはいえ朝の水温は低く肌がじんじんと冷えた。野宿していた場所に戻ると、ちょうどローラン様が目を覚まし身を起こしたところだった。

「おはようございます」

声をかけると、低く艶のある声が「うん」と答えるので顔を洗ってくるように促す。ローラン様はまだ眠そうに目元を擦りながら川へ向かった。

記憶通りなら、ここからまっすぐ半日ほど歩けばかつてシェードの屋敷があった場所へ着くはずだ。そこへ行こう。ローラン様へあげたいものは数えきれないほどあるが、何よりもご両親のことを伝えたかった。彼らがいかに息子を愛していたのか、知っているのは俺だけだから。

鞄から茶色のパンを取りナイフで薄く切っていると沢からローラン様が戻ってきた。彼は俺が食事の支度をしているのを見ると、やや離れた場所へ座り無造作に髪を結い上げる仕草をした。が、あるはずの場所に髪がなく指が空を切るときまりの悪そうな顔をする。長年、そうやって自分で髪を結ってきたのだろう。元の世界のローラン様は蕗がやって、とブラシを渡して甘えるのが好きだった。

切ったパンに干し肉を挟んで渡す。ローラン様はパンを受け取ると白い歯で端の方を食いちぎった。俺も残りのパンを鞄にしまいながらパンを口に入れる。

これからの行き先について、俺が行きたい方向を示すとローラン様は少し眉を寄せた。馬の鬣《たてがみ》を撫で、足元の草を喰ませながら「王都へ向かった方がいい」と言う。

「王都へ？」

驚いて聞き返す。彼にとって王都へ行くというのは、自ら虎穴に入るに等しい。

「魔法陣について調べるなら王宮しかない。あの女の部屋にどうにかして入る」

「王妃様の部屋ということですか？」

ローラン様が頷く。厳しい面持ちだった。彼自身、それがいかに無謀なことか承知しているのだ。

俺はこの世界へ来る直前、自分がまさに王妃の部屋へ忍び込もうとしていたことを思い出した。ぞっと全身に鳥肌が立ち、思わず目の前の人の腕を掴む。力強さに驚いたのか、ローラン様が目を丸くしてこちらを見た。

「帰るのは」

言葉が詰まる。透き通るような青い目から逃げて、俯きながら話す。

「帰るのは、少し先にします。やることがあるので……」

「やること？」

頷く。彼をシェードの屋敷があった場所へ連れて行き、ご両親のことを話す。一緒に美味しいものを食べて、ヒナ桃蜂蜜や北ホク芋のシチューの作り方を教えること。

そして誰か一人でもいいから、彼に生涯の友ができるのを見守りたい。たとえば、ネズミのジョンのような勇敢な友達が。

ローラン様は探るように俺を見ていたが、小さく息をつくと「まあ、いいけど」と顔を逸らした。草を食べていた馬が、もう十分だというように鳴いた。

驚いたことに、シェードの屋敷はほとんど当時のままに外観を留めていた。馬の背から降り、言葉を失って屋敷を見上げる。

旦那様と奥様が暮らしていた居住区域こそ火災の跡が生々しいものの、客室や玄関のあたりは無事だ。まるで十六年前のあの日から時が止まったかのようだった。

ローラン様は馬から降り、手綱を手に巻き付けると屋敷を見上げて「ここに来たかったのか？」と聞いた。

俺は頷いて彼の手を取り屋敷へ歩き出す。一見するだけでも火事で焼け落ちたのが見てとれる建物の中へ入ろうと言うと流石に戸惑った様子だったが、俺がしつこく頼むと頷いてくれた。

庭の木の傍で馬を休ませて、連れ立って屋敷の中へ入る。

一体どれほどぶりだろうか？　自分のために来たわけではないのに、涙が浮かぶのをこらえきれなかった。ローラン様と繋いだ手がかすかに震える。

玄関は人の手が入らないせいで埃を被りさびれてはいるものの、火の手が回らなかったらしく綺麗だった。階段の手すりも、あの日のままゆるやかな曲線を描いている。階段を一段上がったところで、俺は手を引かれるがまま後ろをついてくるローラン様を振り返った。

握っていた手を放し、階段の上下にいるせいでやや下にある頬を両手で包む。彼は目を丸くして、それからすぐに眉を寄せ不機嫌そうな声で「なに」と言った。

「ここがあなたのおうちです。ローラン様の生まれた場所」

青い瞳がみる間に見開かれる。彼は息を止め、左手で俺の手を外すと屋敷を大きく見回した。黒い髪が揺れる。

「……ここが?」

「はい」

彼の後ろから、俺は一階の窓を指差した。大きな窓の傍には背の低い籐の長椅子がある。椅子の座面には青い布が貼られていたが、分厚い埃と経年劣化で今は灰色がかっていた。

「奥様はよくあの窓辺に立ってあなたを抱いてあやしていました。時々は椅子に腰掛けて、生まれたばかりだったローラン様のほっぺを撫でながら子守歌を歌っていた」

その光景は今でも鮮明に思い出せた。穏やかな日差しの午後、空色のドレスを着た奥様が長い金髪を背に揺らしながら腕の中の乳飲み子をあやしている。優しい歌声。

「旦那様は外から帰ってくると、決まって奥様を抱きしめて、それから奥様に抱かれているあなたを見て、今日も元気だったか、すごく会いたかったよって、そう話しかけていました」

休みの日は庭で領主自ら大工仕事をして、ローラン様を抱いた奥様が一階の窓から食事だと呼びかけると開いた窓越し、二人にキスをしていた。

溢れる思い出を一つずつ伝える。玄関だけでも、話しきれないほどあった。聞いているローラン様の肩が震え、涙が頬を伝う。大きな雫は顎先に溜まって、揺れながら床へ落ちた。食いしばった歯の間から嗚咽が漏れる。彼は階段に座り込むと、俺のズボンを握りしめた。共に床に腰を下ろして、その手に手のひらを重ねる。大きな手だった。

一番案内したかったローラン様の部屋は火事で全焼していた。屋敷を案内し終えた俺は庭へと戻り、ローラン様と共に馬の傍で座っていた。ローラン様は目元を赤くしつつも落ち着いていて、今は馬の腹を手のひらで撫でている。

「母上と父上って、どんな人だった？」

彼の質問に、俺は覚えていること全てを持てる言葉を尽くして答えた。旦那様が優しく逞しかったこと、奥様が穏やかで美しかったこと。ローラン様が鏡に映したかのように奥様の生き写しだと言うと、彼は戸惑ったように口をもごもごさせ前髪を指でいじった。

「俺に親がいたなんて、実感が全然ない」

「お二人とも、ローラン様をとても愛してらっしゃいました」

俺は彼らがどうしてローラン様を手放すことになったのか、最後の夜のことも隠さずに話した。ローラン様はどこか物語を聞くような面持ちでそれを聞いていた。馬の腹を撫でる手は一定の速さで動いている。木陰に風が吹き、彼の短い髪が揺れている。

話が終わると、遠くを見つめながら「元の世界の」と呟いた。

「元の世界のローランには、フキがいたんだな」

それは俺へ話しかけるというより、独り言のようだった。

「十六年、フキに育てられたんだろ」

頷きで応える。ローラン様はちらりと俺を見て、ぐっと眉根を寄せた。一瞬のうちに頬が赤らむ。馬を撫でていた手は、立てた両膝を抱え込むように右手の手首を掴んでいた。

「じゃあ、俺とも十六年一緒にいてくれよ」

足元をじっと見ながら、吐き捨てるように言う。

「俺とそいつが同じローランだっていうなら、ずるい。俺は、俺はずっと一人だったのに……」

「ローラン様……」

「ずるいけど、ずるいけど帰すよ」

青い瞳から、ぼろりと大きな涙が零れた。ローラン様は手の甲でそれを拭い、それ以上涙が出るのをこらえるように眉間に大きく皺を寄せた。ぐっと一度強く噛みしめられた唇が動く。

「だってフキならそうするだろ。森で俺を助けてくれたみたいに、井戸に飛び込んだみたいに。お前なら力を貸してやるだろ。だったら俺もそうする。俺はお前の、そういうところが好きなんだから」

目を見開いて言葉を失う。音を立てそうなほどまっすぐに、青い目と視線が合った。涙に濡れた瞳が近づき、彼の腕が俺をかき抱いた。

「もし逆の立場なら、お前は俺に力を貸してくれるだろ。だから俺もそうするよ」

震える肩に触れ、彼の髪をそっと撫でる。

彼の孤独に寄り添えないことが悲しい。

十六年、彼は王宮の塔で孤独に過ごしたのだ。王妃は食事や最低限の世話をする係を寄越したものの、一度も言葉を交わしたことはなかったと言う。

俺がローラン様をお育てしたあの優しく穏やかな時間。それと同じ十六年の間、塔の中で一人過ごす孤独を思うと胸が引き裂かれそうだった。

シェード家を襲撃した者たちは奥様と旦那様を無残にも手にかけたが赤子を殺すことには躊躇いを覚えたのだろうか？　慈悲でローラン様を生かした。しかしその結果、彼は優しい両親に抱かれたこともなく、彼らの声も知らず、想像を絶する孤独の中に暮らした。

襲撃にはユーリ殿下の親族が手を引いていたと言う。元の世界では、ローラン様自らが手を下して彼らを捕らえた。しかし、こちらではどうだろうか。ローラン様は王妃に命を狙われ逃げていて、彼が王家の血をひくということを誰も知らない。今のままではシェード家を襲った者たちを捕らえることなどできないだろう。

俺は旦那様と奥様を殺し、ローラン様を十六年の孤独に追いやった者たちを許す気など毛頭なかった。どんな手を使ったとしても、元の世界に帰る前に必ず報いを受けさせる。それが彼を置いてこの世界を去る俺が果たすべき使命だと思った。

いつの間にかローラン様は体の力を抜き横になり、俺の膝に頭を預けてまどろんでいる。その青い瞳は在りし日の両親を見つめるようにシェードの屋敷をぼんやりと映していた。

うたたねしてしまったのだろうか、夢を見ている。

外だ。王宮の宴が行われているらしい。迎花宴だろうか、そこかしこに花が飾られ、王宮の一番大きな木には白い花が零れんばかりに咲いていた。その下には舞台が用意され、囲むように客席が設けられている。客席の真ん中には王族たちが座っていた。真ん中に王妃、両隣りにユーリ殿下とローラン様だ。ユーリ殿下は黒い衣、ローラン様は薄青色の衣をまとっていた。俺は息を呑んで王妃を見つめた。彼女を見るのは初めてだった。

王妃は想像よりもずっと若く、美しかった。ローラン様の母親だといっても違和感がない。俺といくつも違わなそうだ。艶のある黒い髪、肌は白く、唇は血のように赤かった。瞳は大きいが、どこかのんびりとした雰囲気で、眉は頼りなげに下がっている。中央に座っているということは王が崩御しまだ新王が立っていないらしい。今は彼女が王室で最も力を持っているのだ。

ローラン様は目の前の宴には興味がない様子で、口元に薄い笑みを貼り付けて舞台を見つめていた。壇上《だんじょう》では着飾った娘たちが鈴のついた枝を持って踊っている。壇の下、陰になるところでは楽師たちが音楽を奏でていた。

ふと、俺は舞台袖に誰かいることに気づいた。

ロニーだ。彼は人目を忍ぶように中腰で、ゆっくりと客席の方へとにじり寄っている。騎士服ではなく、暗い色の服を着ていて手には長剣を持っている。はっとして、俺は弾かれたように走った。ローラン様の傍へ行き、なんとか彼を逃がそうと話しかけるが、やはり気づいてはもらえない。焦りで全身に汗が滲む。ローラン様の衣を掴み、必死に逃がそうとするが手は彼の服をすりぬけた。そのうちにもロニーは近づいてきている。

騎士団は一体何をしているのか、ついにロニーは王家の人間が座る客席のすぐ裏にまで忍び寄っていた。大罪を前に緊張しているのだろうか、顔色は悪く、小刻みに震えている。歯の根が合わないのか、唇は半開きで息が荒かった。

効果があるのかはわからないが、俺は両手を広げて彼とローラン様の間に立った。

しかしロニーが切っ先を向けたのはローラン様ではなかった。壇上に躍り出た彼は周囲の悲鳴やユーリ様の驚く声も無視して、その剣を王妃の胸へと沈めていた。


王妃の胸にじんわりと赤い液体が滲む。彼女は何が起こったのかわからない様子で、混乱の中自身の胸に突き刺さった剣を見ていた。一瞬の静寂の後、オルランド騎士団長がロニーを押さえつける。ロニーは手を背にまとめられ、激しい音を立てながら引き倒され頬を地面に打ち付けていた。

貴賓席に座っていたセディアスが階段を駆け上って来る。彼は王妃の体を抱きとめると、恐怖に泣いている傍付きの侍女に医師を呼ぶよう指示した。

「セディアスさま」

怒号の飛び交う中、無垢な声がセディアスの名を呼んだ。王妃の。彼女はセディアスの腕の中にたよりなく身を預け、驚いた様子で白く華奢な手を持ち上げてセディアスの頬に触れた。周囲に厳しく指示を飛ばしていたセディアスが、視線を彼女に戻す。

「セディアスさまだわ」

少女のような声だった。死の淵《ふち》に瀕しているというのに、彼女の顔に喜色が浮かぶ。セディアスは戸惑ったように息を呑んだ。

彼女の背に添えられている腕は剣に貫かれた胸からとめどなく流れてくる血潮のせいで真っ赤に染まり、その下には大きな血だまりができている。しかし、王妃の表情だけ見れば、彼女はまさに幸福のさなかにいるように見えた。

「お気を強くお持ちください。すぐに医官が参ります」

「セディアスさま、手を握って」

彼女が言い終わるのとほとんど同時に、ごぽりという音がして唇から血が溢れる。そうなって初めて、王妃は自分が剣で貫かれたことに気づいたようだった。セディアスが彼女の手を握る。王妃の大きな目に、みるみる涙の膜が張った。彼女は大粒の涙をあとからあとから零しながら、セディアスに「手を握ってほしいの」とねだった。

「ずっと手を握っていてほしかったの」

「王妃様、どうか今はもう話さないで。傷に障ります」

セディアスがオルランドに指示し、ロニーを拘束し引きずって歩く。顔面を蒼白にして立ち尽くしていたユーリ殿下が、はっとしたように顔を上げてそれを止めた。

「待ってくれ、私の友だ」

オルランドの腕に手をかけ、必死に言い募る。しかし、ロニーが王妃に刃を向けるところをこの場にいるすべての人間が見ていたのだ。オルランドはにべもなく首を振った。

騒ぎの中、ローラン様だけが椅子から立ち上がりもせずに事態を傍観していた。唇はやはり笑みの形で、彼だけを見ればなんの異常もなく迎花宴が続いているのかと錯覚してしまいそうだ。

オルランドに引きずられていたロニーが、不意に顔を上げ縋るようにローラン様を見る。その一瞬の表情で、俺にはすべてがわかってしまった。俺だけではない。ユーリ殿下もまた察したのだろう。

驚きに目を見開き、猛然とローラン様に詰め寄る。

「お前が命じたのか？」

声は怒りに震えていた。聞きながら、ユーリ殿下は確信しているようだった。ローラン様がゆっくりと視線を彼に向ける。

「命じた？　彼はあなたの従僕だろう。あなたが命じたことではないの？」

その声が聞こえたのか、オルランドに両腕をきつく締め上げられているロニーが激しく首を振って怒鳴った。

「違う！　俺が一人でやったことだ！」

ローラン様がつまらなそうに眼を細める。彼は優雅に立ち上がると、肩にかかっていた長い金髪を後ろに払った。

ロニーの言葉に凍り付くユーリ殿下の傍を通り、セディアスと王妃がいる場所へと近づく。彼は静かにしゃがみ込むと、やや高い場所から王妃の顔を覗き込んだ。セディアスを見つめていた王妃が、瞬きをしながらローラン様を見上げる。血に濡れたその顔を見て、ローラン様はつまらなそうに言った。

「あなたの血も赤いのか」

俺は呆然とその様子を見ていた。血を流しすぎたのか、王妃の顔色は真っ青で呼吸も荒くなってきている。彼女はローラン様の顔を見て、憎々し気に眉を寄せた。セディアスの胸に置いていた手を、服を巻き込んでぎゅっと握る。

「あなたの思い通りにはなりません、私が死んでもあなたの使用人は戻ってこないもの……！」

「そう」

ローラン様は無感動に答えた。興味を失ったのか、立ち上がり王妃に背を向ける。その背に向かって、王妃が叫んだ。

「あなたの顔が嫌いよ！　あの女にそっくりの顔が……！」

胃の腑からせりあがってきた血が、ごぼっと音を立てて彼女の口から零れる。瞳がぐるんと上に回り、王妃の体が小刻みに痙攣する。ようやく医師が駆け付け、セディアスが王妃を懸命に呼ぶ。

その喧騒を背に、ローラン様はゆっくりと階段を下りていた。薄青色の袖が揺れ、木から落ちた花びらが彼の靴の先に落ちた。


夢を見ていたのはほんの一瞬だったらしい。まだローラン様は膝で眠っていた。痛む頭と、早鐘を打つ心臓をどうにか落ち着けようと深く息を吸う。傍にいるローラン様の黒い髪を指で梳くと、冷えて震える指の間を絹のような感触がさらさらと流れた。

汗をかいていた。

夢で見た内容を整理しようと必死に思い出すが、混乱してうまくいかない。ローラン様は、ロニーに命じて王妃を殺した。ついに決定的に運命を違《たが》えてしまった予感がして、じわじわと落ち着かない。それよりもさらに気にかかるのは、季節が進んでいるということだった。

俺がこちらの世界に来てから、まだひと月も経っていない。季節は夏のままだ。だというのに、あちらの世界では雪解けの祝祭が行われ、今日は迎花宴だった。時間の流れる速さが違うのだ。

あちらの方が、速く進む。

「フキ？」

目を覚ましたのか、ローラン様が膝の上から体を起こす。こちらを見上げる顔は、どこか不安げだった。俺は取り繕って微笑むと、彼の乱れた前髪を指で直した。ローラン様はくすぐったそうに微笑んだ。


元の世界へ帰るための鍵は、王妃が持っている。

俺たちはシェードの屋敷を離れ、王都へ向かって歩いていた。ローラン様が馬の手綱をひき、なぜか俺が荷物を持って馬に座っている。二人で乗るならまだしも、ローラン様を歩かせて俺だけが馬に乗るなんて変だと言ったのだが「いいから」と言うローラン様にあっという間に荷物を持たされ、馬へと乗せられてしまった。

王都までにはいくつかの街を通る必要があった。俺たちは森で採った薬草や鉱物、獣の皮を売って路銀を工面した。薬草の採取はともかく、ローラン様は狩りをするのが初めてだったが、俺が投石や罠《わな》の仕掛け方を教えるとあっという間に飲み込み、自分のものにした。手元にないから教えていないが、弓だってすぐに身につくだろう。

三日ほどかけ、ようやく王都手前の街まで来た。俺の必死の説得でようやくローラン様は自身も馬に乗り、道中の進みも速くなっていた。馬は健脚で、気性は大人しく、賢かった。俺が馬に名前を付けようと言うと、ローラン様はなぜ移動用の獣に名前を付けるのかわからないのか、戸惑った顔で「考えておく」と答えた。

最後の街は王都に近いこともあり比較的栄えていた。

宿もいくつかあり、部屋の種類も豊富だ。俺は王都側により近い大きめの宿を選び、部屋を二つ取った。旅の間中、ずっと一緒に過ごしてきたのだ。一人の時間も欲しいだろう。しかし俺が宿の主人に金を払おうとすると、後ろから伸びてきた手が一部屋分の銀貨を掴んだ。

「一部屋で良い」

ローラン様だ。彼がいいと言うなら、俺に否やはない。宿の主人に変更する旨を伝えると、小太りの男は口ひげを揺らしながら「節約に越したことはないですね」と笑った。

気を使ってくれたのか、割り当てられた部屋は想像よりも広かった。テーブルの置いてある空間の向こうに衝立《ついたて》があり、そのまた奥にベッドが並んで二つ置いてあった。持っていた荷物を下ろしテーブルに載せると、ローラン様がローブを脱いだ。白いシャツの裾が無造作にズボンへ押し込まれている。着飾ることに全く興味のない人間の格好だった。元の世界のローラン様はあれでおしゃれの好きなお方で、着るものにはこだわりを持ってらしたので新鮮に感じる。

「夕食は外で取ってほしいと言われました。朝食は用意してくれるそうです」

「わかった。店が混まないうちに済ませよう」

貴重品を持って宿を出ると日は沈み始めていた。ローラン様はすい、と視線を動かし街に騎士がうろついていないことを確認した。宿の傍には飲食店街があり、食べるところはすぐに見つかった。地元料理の店へ入ると、すぐに案内してもらえた。ローラン様がなんでもいいと言うので、適当に料理を頼む。

流行っている店なのだろうか、客層は家族連れや夫婦、老人まで様々で、特に若い男女が多かった。すぐ近くのテーブルにも恋人同士だろう若者が座っており、女の方が楽し気に話している。

「ねえ、王都には不思議な屋敷があるらしいの。次のデートはそこへ行ってみない？」

「いいけど、不思議な屋敷って？」

「幽霊が出るんですって、庭には夜だけ花が咲く不思議な花園があって、とても綺麗らしいの」

男が戸惑ったように「幽霊？」と聞き返す。俺は思わず隣の女を凝視していた。見つめすぎたのか話していた女が視線に気づき、男に睨まれたので慌てて視線を外す。ローラン様が怪訝そうに首を傾げた。

激しく心当たりのある話だ。王都にある、幽霊が出て、夜にだけ咲く花のある屋敷。行ったが最後、彼女たちが二度と出られないことは間違いない。無駄かもしれないが声だけかけておこうとすると、男の方が「それより新しい舞台を見に行こうよ。君の好きな役者が出るって」と話を替え、女も乗り気だった。

ほっとして息をつくと、料理が運ばれてきた。季節野菜の煮物とスープ、パンと肉料理だが、肉料理の見た目に思わず閉口する。一番人気だと書いてあったから注文したが、間違いだろうか？　料理は尋常ではなく赤かった。

「うちの大人気メニューなんですよ。街で採れたシビレ実を使ってるの」

料理を持ってきた店員がにこやかに説明する。ローラン様は納得したように頷き、スプーンで料理を口に運んだ。絶対に辛いはずだが、なんてことない表情で口を動かしている。おそるおそる俺も料理を食べてみるが、口に入れた瞬間、吐き出すことを耐えるので精いっぱいだった。なんとか嚥下《えんか》し、慌てて水を飲む。

「ろ、ろーらんさま」

唇が痺れて上手く話せない。ローラン様はパンの入った籠から、甘みの強く柔らかな白いパンを取って俺に渡した。テーブルの中央に置かれていた肉料理は自身の手元に引き寄せ、一定のリズムでスプーンを動かしている。

食事を終えて部屋に帰ると、宿の人間が桶に湯を張って持ってきてくれた。ありがたく貰って、手ぬぐいを使って体を拭く。ローラン様の頭を洗うと、染粉が落ちて中から美しい金色がこぼれ出てきた。髪を染めて以来、洗うたびに染め直すせいで、彼の髪はきしきしと傷んでいた。せめてと髪に良い薬草の煮汁を使って洗っている。甘い果実のような香りのする泡が、部屋の中を飛ぶ。ローラン様は無造作に泡を掴んだ。

「辛い料理が好きですか?」

聞くと、ローラン様は「別に」と答えた。食にも興味がないらしい。彼は元の世界のローラン様と同じでムラサキ豆が苦手なようだが、好きなものも同じだろうか。王都に着いたら材料を買い集めて、彼に料理を作ってあげたい。そう言うと、ローラン様は唇を尖《とが》らせてそっぽを向いた。

明朝出発し、日が暮れる前に王都に着いた。厩《うまや》のある宿を選び、部屋へ入る。ローラン様がやはり一部屋でいいと言ったので、二人用の一番安い部屋を選ぶ。王都にいつまでいるかわからないため、節約しようと思ったのだ。

食事を用意してくると言って部屋を後にし、慣れ親しんだ王都の街へと出る。露店の中から、ローラン様が好きだった果実とパンをいくつか買った。泊まっていた宿屋から少し離れたところに、元の世界で世話になった宿屋がある。軽食の持ち帰りもしているので、俺は戸をくぐった。

「あら、いらっしゃい」

女将の声だ。ちょうど忙しい時間なのだろう。宿泊客用に食事を用意しているらしい。俺は入ってすぐの席に座り、メニューを開いた。配膳《はいぜん》が終わった女将がこちらへ来て、愛想よく注文を聞く。二つほど料理を頼むと、すぐに出てきた。植物の固い皮で作られた箱に、気前よく料理が詰められている。彼女は俺のことを一見の客だと思っているようだが、元気そうだった。

店を見回すと、奥の席に大家の老人もいた。難しい顔で食事をしている。元気そうだ。料理のお代を置き、店を後にする。

歩きながら、これからのことを考える。どうやって城へ行き、王妃と会うのか？　馬鹿正直に門から入ろうとしても、当然追い返されるだろう。そもそも、ローラン様は王妃から命を狙われている。守り切れる確証のない今、下手に動くべきではない。

頼れる人間の目星は、実はついていた。

オルランドだ。騎士としての誇りを持ち、政局に関わりを持たない人間。王妃へとつながる人物の中で、最も安全だと思う。しかし、そもそも彼と会うことすら難しかった。騎士団の詰め所へ行って会わせてくれと頼もうにも、身分が高すぎて会わせてもらえない。

今思えば井戸に落ちた時、彼が現れたのは千載一遇のチャンスだったのだ。なんとか接触を持つべきだった。思わず唇を噛む。あの時はとにかくローラン様を隠しておきたい気持ちでいっぱいで、後先を考えられなかった。なんとかもう一度、オルランドの近くへ行けないだろうか？

宿へ帰ると、ローラン様は桟に肘をつき窓から街を見下ろしていた。部屋は二階で、ちょうど王都の大通りに面している。買ってきた料理を机に置いて彼の隣へと立つ。ローラン様はちらりと俺を見ると、また外へ視線を戻した。

「十六年も住んでいるのに、こんな景色は初めて見る」

あどけない声だった。

青い瞳は物珍しそうに人々の往来を見ている。俺も外へ顔を向け、宿から見える所縁《ゆかり》のある建物を指さした。

「あそこは薬屋です。店主は若い男で片眼鏡をかけています。王都の噂なら、なんでも知っています」

ローラン様が指さされた場所を見て「ふうん」と言う。隣の建物、またその隣の建物、と一つずつ説明をしていく。宿から見える一通りの店を説明し終えると、ローラン様が「腹が減った」と訴えた。

二人でテーブルに着き、買ってきた料理を広げる。二種類とも、元の世界でローラン様が好きだった料理だ。彼も好きだろうか、そう思って見つめていると、料理を口にしたローラン様の表情が、ぱっと華やぐ。俺は嬉しくなって、彼の皿に山ほど料理をよそった。

食事を終え、身を清めてベッドへと入る。ベッドは拳二つ分ほど空けて横に並んでおり、ローラン様はこちらへ背を向けて寝ていた。暗闇の中、穏やかな寝息が聞こえる。その音を聞いていると、いつの間にか俺も眠りへと入っていた。

暗い部屋。石畳。階段を下りた先に、少しひらけた場所がある。地下のようだった。燭台で蝋燭が燃える音がする。

見ると、部屋には一面紙が散らばっていた。そのどれもに魔法陣が描かれている。ざっと見ただけでも、数百枚はある紙の上、部屋の中央に人影が倒れていた。

ローラン様だ。うつぶせになって、長い金の髪が床へと散らばっている。指先や頬にインクの汚れがついていた。それだけではない、目元は泣き腫らして涙のあとがくっきりとある。

目を開くと、頬に何かが触れていることに気づいた。手だ。見ると、寝ていたはずのローラン様が立ち上がり、俺の頬に触れているのだった。彼は俺が起きたことに気づくと、はっとして手を背に隠した。

「ローラン様」

「魘されてたから」

責めたわけではないのに、彼はそう言い訳した。上半身を起こし、月明りに照らされる白い面を見つめる。よく見ると、目の下が擦ったように赤い。泣いたのだ。夢で見たローラン様と、今目の前にいるローラン様の姿が重なる。どちらのローラン様の涙も拭ってやれない自分を、痛切に無力だと感じた。

「起こしてしまいましたか？」

やりきれなさを誤魔化すように聞く。

「別に。眠れなかっただけだ」

ローラン様がこちらに背を向けてベッドへ座った。彼は前髪をかき上げそのまま髪に指を通そうとして、やはり短くなった髪に戸惑って手を止めた。その後姿を見ながら、俺は意識して明るい声を出した。

「じゃあ、歌をうたいましょうか」

「歌？」

「はい。子守歌……、きっとよく眠れますから」

こちらに背を向けたまま、黙って横になるローラン様を見ながら小さな声で歌った。

翌日、ローラン様は行くところがあると言うので、俺は元の世界で住んでいた森の家へ行くことにした。

あの家がどうなっているのか単純に気になったし、あわよくばネズミのジョンを捕まえられないかと思ったのだ。正直、リボンがついていない状態の彼をその他のネズミと見分けられる自信はないが、短くはない付き合いだ。もしかしたら直感が働くかもしれない。

慣れ親しんだ道を通って歩くと、森の家は変わらずそこにあった。しかし、見事なまでのあばら家だ。少しでも強い風が吹けば途端に瓦解《がかい》しそうだ。

家は老人の持ち物であり、今の俺はなんの関係もないので遠くから見るに留める。一応家の周りをぐるっと回ってみたが、ネズミの気配はなかった。

宿へ戻る道すがら、今日食べるものを調達しようと市場へ寄る。すると市場の入口に見覚えのある人影を見つけ、咄嗟に身を隠してしまった。

ロニーだ。純白の騎士服に身を包み、左手を腰に差した長剣の柄に置いている。誰かと話しているらしい。厳しい表情をしていた。

「それで、見つかったわけ?」

「いえ、まだ……。友人たちも余暇を費やして探しているようなのですが」

「あー」

ロニーが髪をぐしゃぐしゃとかき回す。部下なのだろう、話している相手は俯いていた。

「とりあえず、失踪《しっそう》届を出そう。ご家族には俺から連絡しておくから……。団長にも話を通しておく」

団長。オルランドだ。もう王都へ戻ってきているらしい。俺は気づかれないよう距離を保ちながら、必死に聞き耳を立てた。ロニーの部下が深くため息をつきながら言った。

「友人たちには、デートに行くと言っていたそうです。意中の相手と花を見に行くと、尋常ではない浮かれようだったとか」

「花ねえ。せめて相手の名前がわかればな」

言いながら、屋台の注文が終わったらしい。ロニーが品物を受け取ってこちらへ歩いてくる。

よくよく考えればこちらの世界の彼は俺のことを知らないだろうし、隠れる必要もないのだがすっかり身についてしまった警戒心から緊張に身を固くして息を止める。すれ違いざま、ロニーが一瞬こちらを見たが、やはり興味なさそうに視線を外す。その背を見送り、額の汗を拭った。

しかし、ものすごく心当たりのある話だった。花を見にデートへ行った騎士が行方不明になり戻ってこない。どう考えても花屋敷の幽霊の仕業だ。

俺は屋台で軽食を注文しながら考えた。

あそこにいる幽霊をどうすれば退治できるのか、俺は知っている。幽霊たちに肖像画を見せればいいのだ。つまり、俺はいなくなったという騎士を助けることができる。彼がまだ死んでいなければの話だが……。これは危険だが良い案に思えた。元の世界でも、オルランドは部下の命を救った俺に対して敬意を払ってくれたからだ。人助けに下心を持ち込むのはどうかと思うが、背に腹は代えられない。

宿に帰ると、既にローラン様も帰ってきていた。テーブルに軽食を置き、下から貰ってきた水をコップに注ぐ。薄く伸ばした生地に野菜や肉が挟まれている料理を見て、ローラン様は眉を寄せた。食べたことがないらしい。自分の分を手に取って、手本を見せるように大きく口を開く。少し遅れて、ローラン様も口を開いた。

「城の警備は厳しくなってた」

昼食を食べ終えると、ローラン様がそう切り出した。

「俺が逃げたからな。あの女が指示したんだろう。忍び込むのは難しいと思う」

頷く。俺はさっき見たことと、騎士団長であるオルランドに恩を売るという案について彼に話した。形のいい眉がどんどん顰められていく。

「危ないだろ」

話を聞き終えての第一声だった。事実なので頷く。ローラン様は小さく息をつくとふいっと窓の方を見た。

「でも、情けないけど他に良い案がない。俺も行く」

「だ、ダメです」

慌てて止める。ローラン様がこちらを見て首を傾げた。

「なぜ」

「危ないから」

「だから一緒に行くんだろ」

笑顔だ。一人で行くより二人で行った方がまだマシだというのは理屈としてわかるが、どうしても彼を危険に晒《さら》したくない。葛藤《かっとう》が顔に出ていたらしい、ローラン様は手を伸ばし、爪で俺の額を弾いた。

結局押し切られ、持てる限界までマッチを持ち夜を待つことになった。宿の部屋でローラン様が護身の短剣を磨いている。その横顔を見ながら、俺はおずおずと切り出した。

「王妃様は……どんな方なのですか？」

ローラン様の手がぴたりと止まる。彼は一瞬の動揺を隠すようにすぐに剣を拭く手をまた動かした。

「さあ。俺もほとんど会ったことがないから。たまに塔に来て、俺がちゃんといるっていうのを確認するだけ」

淡々とした口調だ。伏せた顔にも、翳《かげ》りは見えない。王妃は一体何がしたかったのだろうか。シェード家の男の子を塔に閉じ込めて、世話もせずに。

「でも、こわい魔女だっていうのはわかる」

ローラン様が静かに言った。視線はどこともつかず、宙をまっすぐに見据えている。

「俺がどうにか塔から逃げようとするとさ、なんでわかるんだか決まって魔法陣が浮かび上がって、そこから魔物が出てくるんだ。ガキでも殴れば死ぬような雑魚《ざこ》なんだけど……怖くて」

彼の話に思わず言葉を失う。両の拳にぐっと力が入った。俺の中で明確に、王妃への敵意が燃え上がった。

ちょうどよく日が沈み、俺たちは連れだって幽霊の花屋敷へと向かった。街並みが薄藍色に染まっている。記憶を頼りに屋敷までたどり着くと、俺は鉄門の前で足を止めた。以前はここで異常な力によって中へ引きずり込まれたのだ。俺だったからよかったものの、ローラン様が危険な目に遭うのは断固避けるべきだった。

警戒しながら足で門を蹴ると、拍子抜けするほどたやすく開いた。そっと覗き込めば、やはり庭には一面花が咲き乱れている。後ろから歩いてきたローラン様が「すごいな」と言った。

「季節もなにもお構いなしに咲いてる」

「ローラン様、ここにはとても危険な幽霊がいるので、注意しなければなりません」

「うん。とりあえず中へ入ってみよう」

さっきまで俺が先導していたはずなのに、気が付けばローラン様に手を引かれている。慌てて早足になり隣に並ぶ。花々の間を通って屋敷まで着くと、ローラン様がドアを軽く押した。軋んだ音を立てながら扉が開く。俺の緊張は最高に達したが、予想に反して何も起こらなかった。屋敷はしんと静まり返っている。

「幽霊がいるのは二階？」

「はい。ローラン様、気を付けて……」

ポケットからマッチを取り出し、ローラン様の手に握らせる。ローラン様は軽く頷いて二階へと続く階段を上り始めた。赤い絨毯の上には薄く埃が積もっていた。よく見ると、ところどころに足跡がある。行方不明になった騎士のものだろうか。まだ死んでいなければいいが。

二階へ上がり、寝室へと入ったが、そこには誰もいなかった。俺はあっけにとられて部屋を見回した。そんなはずはない。以前はここに幽霊がいて、俺は怖い目に遭ったのだ。手あたり次第、洋服棚を開けたりカーテンの裏を見たりしていると、ローラン様は肖像画の前に立ってマッチに火を灯していた。

薄暗闇の中に屋敷の女主人と、その夫の姿が浮かび上がる。ローラン様の隣へ移動し見上げると、やはり絵の中の女主人は以前見たのと同じように顔が黒く塗りつぶされていた。細腕は隣に立つ夫の手を恋しげに触っている。

「とりあえず、屋敷の中を調べてみよう」

ローラン様はそう言うと手のひらをそっと上に向けた。見ると、いつの間に書いたのか小さな魔法陣がある。それはぼうっと金色に浮かび上がると、くるくると回った。中心から泡のように何かが生まれる。小さなカエルだ。俺は目をまたたかせた。手のひらに十匹は乗れそうなほど小さいが、その丸くて緑の体にはどこか見覚えがある。

「弱い魔物だけど命令をよく聞いて扱いやすいんだ。協力してもらおう」

ローラン様が唇を尖らせ、ふっと息を吹きかけると小さなカエルは後ろ足で大きく跳躍し廊下へと飛び出していった。床には緑色の粘液が点々とつく。ローラン様はカエルを見送ると、俺に向かってこの部屋をよく調べてみよう、と言った。頷き、部屋を端から検めていく。以前は確か、ローラン様と一緒に女主人の日記を読んだのだった。あの日記はどこにあっただろうと、引き出しを探す。が、寝室にはないようだった。ローラン様に相談しようと振り向き、俺は全身の血の気が引くのを感じた。

ローラン様がいない！

さっきまで確かに後ろにいて部屋を調べていたはずなのに、影も形もない。あまりのことに頭がおかしくなりそうだ。俺は慌てて部屋を飛び出て、ローラン様がいないか、屋敷中を血眼になって探した。だというのに、ローラン様はどこにもいなかった。全力で走って、床板を剥がさんばかりにあらゆる場所を虱潰しに三周しても見つからない。全身から汗が止まらない。

探すうち、俺は花屋敷について聞いたある噂を思い出した。花畑の下に、夥しい数の白骨が埋まっていたという噂だ。かくなる上は庭をくまなく掘り返すしかない。俺は決意し、スコップを探そうと一階に降りた。その時だった。足元でぴぎっとも、ぶちっともつかない奇妙な音が聞こえる。視線を落とすと、ちょうど靴のすぐ横に丸い軟体が落ちていた。ぞっとして思わずのけぞる。が、よくよく見ればそれはローラン様の使い魔だった。カエルだ。バクバクと高鳴る胸を押さえつつ、もしや何か知っているかもしれないと声をかける。

「お、お前……、ローラン様がどこにいらっしゃるか、わかるか」

「ゲロッ」

知っているらしい。カエルは泣き声を一つ返すと、後ろを向いて跳んだ。後ろ足が伸びて、粘液が飛び散る。その後ろをついていく。カエルは屋敷を出ると、花の咲き乱れる庭を横切り、花壇の奥へと向かった。植木で見えなかったが、よくよく見ると小さな東屋があるらしい。そこにいるのだろうか。気が急いて駆けだそうとした時、カエルがぴたりと動きを止めた。思わず俺も足を止める。と、話し声がすることに気づいた。泣いているのか、時折ずっずっと洟《はな》を啜り上げる音が聞こえる。

「で、こんな目に遭っちまって……、ジルの言うことを聞いておけばよかった。ジルってのは俺の友達で、賢いんだ。あいつは初めてのデートなら夜にお化け屋敷になんか行くなって言ってくれたのにさ……」

妙に聞き覚えのある声だ。俺は枝に手をかけ背伸びをし、植木の間から東屋の方を覗いた。東屋には男が二人いた。片方は行方不明だという騎士だ。俺はあっと声を出しそうになった。知っている顔だったからだ。男はジジジの三人、そのうちのジェイだった。両腕を後ろに回して、足を三角に折りたたんでいる。よく見ると、手と足にはそれぞれツタのようなものが絡みつき彼を拘束していることがわかった。

もう一人は、やはりローラン様だ。彼もジェイと同じ格好をしている。いつの間に幽霊に攫われたのだろう。ともかく、元気そうなローラン様の姿を目にして俺はやっと息ができた。すぐにお傍に行こうとしたところで、またもジェイが口を開いた。

「お前は？　好きなやつとかいないの」

思わず足が止まる。今すぐローラン様に駆け寄りたいはずなのに、俺はなぜか蹲って植木に隠れ、耳を澄ませていた。

「なんでアンタにそんな話をしないといけないんだ」

ローラン様は冷たい声を出した。まるで初めて出会った時のような声音で、どこか懐かしさを感じる。

「いいだろ。俺の事情は洗いざらい吐いたんだから、お前も話せよ。どんな人が好き？」

しばらく、ローラン様は黙っていた。枝と葉の僅かな間から、そっと向こう側を窺う。ローラン様は後頭部しか見えなかった。さらさらの黒髪の間から、大人びた白い輪郭が見え隠れしている。

「……強い人」

「強い？」

「気持ちが強くて、絶対に折れない人。見返りもなく人に優しくできて、尊い人が好きだ」

ジェイが黙り込む。俺も黙った。一度だけ、ローラン様と重ねた唇のことを思い出す。彼と目の前の人は違うと頭ではわかっているのに、頬がかっと熱くなる。愚かだし不敬だ。俺は口元を手の甲で覆った。

「……お前って、大人だな。俺、てっきり胸の大きな子とか、髪の長い子って言われると思ってた」

ジェイがため息とともに感想を言った。ローラン様が肩を震わせる。

「見た目の話だったのかよ」

「普通、そうだろ？　だからモテないのかな。お前、モテそうだもんな。女の子と付き合ったことある？」

「ない」

「うそつけ」

「嘘じゃない。女になんか興味ない」

「好きになった人だけが特別ってこと？　お前のこと先生って呼んでもいい？」

やめろ、と言いながらローラン様が器用に縛られた足でジェイを足蹴にする。そこでやっと出て行く気になり、俺はカエルと共に東屋へ入った。ジェイが体を大きくびくつかせる。俺の名を呼ぶローラン様の後ろに回り、ツタを千切って手の拘束をほどく。ジェイの方はカエルがツタを噛み切っているらしく、ジェイは大げさに「なに？　すごい冷たくてネトネトする！　こわい！」と騒いでいた。

「遅くなってすみません」

「いや、来てくれてありがとう」

ローラン様が微笑む。その顔があまりに美しく、俺は状況も忘れてぼうっと見とれてしまった。はっとして頭を左右に強く振る。突然の奇行に、ローラン様が戸惑って目をしばたたかせた。

ツタが解かれ自由になったジェイが赤くなった手首を擦りながら立ち上がる。彼は俺の顔を見て「あ、井戸で子供を助けた人？」と聞いた。頷きを返すと、にこっと笑いかけられる。が、彼はすぐに顔色を変え、額に冷汗を滲ませながら頭を抱えた。

「ど、どうしよう……」

「なんだよ」

ローラン様が気さくな調子で、やや面倒くさそうに聞く。すっかり打ち解けた様子に、俺は驚いて彼らをじっと見た。ジェイはローラン様の服をぎゅっと掴み「ハンナが」と言う。

「ハンナ？」

俺が聞き返すと、ジェイは首を素早く上下させながら説明した。

「デートしてた子なんです。はぐれてしまって……、きっと怖がってるから、探さなくちゃ」

思わず眉を寄せてしまう。というのも、俺はついさっきまで屋敷を三周もしてそこらじゅうをひっくり返したが、ハンナらしい女の子を見かけなかったからだ。ローラン様は俺の話とジェイの話を聞いて一つ頷くと「とりあえず屋敷へ戻ってみよう」と言った。

「先に帰っているかもしれないけど、念のためもう一度探してみよう」

「ありがとう、恩に着るよ」

ジェイが涙目で頭を下げる。俺に向かっても深く頭を下げるのをやめさせ、三人で屋敷へと戻る。

小さなカエルはいつの間にか姿を消していた。ローラン様が回収したらしい。

屋敷はやはりしんと静まり返っていた。ドアを開け、足を踏み入れると床板が軋む音が響く。不思議と、さきほど来た時よりも空気が冷たく感じられる。後ろの二人も同じらしい、ジェイがぶるりと身震いをした。

「それにしても、本当に幽霊がいるなんて。ジーク……あ、俺の友達なんだけど、そいつにも教えてやらなきゃ。世界にはまだまだ知らないことがいっぱいあるって」

怖がってはいるらしいが、口数の多い男だ。そのせいで、薄暗い室内だが妙に雰囲気が明るい。ローラン様もいやではないらしく、真面目な顔で「お前、幽霊を見たのか？」と聞いている。

「うん。女の幽霊だったんだけどさ、すごく怖かったよ。彼女、あの幽霊に攫われちゃったのかな」

多分、女主人かメイドの幽霊だろう。聞けば、やはり二階の寝室で幽霊を見たらしい。恐怖のあまり気絶し、気が付いたらもう東屋にいて縛られていたという。

俺たちはとりあえず、なにか手掛かりがないか探すため二階の寝室へ向かうことにした。

屋敷全体はどこか薄暗く感じる。ジェイが「市民を盾にするわけにはいかない」と言い張って先頭を歩いている。俺は背後を気にしながら一番後ろを歩いた。時折前を歩くローラン様が振り返っては階段の登り始めなどで手を貸してくれる。

寝室に近づくと、やおらジェイが足を止めた。こちらを振り向き、顔の前で一本指を立て静かにするよう目配せをする。俺とローラン様に緊張が走る。音を立てないよう、そっと寝室を覗き込むとさきほどまでは無人だったはずの部屋に誰かがいるのが見えた。

ベッドの上にいるのは、おそらく生きた人間だ。ハンナだろう。ジェイやローラン様と同じようにツタのようなもので両手足を拘束され、怯えて泣いている。彼女を取り囲むのは、間違いなく幽霊だった。屋敷の女主人と、女中が二人。

「どうして旦那様と一緒にいたの」

女主人の声だ。彼女は拘束され、ベッドの上に座っているハンナと向き合い、彼女を詰問しているようだった。顔を近づけられたハンナが嫌がって頭を振っている。いくら知らないと言い募っても、聞く耳持たないようだ。

「この女ですわ、お嬢様」

「この女ですわ、お嬢様」

女中たちも相変わらずのようだ。俺は今更ながらローラン様を挟んで前にいるジェイの腰元を確認した。やはり、デートに剣は持ってきていないようだ。ジェイも同じことを考えたのだろう、腰元に手をやって、はっとした顔をしている。

その時、ローラン様がジェイと俺の肩を軽くたたき、後ろへ下がるように合図した。寝室から階段の踊り場まで降りると、彼は二階を気にしながら小さな声で話した。

「フキ、この屋敷の男主人は騎士だと言っていただろう」

「はい」

さきほど見た肖像画にも、騎士服で帯剣している姿が描かれていた。

「なら屋敷のどこかに剣があるはずだ。それを探そう」

ジェイが激しく頷く。俺は状況も忘れてローラン様の美しい横顔を見つめてしまった。美しいうえに賢いなんて、俺の主君はすごい。ローラン様はジェイの方を向くと以前俺が似たような状況で、幽霊たちをどのように退治したかを話した。ジェイは驚きつつも「なるほど」と話をよく聞いた。素直な性格なのだろう。

「じゃあ、俺が幽霊たちを足止めするから二人が絵を火で照らしてくれよ」

「俺がやる」

「えっ」

即答したローラン様に、慌てて首を振る。断固俺がやると主張すると、ローラン様は少し考えてから「わかった」と頷いた。

「じゃあ、俺は他の仕事をするからジェイ、フキを頼むぞ」

「ああ、任せてくれ。フキさん、行きましょう」

この状況でローラン様を一人にするなど絶対にしたくないのに、自分から立候補した手前ジェイの手を振りほどけず、しかもジェイはさっさと歩きだし、ローラン様もさっと階下へ降りてしまう。幽霊たちがいつ動くかもわからない状況で大声を出すわけにもいかず、俺は仕方なくジェイの後をついて歩いた。さっさと幽霊どもを退治すれば良いだけだと自分に言い聞かせる。

幸い、武器のある場所はわかっていた。ついさっき、ローラン様を探すため屋敷を虱潰しに捜索した時に見つけていたのだ。数本ある剣はどれも錆びつき、お世辞にも切れ味は良くなさそうだが、殴るくらいには使えるだろう。ジェイは自身の剣と同じ、刃の太い長剣を選んだ。俺もなるべく軽そうな剣を一つ貰っておく。

寝室へ戻ると、やはりまだ女主人の声が聞こえていた。なぜ、どうして、とハンナを質問攻めにしている。そのうちに感情が高ぶったのか、しくしくと泣き始めた。ジェイは顔を見合わせ、寝室の中へ入っていく覚悟を決めた。ジェイが腹のあたりで指を三本立てる。揺らしながら二本、一本、と指が減り、三を数え終えたところで部屋の中へ飛び込む。

「ジェイ！」

叫んだのはハンナだった。手足を縛られベッドに転がったまま、泣きぬれた顔でこちらを見上げている。傍には女主人の幽霊がおり、彼女も驚いた顔でこちらを見ていた。傍には女中が一人立っている。女中は二人いるはずだ。

後ろを振り向いて剣をかざしたのは、ほとんど勘だった。がん、と金属同士が重くぶつかる音がする。女中の一人が背後から殴りかかってきていたのだ。渾身の力をこめ、女の体を剣で弾き飛ばす。切れ味どうこうの話ではなく、女中の幽霊にはなんの効き目もない。

ジェイが弾かれたようにこちらを見るが、そうするうちにもう一人の女中が彼に襲いかかった。ジェイが身を翻してハンナを守りながら応戦する。

幸いなのは、女主人の幽霊に戦う気がないことだった。容易《たやす》い相手ではないが、一対一ならなんとかやり合える。女中の猛攻を防ぎながら、俺はなんとか胸元にしまってあるマッチを取り出す隙を窺った。ジェイも俺の思惑を汲み取ったのだろう、巧みに敵を誘導しながらこちらへ近づき、一瞬だが女中二人を相手にして時間を作ってくれた。

機を逃さず、俺は転がるようにして絵画の下へと移動しながらマッチを取り出し、火を灯した。絵画を照らす。しかし、状況は俺たちの予想を裏切り幽霊たちは消滅せず、どころか動きを止めることすらなかった。ジェイが大きな声で「えっ」と叫ぶ。

「どうにかなるはずじゃないんですか!?」

「ど、どうにかなるはずなのに」

実際、以前はこれで幽霊たちは断末魔の叫びを上げて消え去ったのだ。マッチではなく、燭台でなければだめだったのだろうか。俺は慌てて頭をめぐらせ、あの時ローラン様が使ったはずの燭台を探した。寝室の端、壁にひとつあるが、あれだっただろうか。逡巡《しゅんじゅん》しているうちに、ジェイが悲鳴をあげた。一人で二人を相手にするのは無理だったらしい。とりあえずマッチの火を消し、落ちている剣を掴んで助太刀に入る。背中同士をぶつけて剣を構えると、ジェイは俺に向かって「ろ、ローランは何をしているんですか?」と聞いた。

「他の仕事って言ってたけど、いつ戻ってくる感じですか？　俺が死ぬ前に戻ってきますか?」

俺にもわからないが、とりあえず頷く。女中たちは悪鬼の形相で、爪は長く伸び、引き裂いたような口からは鋭い歯が見えている。二人で協力しながらなんとか時間を稼いでいると、不意に絹を裂くような悲鳴が聞こえた。慌てて見ると、ベッドの上にいたハンナに、ツタのような植物がぐるぐると巻き付いている。それは腰や胸、首にまで絡みつき、ぎちぎちと彼女を締め上げているようだった。

今の今まで大人しくしていると思っていた女主人が、ついに業を煮やしたらしかった。

「ああ、憎らしいわ。旦那様に手を出したくせに、妻の私に謝ろうともしないなんて。ああ憎らしいわ。お前など、庭の肥やしにしてしまうわ」

「いやっ、やめて！　ジェイ助けて！」

「ハンナ！」

ハンナの首に巻き付いたツタが、ぐっと太くなり一層強く彼女を締め付ける。息ができず喘《あえ》ぐ彼女を見て、俺は片手でジェイを突き飛ばした。ジェイがハンナに駆けより、彼女にまとわりつくツタを千切った。圧迫から解放され、ハンナが激しくせき込む。押しのけるように乱入された女主人の幽霊は体を縮こめて怯えたようにベッドの端へ寄った。

「ああ、旦那さま、どうしてその女に優しくするの？　どうして私を無視するの？　どうして私には笑ってくれないの？」

声に悲しみが滲んでいる。彼女の感情に呼応するように、ぐん、と女中たちの力が強くなる。錆びた剣が軋んで、折れそうにしなる。鋭い爪が頬を掠めた。間髪を容れず襲いかかってくる凶手を、蹴飛ばして防ぐ。が、信じがたいことに頭二つ分も体格の劣る女中の力に抗《あらが》いきれず、俺は大きく体勢を崩して床へと転がった。強かに背を打ち付け、一瞬息が止まる。その眼前に女中の長い爪が迫り、思わず目をつぶった時だった。

「やめろ！　お前の夫はここだ！」

ローラン様の声だった。女中たちの動きがぴたりと止まり、女主人の啜り泣きも止む。見ると、部屋の入口には泥だらけのローラン様が立っていた。両手はもちろん、膝や、頬にまで土がついている。彼の右手は、騎士服を身にまとった骸骨の襟首を掴み上げていた。薄く靄《もや》がかかるように、骨の上に男の面影が重なっている。

「旦那様だわ」

女主人の声だった。

「旦那様ですわ、お嬢様」

女中の一人がすっと滑るように女主人の傍へと戻る。長く伸びた爪や牙も姿を消し、目を伏せて楚々とした様子だ。が、もう一人の女中は怯えたように体を固くしてローラン様の方を見ている。

「おかえりなさいませ、旦那様。私、ずっとずっとお待ちしていました、愛《いと》しいあなた、もう離れないわ」

ローラン様が乱暴に骸骨を床へと打ち捨てる。女主人はいつの間にか骸骨の傍へと移動し、華奢な手で夫の体に触れ、頬をぴとりと寄せていた。難を逃れた俺は、呆然としながら身を起こした。ジェイとハンナも、息を呑んで幽霊たちの様子を見守っている。

「やめろ！　忌々しい女め、私に触れるな！」

骸骨がガタガタと音を鳴らしながら動き、女主人を突き飛ばす。なんとかローラン様の傍まで近寄った俺は、呆気に取られてその光景を見つめた。

「何がおかえりなさいませだ、お前が私を殺したくせに」

「旦那様」

「かわいそうに、あの娘まで殺すとは。お前のような妻を持った私も、お前のような主人に仕えなければならなかったあの娘も哀れでならない」

「そんな、わたしが殺したなんて、どうしてそんなにひどいことを言うの？」

女主人がぽろぽろと涙をこぼす。傍目《はため》にもいじらしく、胸を引き絞られるような風情だ。しかし女中と姦通《かんつう》した夫には通用しなかったらしい。骸骨は歯ぎしりをしながら、関節をガタガタ言わせて部屋の隅にいた女中のもとへと歩き、彼女を抱きしめた。

「よく見て。あなたが探していた夫はあそこにいる」

ローラン様が言うと、女主人はわっと顔を両手で覆い、傍にいた女中に向かって叫んだ。

「もういや！　あんな人たち、二度と見たくないわ、殺してちょうだい！」

そこからは、まるでかつてこの屋敷で起きたことの再現だった。ナイフを持った女中が、抱き合う男女を背後から滅多刺しにする。血飛沫が飛び、男女は崩れ落ち、瀕死《ひんし》の騎士の一撃で女中も倒れる。すべてを見ていた女主人が、泣きながら落ちていたナイフで自分の胸を突き刺す。

絶句して壮絶な光景を見つめる俺の肩を、ローラン様が力強く抱き寄せた。生者以外誰も動かなくなった部屋で、ローラン様が燭台に火を灯した。倒れ伏していた幽霊や、部屋中に飛び散った血飛沫が黒い煙のようになって肖像画へと吸い込まれていく。

屋敷から出ると、既に夜は明け、空には朝焼けが広がっていた。ハンナは恐ろしさのせいか息ができなくなるほど泣いてジェイの腕に取り縋っていた。ジェイは嬉しさや気恥ずかしさよりも心配が大きく勝った表情で彼女の肩を抱いている。俺たちに向かって、今日は彼女を送っていく、と話した。

「お礼がしたいから、また会おう。食事でも奢《おご》るよ」

ローラン様が頷き、二人は予定を合わせて別れた。騎士団に貸しを作るという当初の目的も、一応達成されたわけだ。

宿へ戻り、遅い夕食かつ早すぎる朝食を二人で取る。俺がどうして庭から男主人の骸骨を掘り起こしてきたのかと聞くと、ローラン様はスープを匙で掬《すく》いながら「絵に戻したって、一時しのぎだろ」と答えた。

「ちゃんと解決してやらないと、また夫を探して同じことを繰り返す」

なるほど……。それにしても、どうして絵を照らしても幽霊を退治できなかったのか。予定通りにいかず俺がいかに焦ったか、驚いたか。一生懸命あの時の感情を説明していると、ローラン様が頬杖をついて「相当怖かったんだな」と笑った。片方の眉をひょいっと上げて、意地の悪い表情だ。元の世界のローラン様はしない顔だったので、俺は思わず口を閉じて黙り込んだ。

「まあ、俺が魔法使いだからだろうな。普通の人間が火を灯しても意味がないんだろう」

そうなのか。ローラン様がとってくれた白いパンを千切りながら頷く。つまり、元の世界のローラン様も、目の前のローラン様と同じ力を持っていたということだ。俺はこっそりと目線だけでローラン様を窺った。長いまつげを伏せ、煮物から飾り程度のムラサキ豆をせっせと避けている。

後日、俺とローラン様はジェイと食事をするために街の食堂へと足を運んだ。待ち合わせ場所へ行くと、時計台の下に立ったジェイが大きく手を振る。見れば、彼の友人たちも一緒だった。近づくと、ジェイがローラン様の腕をぐいっと引っ張る。

「こいつがローラン。俺を助けてくれた恩人。ローラン、こいつらが俺の友達で、ジークとジルだ」

「目がつぶれそうにいい男じゃねえか！」

ローラン様の顔を真正面から見たジークが目元を手のひらで覆っておどける。ジルはジークを綺麗に無視してローラン様の手をぎゅっと握った。

「友達を助けてくれてありがとう」

真摯《しんし》な言葉に、ローラン様が瞬きをして「いや、当然のことだ」と返す。よくよく見ると、白い肌の目元だけうっすらと赤らんでいる。年が近いこともあってか、三人とローラン様はあっという間に砕けた様子で話し始めた。楽し気な雰囲気に、俺は気を利かせて先に宿へ帰るとその場を後にした。

食堂の壁に隠れて、こっそりと四人の様子を窺う。

何を話しているのか、ローラン様が見たこともない顔で笑っていた。ジェイたちも楽しそうで、時折抑えきれない笑い声が俺にまで届く。そういえば、元の世界のローラン様には、ネズミのジョンや梟の友達はいても、あんな風に笑って話せる同年代の友達などいなかった。

楽し気な彼らをしばらく見守り、食堂から出る。俺は頬を叩いて気合を入れ、宿ではなく、騎士団本部へと足を向けた。屋敷で武器を探している時、ジェイに生きて帰れたら騎士団長のオルランドに会わせてくれと頼み込んでいたのだ。ジェイからは申し訳なさそうな顔で「さすがに団長は無理で……、副団長になっちゃいました」と言われたが、それならそれで構わない。

ジェイが話を通してくれていたおかげで、本部の受付に行くとすぐに奥へ通してもらえた。案内された部屋で、椅子に座って副団長、ロニーを待つ。胸がどきどきとうるさかった。指先が冷え、呼吸が浅くなっていくのがわかる。この世界にいるロニーと、これから会うロニーは同じロニーであって全く別の人間だと頭ではわかっているが、彼に対する感情を上手く整理できないでいる。俺は胸のうちで何度も「オルランドに会わせてほしいと頼むだけだ」と自分に言い聞かせた。他の余計なことは言わない。考えない。目の前の問題にだけ対処する。

やや待って、ドアが軽く叩かれた。返事をすると、ロニーが入室してくる。騎士服をぴっしりと着て、腰に帯剣している。彼は俺を見ると、にこやかに会釈した。対面に座り、穏やかな声で「うちの団員を助けてくれて感謝します」と言う。俺はひとつ頷き、一拍置いてからオルランド騎士団長に会いたい、と言った。緊張のせいで声は上ずり、異常に早口だった。ロニーは突然の大声に目を丸くしていたが、すぐに破顔した。

「団長のファンなの？」

頷く。会えさえすれば、理由はなんでもよかった。

「いやあ、うちの団長様は人気者だな。会いたいって言う人は山ほどいるんだけど、忙しいお人だから……」

「どうしても会いたいです。会わせてください。お願いします」

「会いたいよねえ」

覚えのある状況だ。ロニーは俺の言葉を適当に受け流した。オルランドに会わせてくれる気はないらしい。だが、ここで止まるわけにはいかないのだ。どうにかしてロニーを説得し、オルランドに会う。俺は必死に頭を回転させた。

「き、傷を治せます」

「うん？」

「ユーリ殿下の、傷を治せます」

ロニーの笑顔が固まる。和やかだった雰囲気が一気に凍り付いた。毛穴からどっと冷や汗が噴き出る。俺は言ったはいいものの、膝の上で握ったこぶしを見つめていた。ロニーがどんな顔をしているのか、確かめるのが怖い。

「……ユーリ殿下の傷って？」

声音は柔らかだった。しかし、ちらりと確かめた表情は冷たくこちらを睨みつけている。笑みは消え、王都騎士団副団長らしい恐ろしさだ。

「は、流行り病で、お顔に傷があると」

「そう。それで、あなたはその傷を治せるの？」

頷く。治す薬の作り方を知っていると言うと、ロニーは喉の奥で笑った。沈黙が部屋を支配する。身じろぎすればその瞬間に殴り飛ばされそうな雰囲気だった。が、俺には現状、ロニーに対して切れる手札はこれくらいしかない。かけられる圧に耐えながら、返事を待つ。

「……わかった。それじゃあ、明日の正午までに薬を持ってきて。もしその薬でユーリ殿下の傷が治れば、団長に取り次ぐ」

頷く。

「ただし、もし嘘だったらお前を棒叩きの刑にするからね」

かなり時間がかかったが、俺はなんとか頷いた。薬があるのも、薬効も本当なのだ。ロニーは「それじゃあ明日」と言うと、足早に部屋を出て行った。一人になった部屋で、大きく息をつく。心臓が思い出したかのように大きく脈打った。生え際に滲んだ汗を手首の内側で拭う。

騎士団本部を出て、薬の素材である月光百合を採取するため、森へと向かう。王都を歩いていると、ふとここがマリーの働く花屋から近いことに気づいた。時間には余裕があるので、この世界でも変わらず元気でいるかどうか見ていくことにする。

しかし、いくら探しても花屋が見つからない。俺は困惑し、なにか知っているかもしれないと情報通の薬屋へと話を聞きに行った。片眼鏡をした男が薬草を擦りながら「いらっしゃい」と声を出す。

「あそこにあった花屋は、どこかへ移転したのか」

俺がそう聞くと、薬屋はぴたりと手を止め顔をあげた。訝し気な視線を受け、俺は言い訳するように「昔世話になったから」と付け加える。店主が納得したように「ああ」と言った。ため息のような声だった。

「店を畳んだんだ。ずいぶん前にね。不幸があって」

「不幸？」

「一人娘が死んだんだ」

俺は言葉を失った。店主の口の軽さは相変わらずで、彼は聞かずともマリーが殺されたこと、同じ犯人に宝石店と粉屋の娘も殺されたことを教えてくれた。王都では有名な話らしい。要りもしない薬を買い、ふらふらと薬屋を出て少し離れた路地に入って座り込む。脳裏にマリーやローズ、エディの笑顔が浮かんだ。彼女たちの子供の顔も。

長い間座り込んでいたつもりはなかったが、影の長さで日が傾き始めていることに気づく。俺は慌てて立ち上がり、なんとか森の方向へ歩き始めた。明日の昼までに月光百合を煮詰めた薬を作らなければならない。


幸い、こちらの世界でも同じ場所に月光百合の群生地があった。何本かの花を摘んで宿に戻ると、ローラン様も部屋へ戻ってきていた。

「フキ、おかえり」

「はい。ローラン様も」

答えながら宿に貸してもらった小鍋をテーブルに置く。俺が花びらを丁寧に取り鍋に入れるのを見ると「なんの薬?」とローラン様が首を傾げた。

「流行り病でできたあばたに効く薬です」

「流行り病……、王都で流行ったやつ?」

「はい」

ローラン様は長いまつげをしばたたかせて「すごいな、そんな薬があるのか」と言った。鍋に水を入れ、部屋に備え付けの小さな台所で火にかける。木べらで焦げ付かないように混ぜていると、ローラン様が「なにかあっただろ」と言った。

「なにか……」

どう返せばいいのかわからずローラン様の言葉を繰り返すと、彼はそっと俺に近づき、肩に手を乗せた。温かい手だ。彼と俺は、全ての思い出を共有しているわけではない。マリーたちと一緒に笑った時間は、元の世界のローラン様と過ごしたものだ。彼女たちの訃報《ふほう》で感じた悲しみを、この世界のローラン様に言っても、どうしようもない。そう思うのに、俺はとぎれとぎれに親しかった友達ともう会えないことを言葉にしていた。ローラン様の青い瞳が、淡い光を湛えながら俺を見ている。

「大丈夫」

木べらを握る手に自分の手を重ねて、ローラン様が静かに言った。

「大丈夫だ、フキ。元の世界に帰れば、何もかも元通りだよ」


その夜、また夢を見た。

長い金髪を緩く編んで背中に流したローラン様が、窓辺に座って外を見ている。頬杖をついた指先はインクで汚れていた。もう片方の手は膝に乗っている猫の毛を前に後ろにと撫でている。よく見れば、机の上には羊皮紙の束が溢れんばかりに積み重なっていた。机だけではない。床に置かれた箱や、本棚、ベッドの上にまで散乱している。そのどれもに、やはり魔法陣が描かれていた。俺はゆっくりと彼に近づき、彼の膝の上に頭を寄せた。記憶よりも少し大人びた面持ち。まだ幼さのあった頬はすっかりと男らしく精悍《せいかん》になっている。

「ローラン殿下」

部屋に入ってきたセディアスが、ローラン様に呼びかける。ローラン様は鼻歌を止めゆっくりと振り返った。

「やあ、宰相閣下だ。お仕事中ではないの」

「殿下こそ。勉強会に来ないと臣下が困っていますよ」

「役立たずでいることが私の仕事だもの」

ローラン様が朗らかに笑った。セディアスが深くため息をつく。そうか、彼が未だ殿下と呼ばれているならロニーはついにユーリ殿下を王位まで押し上げたのだ。

「陛下は賢王だろう。お前も仕事を頑張りなさい」

毛足の長い黒猫を撫でながらローラン様が言った。セディアスが嫌そうに眉を顰める。

「王族に剣を向けた一族です。忠誠など誓えません」

「困った男だ」

穏やかに笑うローラン様の足元に、セディアスが膝をついた。親子ほど年の離れたローラン様相手に躊躇いなく跪いている。

「あなたが王になるべきだった」

「そう。でも陛下ほど王になりたかったわけじゃない」

猫を抱き上げて、ローラン様が部屋を歩いた。セディアスが伏せていた頭を上げ、彼の動きを目で追う。ユーリ殿下を陛下と呼びながら、ローラン様は一瞬皮肉気に目を細めた。

「私は王になるために人を殺せないもの」

セディアスの顔が一気に青くなる。彼は俯き、唇を強く噛むと口早に断ってから部屋を出た。ローラン様がつまらなそうにその背中を見ている。彼は一人になると、また窓へと近寄った。椅子に腰かけ、頬杖をついて外を眺めている。見れば、そこにはドレスを着た女性がいた。侍女を大勢従え、腕に赤子を抱いている。豊かな金髪の、顔半分を仮面で覆った女。


翌日、俺は身支度を整えるとロニーに会うため騎士団本部へと向かった。受付で名前を言うと、すぐ部屋に通される。

昨日ほどは待たずに冷たい表情のロニーが部屋に現れ、ついてくるようにと言って歩き始めた。どうやら、城の方へと向かっているらしい。城門に着くと、ロニーの顔を見た衛兵が敬礼と共に道を空ける。

「これからお前をユーリ殿下の元へ連れて行く」

前を歩くロニーがこちらに背を向けたまま言った。まさか直接会うことになるとは思わず、戸惑いながら返事をする。

「俺は会う必要なんかないと言ったんだけど、どうしても直接会いたいと仰せなんだ」

ロニーは大きくため息をついた。肩が大げさに上下する。その背中を見ながら昨日の夢に彼は出てこなかった、と考える。

昨晩見た夢の最後に出てきたのは、おそらくミリアだろう。ローラン様に顔の皮を剥がれたせいで、顔半分に仮面をしているのだ。彼女はユーリ殿下と結婚し、子をもうけ城で暮らしていた。でもロニーはいなかった。大勢の人の前で王妃を剣で貫いた彼は、その後どうなったのだろうか？

「守ってほしいことがある。それさえ守れれば、薬が嘘だろうが許してやる」

「は、はい」

薬は正真正銘本物だが、一応返事をしておく。ロニーはこちらを振り返り、軽く睨んでからふんと鼻を鳴らした。ユーリ殿下と俺が対面することになったのがよほど不服らしい。

「殿下が仮面を外しても、決して悲鳴をあげるな。怖いなら舌を噛んでろ」

「……はい」

話しているうちに目的の場所に着いたらしい。

見れば、そこは城の東棟、王族の居住区だった。建物の一番奥へと進むと、離れのような場所がある。あちらの世界にもこんな部屋があっただろうか。

ロニーが戸を叩くと、中から女が出てきた。艶のある金髪に思わず息を呑む。ミリアだ。当然だが白磁の頬には傷一つない。彼女はロニーの顔を見ると、中へと戻ってユーリ殿下に取り次ぎをした。入室の許可が下り、彼らのあとに続いて部屋へと入る。

奥まで行くと、部屋を覆い隠すように赤い紗の布が垂らされているのが見えた。その向こうに、黒い影がある。

「お前たちは下がっていろ」

ユーリ殿下の声だ。ミリアとロニーは互いに顔を見合わせ、躊躇う様子を見せたが中々退室しない彼らにユーリ殿下がさっさとしろと声をかけると大きくため息をついて外へと出て行った。

二人きりになり、俺はどう切り出して言いかわからず黙り込んで胸元にしまっている薬の小瓶を握りしめた。当初の予定では、ロニーに薬を渡し次の日くらいにお礼としてオルランドに会わせてもらうはずだったが、どんどんズレてきている。

「どうした？」

立ち尽くしていると、紗の向こうから笑い混じりの声が聞こえた。黒い人影は、どうやら寝そべっているらしい。頭を腕で支えている様子が、燭台に照らされぼんやりと布に浮かび上がっている。

「そんなところにいては話もできない。こちらへ来い」

命じることに慣れた、力強い声だ。似ても似つかないはずなのに、なぜだか夢の中のローラン様を思い出す。俺は息をつめ、思い切って紗を手でかきわけて進んだ。

仮面をしていてもなお、美しい男だ。寝そべった体の輪郭に沿って、艶やかな黒髪が流れている。身にまとった黒い衣は、燭台の光を反射して橙色に光っていた。彼は手袋に覆われた手をこちらへ向け「おいで」と言って俺を呼び寄せた。戸惑いながら近寄り、胸元から薬の瓶を取り出す。蜂蜜に似た液体の入った瓶を見ると、ユーリ殿下は「飲み薬か？」と聞いた。首を振って塗り薬だと返せば、唐突に手首をひかれる。俺は体勢を崩し、ユーリ殿下の寝台の上へと転んだ。

顔を上げると、すぐ近くに銀色の仮面が見える。目の位置にある穴から、赤い瞳がこちらを見ているのがわかった。

「外して」

「え？」

「仮面を外して」

言いながら、ユーリ殿下が俺の手を取り、自身の顔へと近づける。革でできた手袋は冷たく、俺は思わず体を強張らせた。しかし、ユーリ殿下の力は強かった。俺の手はあっという間に仮面に触れた。表面の繊細な彫りを指先に感じ、俺はどうすればいいかわからず赤い瞳を見つめた。

「傷が治るんだろう。お前が仮面を外して塗ってくれ」

言われるがまま、仮面の縁に手をかける。ユーリ殿下が片腕を持ち上げ、頭の後ろにある、仮面の紐をほどいた。手の中に仮面が落ち、ユーリ殿下の素顔が明かりの下、露になる。

そうか、流行り病のあばたはこれほどか。俺は思わず目を見開き、彼の顔をじっと見つめた。驚きの視線には慣れているのだろう、ユーリ殿下の目が細まる。

彼の顔は、まるで今まさに傷を負ったばかりかのように赤く爛《ただ》れ、ところどころ膿んでいる。白や緑の体液が、はがれた皮膚の下からじんわりと滲んでいる箇所もあった。

痛むだろう。王になるよう期待された人が城の端っこでこんな傷を負ったまま、ずっと過ごしていたのだ。瞬間、俺はロニーの気持ちが不意にすとんと理解できた気がした。共に庭を駆けるほど仲の良かった従者が、主君のこんな姿を見て何も思わなかったはずがない。ユーリ殿下を王にしたいと願ったのは、ただ彼の笑う顔がもう一度見たかったからなのだ。

握っていた小瓶の蓋を開け、手のひらに薬を垂らす。指先につけた薬を、そっとユーリ殿下の肌に塗る。触れた瞬間、鋭く痛みが走ったのか、彼が眉を寄せ目を伏せた。薄く開いた唇から、細く息を吐く。頬のあたりは特に傷がひどく、皮膚が深くはがれてしまっている。なるだけ痛みのないよう、指先にたっぷりと薬を掬ってそっと触れる。顔全体に薬を塗り終えると、ユーリ殿下は体を起こし、身に着けていた衣の前を寛《くつろ》げた。ぎょっとしつつ見守れば、すぐに彼の真意が察せられる。病によるあばたは、顔だけではなく全身に及んでいたのだ。皮膚の柔らかい腹や、脇、腋窩《えきか》、背中に至るまでが点々と赤く爛れている。これでは横になるのもつらいだろう。

薬を塗りながら、俺はもし全身に薬が足らなければ、また作って持ってくる、と言った。その手首を、殿下の手がぐっと握る。彼の顔を見れば、まるで魔法のように爛れがひいていく様が見えた。ユーリ殿下も感じたのだろう、先ほどまでは目を凝らさなければどこにあるかわからなかった目が、丸くなってこちらを見ている。

「お前は……」

声は震えていた。ユーリ殿下が、喉の奥から絞り出すように「痛みが……」と言った。頷くと、彼の手が動き、導かれるように俺の手を腹へと持っていく。薬でぬめった手のひらが、爛れた皮膚の下、薄くついた筋肉の溝に触れる。

「ずっと痛かったのに」

赤い瞳から、ぽろりと涙が零れる。傷に垂れては痛かろうと、俺は慌てて指の背で涙を拭った。しかしユーリ殿下の涙は止まらずあとからあとから零れる。そのうちにも薬は効果を発揮し、彼の顔はみるみるうちに生来の白さを取り戻した。なめらかな肌の上を、涙の粒が転がっていく。今やすっかり、ユーリ殿下は俺が夢で見たのと同じ、美しいかんばせを取り戻していた。

その時、様子を見に来たらしいミリアが紗の向こうから「殿下」と声をかけた。異変を察したのだろう、ユーリ殿下が返事をしないうちにさっと紗を横に引く。彼女の目が大きく見開かれた。長いまつげに縁どられた瞳が、あっという間に潤んでいく。

「ユーリさま！」

ミリアは叫ぶと、勢いよくユーリ殿下に駆け寄った。たおやかな手が、すっかり滑らかになったユーリ殿下の頬に触れようと持ち上がる。ユーリ殿下も、大きな手を重ねて彼女の手を頬に持って行った。ぎし、と重みを増して軋む寝台に慌てて床へと降りる。

「ミリア」

「ああ、なんてこと！　ユーリさま、ユーリさま、ああ、お体も、そんな、信じられない、こんなことって！」

感極まったように言葉を溢れさせるミリアが、ばっとこちらを振り返る。あまりの勢いに思わず気負されて後ろ足を踏む。彼女は寝台から飛び降りて、俺の両手を力強く握って、ぶんぶん上下に振り回した。

「感謝します！　本当にありがとう、あなたは命の恩人だわ。私にできることなら、お礼になんでもするって誓うわ」

「お、おかまいなく」

言われずとも、謝礼の交渉はもう済んでいるのだ。俺は女性に対して失礼にならないよう気を使いながら丁寧に彼女の手を外した。ミリアは侍女服の前掛けで涙を拭うと、またユーリ殿下に向き合った。真剣な目で、彼の体を検分している。あまりにも真剣に肌の隅々まで見るので、ユーリ殿下が可笑しそうに笑った。その笑顔にまで、ミリアが息を詰まらせて胸を押さえる。

「ミリア、そんな風に見られたら恥ずかしい。それよりロニーを呼んできてくれ」

「はい、そうしますわ」

ミリアがこくこくと頷き、スカートの両端を持って部屋を出て行く。俺は指で耳に邪魔な髪をかけながらその姿を追った。

「名はなんという」

部屋に入った時とはまるで別人のような穏やかな声だ。俺はまごつきながら名を答えた。ユーリ殿下が頷き「褒美に何が欲しい」と聞いた。一応、ロニーには既に交渉していると前置いてから、オルランド騎士団長に会いたい旨を伝える。ユーリ殿下は一瞬目を見開いたものの、すぐに頷いた。

「わかった。いつがいい」

そ、そんなにすぐ会えるのか。もちろん早ければ早い方が良いと伝える。ローラン様は依然騎士団に捜索され王妃に命を狙われたままなのだ。ユーリ殿下が頷く。彼は「では、日取りを決め次第連絡しよう」と言った。泊まっている宿を聞かれたので素直に答える。そこで丁度、外から足音が聞こえミリアとロニーの声が近づいてきた。

部屋に入ってきたロニーは、燭台の明かりに照らされたユーリ殿下の顔を見ると声を失って立ち尽くした。数秒の間、時が止まったようにユーリ殿下を見つめた後、ゆっくりと彼に近づいていく。ユーリ殿下も微笑みながら寝台を降り、ロニーへと近づいた。

「殿下」

「ロニー」

「殿下……」

ロニーの声が大きく震えた。歩み寄った二人が、互いに肩を掴み合って向き合う。目が合うと、ユーリ殿下の表情が大きく崩れた。眉が下がり、鼻に皺を寄せ下瞼がぐっと持ち上がる。大粒の涙が下睫毛を濡らしながら溢れ、ロニーが呆れたように笑った。

「綺麗なお顔が台無し」

「ロニー、すまない、私を許してくれ、愚かな主人を許せ」

「おかしな殿下、許されなければならないようなことをしたのですか？　俺は友人としてお傍にいただけなのに」

言いながら、ロニーの手がユーリ殿下の頬に触れる。指先はあたかも傷がまだそこにあるかのようにそっと肌に触れ、そこがなめらかだとわかると大きく震えた。純白の騎士服に包まれた広背筋が、服の上からでもわかるほど膨らむ。彼は親指の腹でユーリ殿下の涙を拭うと、ミリアに声をかけユーリ殿下の服を直すように言いつけた。

こちらを振り返り、一度外に出るように手を動かす。彼の指示に従って外に出ると、思ったよりも風が涼しいことに気が付いた。風で乱れた前髪を後ろに撫でつける。すぐにロニーが出てきた。

彼は俺に向き合うと、腰を直角に曲げて深く頭を下げた。思ってもみない人物からの思ってもみない行動に、死ぬほど驚いてしまう。俺はしばし言葉を忘れたが、はっとして顔を上げるように言った。しかし、ロニーは頭を深く下げた体勢のまま、謝罪の言葉を口にした。

「無礼な態度をとったことを、どうか許してほしい」

「き、気にしていません」

「殿下の傷を治してくれて本当にありがとう。あなたは我々の恩人だ。なんでも言ってほしい。力になる。もちろん、団長にもすぐに取り次ぐ」

俺は頷いて、一応、さっきもユーリ殿下と同じ話をしたことを伝えた。ロニーがやっと顔を上げ、分かったと頷く。夕方の風に、彼の茶髪が揺れている。ロニーは俺の顔をじっと見ると、静かに言った。

「感謝してもしきれない。あのお方は、俺にとって命よりも大事な人だ。彼を救ってくれたあなたに、どうすれば恩を報いれるだろう」

ロニーはそう言うと、おもむろに地面に片膝をついた。手持ち無沙汰《てもぶさた》に体の横で宙ぶらりんになっていた左手を握られ、咄嗟に引き抜く間もなく手の甲に唇が落とされる。体中にぞわりと鳥肌が立つ。

俺は慌てて半ば無理やり手を取り返し、大声を出した。

「お、俺は、俺は主の命に従っただけです、全てローラン様のおかげです」

「ローラン様？」

「俺の主君で、素晴らしい方で、優しくて、聡明で、あなた方の助けを必要としている……」

言いながら気づいた。そうだ、ローラン様を守るのに彼ら以上にふさわしい人間はいない。彼らがローラン様の側に立ってさえくれれば、夢で見たことはこの世界では起こらないのだ。俺はロニーに向き直り、今度は自分が地面に両膝をついて頭を垂れた。ロニーは驚き、慌てて同じように身をかがめる。

「どうしたんだ」

「お礼になんでもするとおっしゃるなら、どうか俺の主人を守ってください。けして俺の主人を傷つけないと約束してください」

「もちろんだ」

ロニーはすぐに頷いた。顔をあげ、その目を見つめる。思えば、彼の顔を正面から見つめたことはなかったかもしれない。やや垂れ目がちな目は、目じりにかけて睫毛が長くなっており、口は小さく、通った鼻筋の上にはうっすらとそばかすが散っている。正直、ロニーに対して良い感情を持っているとは言い難いが、彼のユーリ殿下に対する忠誠だけは信じられる。彼に促されながら立ち上がり、俺は全身には薬が足りなかったので、また明日持ってくる、と伝えた。幸い、家にはまだ昨日採った月光百合が余っている。ロニーは頷きながら礼を口にした。宿まで送ると言われたが、断った。

帰路、宿までの道を歩いていると王都の中ほどにある王立公園にローラン様がいることに気が付いた。木製の椅子に座り、誰かと談笑している。よく見れば、それは昼に食事を共にしていたジェイであることがわかった。楽しそうな様子を公園の入口で見守っていると、手に氷菓子を持ったジルとジークも合流する。ローラン様の分も買ってくれたらしい。ジークから苺色の氷菓子を受け取り、ローラン様が軽く頭を下げている。

随分仲良くなった様子だ。ジジジの三人組とローラン様は、時折俺にまで笑い声が届くほど楽し気に話していた。年相応に同年代の青年たちと笑いあうローラン様の姿は目に新しく微笑ましくていつまでも見ていたい光景だったが、そろそろ夕飯の買い出しに行かなければならない。

市場で軽食を買い、宿へ戻る。部屋へ入る前に馬房に寄り、ローラン様の黒馬に買ってきた林檎《りんご》をやる。宿代に馬の餌や世話の代金も入っているので、これはおやつだ。地面に置かれた林檎を、頭を垂れて食む馬に向かって、俺は声をひそめて話しかけた。

「お前はローラン様と話せるのか？」

馬は林檎を貪り食っている。しばらく観察したが、言葉が通じていそうな気配はない。ネズミのジョンなどは、彼らの言葉はわからないものの、こちらの言葉は通じていたような気がするのだが……。

俺は馬を見つめつつ、ダメもとでもう一度声をかけた。

「俺はお前がローラン様の友になってくれれば、とても心強いと思っているのだけど、どうだ」

「俺の友達がなんだって？」

突然背後から話しかけられ、俺は飛び上がらんばかりに驚いた。柵を背に勢いよく振り返ると、すぐそこにローラン様が立っている。俺の驚きようが面白かったらしく、肩を揺らして歯を見せていた。

顎先で切りそろえられた黒髪が揺れている。

「ジョン、フキと何の話をしてたんだ？　教えてくれ」

いたずらっこのように笑いながらローラン様が馬に話しかける。牡馬は林檎から顔を上げ、ヒンと返事をした。俺は目をまたたかせ、馬を指さして聞いた。

「こ、言葉がわかりますか？」

「まさか。普通馬の言葉はわからない」

ローラン様がこともなげに言って、ジョンと名付けたらしい牡馬の鬣《たてがみ》を撫でる。俺は納得したような、納得いかないいような気持ちで頷いた。手を取られ、馬房を出て宿へと戻る。手を洗いながら馬に名をつけたのかと聞くと、ローラン様は「うん」と頷いた。

「なぜジョンと名付けたのですか？」

脳裏にリボンを付けたネズミを思い浮かべながら聞く。ローラン様は石鹸代わりに宿に備え付けてあるジギルの葉を手で揉みながら「最初の友達だから」と答えた。

「え？」

「ジョンは最初の友達だろ。本で読んだ」

ローラン様が口にした本は、言われてみれば元の世界のローラン様も幼い頃に読んでいた。あの方は読書家だったから。思いもかけないところで森で育ったローラン様と、王宮の塔でひとりぼっちだったローラン様の共通点がわかり、俺は名状しがたい思いに襲われた。そういえば、あのネズミもローラン様の初めての友達だった。幼いローラン様も、本にあったからとネズミにジョンと名付けたのだった。

食卓につき、温めたスープとパンを食べる。俺がオルランド騎士団長に会う算段がついたことを報告すると、ローラン様は食事の手を止めて頷いた。

「じゃあ、明日会うことになるのか？」

「早ければ会えるかもしれません」

首肯してから、俺は主人に向かって忠告した。

「オルランドに会うまで、決してみだりに外出してはいけませんよ。まだ騎士たちはローラン様を探しているし、王妃もあなたを狙っていますから」

「うん」

ローラン様が素直に頷く。彼は指で揉んでいたパンを一口大にちぎると、スープに浸してから口に入れた。ここ数日で、俺の食べ方から学んだらしい。少しずつ行儀が悪くなっているのは気のせいだろうか？

食事を終え、月光百合を煮込んで明日の分の薬を作る。体用なので、多めに用意した。俺が鍋をかき回すのを、ローラン様は熱心に見ていた。魔法使いなので、薬草に興味があるのだという。俺は薬草に関してはそれなりの知識があるので、今度一緒に森に行こう、と彼を誘った。残していけるものは、ひとつでも多く残していきたかった。

明朝、王宮へと薬を届けに行く。ロニーから持たせてもらった通行札を見せると、役人は快く道を空けてくれた。昨日教えてもらった道を歩いていると、東棟、王族の居住区に入ったところで誰かが地面に座り込んでいることに気づいた。もし貴人なら、俺のような身分もろくにない男が声をかけただけで問題になりかねない。女性だ。気づかれないようにそっと横を過ぎ去ろうとしたが、あちらも俺に気づいたようだった。

「まあ、そこの方、親切な方、どうぞお手を貸してくださいな」

聞こえてきた声に、ぎくりと肩が強張る。ゆっくりと振り向けば、そこにいたのはやはり、王妃殿下その人だった。供もつけずに何をしているのか、布をたっぷりと使ったドレスを地面につけている。彼女は首を傾けながら俺に微笑みかけた。

淑女に対する最低限の礼儀として、俺は彼女に手を貸し、立ち上がるのを助けた。王妃は華奢な手で俺の手をしっかりと握り、ほとんど体重の全てをゆだねながら立ち上がるとレースの手袋をしたままの手でドレスの汚れを払った。

「お恥ずかしいわ、はしたないところを見られて。侍女の隙をついてお散歩していたのよ」

生粋の王族相手、許しも得ずに相槌を打てない。戸惑って靴の先を見つめるばかりの俺を、王妃は「ぜひお茶会にいらして」と誘った。

「私、朝はいつも紅茶をいただくの。助けてくださったから、ごちそうするわ」

そう言うと俺の手を握り、跳ねるように進んでいく。肌が一気に粟立《あわだ》ったが、まさか振り払うわけにもいかず、俺はユーリ殿下の部屋がある方向を見ながら仕方なしに後をついて歩いた。しばらく歩くと、かすかに王妃を探している召使たちの声が聞こえてきた。王妃も気づいたのか、ぱっと表情を明るくして、俺の手を掴んでいる方とは逆の手を優雅に振る。

「みんな、わたくしはここよ、まあ、騒がせてごめんなさい」

彼女の声に気づいた侍従が、大きな声で周りに知らせる。中でもひときわ体の大きな女性が、猛烈な勢いでこちらへ駆けてきた。王妃のすぐ傍まで来ると「ああ！」と大声を出して跪く。俺は驚いて身じろぎしたが、王妃は慣れているのかにこやかな表情のままびくともしなかった。

「王妃さま！　わたくしがどれほど心配したか、わかりますか？　部屋を出る時は声をかけてくださいとあれほどお願いしているのに！」

「ええ、ごめんなさい。うっかりしていたのよ。許してね」

「心配で死んでしまいそうでしたわ！」

言い終わると、年かさの侍女はやっと周りを見る余裕ができたのか、俺に気づいた。じろじろと遠慮なく検分すると、慌てて王妃を自分の体に隠す。嫌な予感がして、自然と足が逃げの姿勢をとる。しかし、今にも叫びだしそうな侍女の口を一瞬早く王妃の手が軽やかに塞いだ。

「怪しくないわ、転んでしまったところを助けてくれたの」

手のひらを口に当てられた侍女が目を白黒させながら唸る。王妃は「ええ、そうなの」と頷いた。

侍女の言葉は不明瞭で、俺には何がそうなのかはわからなかった。

「助けてもらったお礼に、一緒にお茶を飲むことにしたわ。用意してちょうだいな」

そう言うと、レースの手袋に包まれた手をぱっと侍女の口から離す。侍女は肩で大きく息をし、未だ訝し気な視線を俺に残しながら言われた通りお茶の準備をしに行った。全く歓迎されていなそうだ。

王妃に促されるまま、彼女の部屋へと向かう。奇《く》しくも見覚えのある景色だ。

ゆっくりとした足取りの王妃に合わせて歩くと、部屋に着く頃にはちょうどお茶会の準備が整っていた。まだ十かそこらの、侍従服を着た少年が椅子をひいてくれる。王妃に促され腰を下ろすと、すぐにカップにお茶が注がれた。赤い液体から湯気が立ち上っている。

「サキオラのお茶なの。わたくしのお気に入りなのよ」

王妃はそう言うと、シュガーポットから砂糖を三つ取った。勧められるまま、同じように砂糖を入れる。確実に甘いはずだが、緊張のせいか味がさっぱりわからない。王妃はにこにこと笑っている。朝食も兼ねているのか、テーブルの上にはパンや軽食が並んでいた。食欲は全くなかったが、しきりに勧められるので一番小さなパンを手に取る。

「違う世界の人なのね」

口に入れたパンを思い切り噴き出しそうになり、間一髪口元を押さえる。反動で塊が変な場所に入り、激しくせき込んだ。王妃が「あら、まあ、大変だわ。背中をさすってあげてちょうだい」と言い、誰かの手が上下に背中を撫でた。

やっと息が落ちつき、涙目のまま姿勢を直すと、王妃はカップを持ち上げて微笑んでいた。思わずこちらも笑いたくなるような、愛らしい微笑みだ。その愛らしさに反比例するように、俺の体温は下がった。指先が震えだしそうなのを手を握りこみ神経を集中させてこらえる。

「ねえ、旅人さん。あなたの世界のことを教えて」

旅人さん、と呼ばれ思わず顔が強張る。そもそも、俺がここにいるのは王妃のせいなのだが、しかしそれはこの世界の彼女ではなく……、それでなくとも目の前の女はローラン様を十六年もの間塔に幽閉していたのだ。とうてい談笑できる相手ではない。しかし、そんな気持ちをぶちまけられる状況でもなかった。俺は俯きながら、かつては日本という場所に住んでいた、ということを話した。王妃の目がきらきらと輝く。

「ニホン！　聞いたことがないわ。ねえ、ニホンにもサキオラの茶葉はあるかしら」

たかだか六歳の子供の知識が全てとは思えないが、記憶にはない。俺は首を横に振った。王妃がテーブルに肘をつき、両手のひらの上に頭をのせて夢見るような顔をする。長く柔らかそうな黒髪が、彼女の動きに合わせて軽やかに波打った。

「ああ、うらやましいわ。あなたみたいに違う世界に行けたら、どんなに素敵かしら」

「あの、王妃様、どうか発言をお許しください」

「もちろん、許すわ。どうぞたくさんおしゃべりして」

「その、実は約束があって、人に会う約束が……」

俺の言葉に、王妃があからさまに肩を落とす。眉が著しく下がり、瞳は今にも泣きそうだ。彼女の後ろにいる、さきほどの侍女に睨まれている気がして胃がずきずきと痛んだ。

「約束があったのね。まだまだお話ししたいけれど、仕方ないわ」

王妃の後ろで、侍女がすさまじい顔をして俺を見ている。癖のある赤毛をひっつめているが、あらわになった額に皺が寄ってものすごい形相だ。俺は侍女がなるべく視界に入らないよう目を逸らした。

なんとか王妃から解放してもらい、東棟の入口まで戻る。一人になって、俺は深くため息をついた。

全身から先ほどまで抑圧されていた冷たい汗が噴き出てくる。

夢の中で見た王妃の姿が瞼の裏に浮かぶ。ロニーに剣を突き立てられ、血を流しながらローラン様に悪態をついていた。それだけではない。こちらの世界のローラン様は、彼女が幼い彼に向かって魔物をけしかけたと言った。そんな女と、手を伸ばせば触れられるような位置で食事を共にした。彼女は俺の話を聞き、無邪気に声を上げて笑ってみせた。気味の悪いような、恐ろしいような、全身にべったりと泥をかぶってしまったような気持ちで立ち尽くす。


ユーリ殿下の居室へ行き戸を叩くと、すぐにミリアが出迎えてくれた。御前に出て、薬瓶を取り出す。今日は直接塗らなくても良いのか、瓶はユーリ殿下の手からミリアへと渡された。

「オルランドのことだが、今日の夕方に時間を作った。お前の部屋に直接向かわせるが、良いか」

「はい」

一も二もなく頷く。ようやくオルランドまでたどり着いた！　まだ何も解決していないが、ひとつ胸をなでおろす。良かった。今まで一寸先も見えない闇の中を歩いていたが、オルランドに会えれば協力は仰げずともなにか情報くらいは貰えるだろう。強張っていた頬が緩む。改めて頭を下げると、ユーリ殿下が「頭をあげろ」と言った。彼は寝台から降り、俺の傍まで来ると手ずから立ち上がらせた。肩にかかっていた黒髪が赤い衣の上を滑り落ちる。

「フキ、お前の主人に会いたい」

ユーリ殿下が急にそんなことを言う。どうやら、昨日ロニーに話したことがもう伝わったらしい。

俺は瞠目《どうもく》して、反射的に首を振った。ユーリ殿下とローラン様には敵対してほしくないが、会って良くなるとも思わない。王位争いに巻き込まれないためにも、お互い関わらず生きていくのが良いと思う。

しかし、ローラン様が王族の生き残りであることを知らないユーリ殿下は少し眉を下げた人好きのする笑みで言い募った。

「恩人に助けてもらった礼を伝えたい。どうか取り持ってくれ」

黙り込む俺の手を握り、ぐっと顔を近づける。赤い瞳は表面に薄く水分の膜が張り、健康的に光を湛えていた。主人のそんな様子が嬉しいのだろう、傍に控えるミリアもかつて見たことがないほどにこやかだ。

全く諦める様子のないユーリ殿下に、俺は仕方なく頷いた。が、主人に聞いてみなければわからないので期待しないで待ってほしいことを伝える。それでもユーリ殿下は嬉しそうに笑った。

「じゃあ、もし会えるようならまた伝えに来てくれ。そちらさえよければ王宮で食事でもしよう。もうすぐ庭の木に花が咲くから」

「はい」

話を終えユーリ殿下の部屋を出る。すると、外にはロニーが立っていた。彼は俺が出てきたことに気づくと、微笑んで小さく会釈した。彼にそんなことをされると、変な気持ちだ。会釈を返して通り過ぎようとするが、ロニーは歩調を合わせて「門まで送るよ」と言った。

「薬をありがとう。これで全部治りそうかな」

聞かれて頷く。多めに作ってきたので、むしろ余るほどだろう。ロニーはそれを聞くと深く息を吐いた。長年の澱《おり》を吐き出すようだった。

「君が思ってるよりずっと、君に感謝してる」

歩きながらロニーが言った。横目で見れば、ちょうど彼もこちらを見ていた。視線がまともにぶつかる。気まずくなって先に目を逸らした。

「嘘じゃない。だから考えたんだ。昨日言ってただろう。君の主人を守ってほしいって」

ロニーが足を止める。つられて、俺も立ち止まった。

「守るよ」

まっすぐな視線だ。

「剣に誓って」

騎士にとって、剣は命にも等しい。俺は黙り込んだ。ユーリ殿下やロニーに、ローラン様の出自を伝えなかったのは伝えれば必ず諍いの種になるとわかっていたからだ。ローラン様にも、ご両親の話はしたもののその血筋については話していない。俺はローラン様に王になりたいと言われるのが怖かったのだ。

立ち止まり、俯いて返事を返さないままでいるとロニーは困ったように微笑んで俺の背を軽く叩いた。促されるまま城門に向かって歩き出す。

「知ってほしかっただけだから、重荷に感じないでほしい。もし何か困ったことがあれば、いつでも俺を頼って」

「はい」

夢で見る元の世界では、ローラン様はユーリ殿下と対立し、ミリアの面皮を剥ぎロニーを使って王妃を殺した。ユーリ殿下を王位に押し上げるため、ローラン様の言うままに王妃を刺したロニーがどうなったのか、俺はまだ知らない。だが少なくとも、この世界のロニーのように穏やかに微笑んではいないだろう。

そうして初めて、俺は自分が取り返しのつかない場所に立っていることに気づいた。この世界で生きている間、元の世界でもまた時は流れ、季節は変わり、ローラン様も、ロニーもユーリ殿下も後戻りできないほどに傷ついてしまった。


城門でロニーと別れ、連泊している宿へと向かう。宿屋に入ると、主人が番頭台の向こうから声をかけてくれた。遅い夕食を一人で食べていたローラン様がひどくつまらなそうだったというので思わず笑ってしまう。俺の言いつけを守って、一日部屋にいてくださったらしい。階段を上り、部屋のドアを軽く叩いて開けようとした時だった。後ろから腕を掴まれる。はっとして振り向くと、そこには騎士がいた。一瞬、ユーリ殿下が言っていたオルランドの訪問が早まったのかと思った。しかし、すぐにこの男の顔に見覚えがあることに気づく。森でローラン様を探していた騎士だ！　壮年の騎士がじろりと俺をねめつけてから扉へ目を向ける。すると、内側からドアが開かれた。ローラン様だ。ノックが聞こえたのに部屋へ入らないので、迎えようとしてくれたのだ。

「開けるな！」

鋭く叫び、騎士の腕を振り払って背で扉を閉める。拳を外側へ大きく旋回させ、手の甲で騎士の顔を強打した。頭部に強い衝撃を受けた騎士が、よろめいて後ずさる。その隙に部屋へと滑り込み、客室の鍵を掛ける。すぐに外側からドアが激しく殴打される。

「フキ」

こちらを見るローラン様の顔は青ざめていた。俺は彼に短剣を持つように言って、その場しのぎに寝台を動かしドアの前に置いた。時間稼ぎにはなるだろう。短剣を手に持つローラン様を、肩を抱くようにして窓際へと誘導する。さっと外へ目を走らせれば、幸い裏手にはまだ騎士がいないようだった。それほど大勢で動いているわけではないのだろう。

「フキ、逃げるの?」

ローラン様が声を震わせる。窓の外から風が入り、彼の黒髪を揺らしている。よくよく見れば、内側の根元は染粉が落ちて星を散らしたようにきらきらと光っていた。俺は両手で彼の頬をつつみ、安心させるためにっこりと笑った。

「ローラン様、大丈夫です。ここを凌《しの》げば、すぐにもう逃げなくてもよくなりますから」

賢さの滲む青い瞳が、俺をひたむきに見る。彼は小さく頷くと、俺の手を取って強く握った。二人同時に窓枠に足をかけ、息を合わせて飛び降りる。両足に激しい衝撃が走る。痺れる足を引きずり、俺たちは走り出そうとした。その背中に、場違いにおっとりとした声がかかる。

「まあ、そんなに急いでどこへ行くの?」

全身の血が凍りつくような思いだった。振り返れば、そこには女性がいた。色の薄いドレスを身に纏い、浅葱色《あさぎいろ》の紗を頭からベールのように被っている。薄く透ける布の端から、緩く波打つ長い髪が溢れている。

「王妃様」

ローラン様が呆然と彼女を呼ぶ。王妃は目を細めて首を傾げた。彼女の後ろから大勢の騎士たちが姿を現す。まるで大捕り物だった。

「ずいぶん探したけど、見つかって良かったわ。わたくしのかわいい小鳥がどこかで飛べなくなっているのではないかと心配だったの」

ずりずりと、靴で砂利を擂り潰しながらローラン様が後ずさる。握られた手には、骨が砕けそうなほど力が込められている。宿から先ほどの騎士が出てきて、王妃の前で片膝をつく。

「王妃殿下、この男で間違いありませんか」

「ええ。この子よ。見つけてくれてありがとう」

「いいえ、時間がかかり大変申し訳ありませんでした」

「いいのよ」

王妃が鷹揚《おうよう》に笑う。上官なのだろう、男が片手を上げると、後ろに控えていた騎士たちがぞろぞろとこちらへ向かってきた。とっさにローラン様を後ろ手に庇う。すると、それを見ていた王妃が頬に手を当ててため息をついた。

「いけない子だわ。私の本を勝手に読んで、自分だけのナイトを連れてきたのね」

「お、俺じゃない」

ローラン様が震える声で、首を振って否定した。しかし王妃は彼の声など聞こえなかったように「字なんてわからないと思ってた」と呟く。

怒りに目の前が赤くなりそうだった。子供を何年もの間塔に閉じ込めておいて、何を言うかと思えば字が読めないと思っていただと？　この女には人の心がない。握りしめた拳がぶるぶると震える。女相手だということも忘れて王妃にとびかかろうとしたとき、背後から「セレスティナ様？」という声が聞こえた。目の前の王妃が、長いまつげに縁どられた瞳を零れそうに見開いている。その薔薇色の頬が、みるみるうちに青ざめていった。

声がした方を振り返れば、そこには男が二人いた。一人は騎士服を纏い、長い黒髪を一つに結い上げている。オルランドだ。そして彼の隣に長い銀髪を緩く編んで胸の前に垂らした男が立っている。セディアス宰相だ。なぜここに？

彼は他の何も目に入らないようにローラン様を見つめていた。ローラン様も、俺が教えた母君の名前に反応しセディアスの方を見る。

「セレスティナ様に……、あなたは……」

セディアスがゆっくりこちらへと歩いてくる。咄嗟に、俺はどうすればよいかわからなかった。ローラン様の出自をセディアスが知れば、彼は否応なく王宮の利権争いに巻き込まれることになる。ユーリ殿下との対立も免れない。しかし、ここでセレスティナ様の血筋であることを認めれば、少なくとも王妃という目の前の脅威からは免れる。迷っている暇はなかった。俺はセディアスの前に跪き、勢いよく頭を下げた。

「宰相閣下に申し上げます、私はシェードの屋敷に仕える従僕、このお方は紛れもなくシェード家の跡継ぎ、セレスティナ様のご子息でございます」

ローラン様が戸惑う気配がする。セディアスは大きく息を呑み、しかしにわかに信じられなかったのだろう。元の世界とは違い、ローラン様は長かった髪を切り落とし、黒く染めている。

あと一歩信じきれないでいるセディアスに、俺はローラン様がシェード家の短剣を持っていることを伝えた。あれこそがまさしく、彼がシェード家の人間であることの証左である。セディアスの揺れる視線が、ローラン様の握る短剣を捉える。

「ちがうわ！」

王妃だ。セディアスがはっとして彼女を見やる。王妃は今にもこちらに駆け寄りたそうな顔で、しかしその場に立ちすくみ、両手を胸の前で握りしめて「ちがうわ」と繰り返した。

「宰相、惑わされてはなりません。その者たちは先日の魔物騒ぎの犯人なのです。ちょうど今、わたくしが私兵を使って捕らえようとしていたところですわ」

彼女はそう言うと、騎士に命じて俺たちを捕らえようとした。傍にいた騎士がローラン様の体に触れようとするのを、オルランドの腕が阻む。配属が違うとはいえ、騎士団という組織の頭に位置する人間に阻まれ、騎士は小さく悲鳴をあげ後ろへ下がった。オルランドが低く抑えた声で俺の腕を掴む騎士に向かって「放しなさい」と命じた。

「わたくしの命を軽んじるの？」

王妃が言葉尻《ことばじり》きつく言った。見れば、唇の端が細かく震えている。オルランドは彼女の言葉には答えず、異母兄の意思を伺うように視線をやった。セディアスは深く考え込んでいるようだったが、顔を上げると俺たちと王妃の間を隔てるようにして立った。

「宰相」

「恐れながら王妃様、井戸での魔物騒ぎは我が愚弟率いる王都騎士団の管轄。まだ捜査中と聞いております」

「ええ、ですが民はみな早い解決を望んでいます。王室の一員として、力になりたいと思うのは当然のこと」

「王妃殿下におきましては、どうぞ心安く過ごされますよう。それが我ら国民の願いでございます」

セディアスが言い切ると、オルランドが騎士たちに「王宮までお連れしろ」と命じた。王妃が唇を噛む。彼女の目がローラン様とセディアスとの間をさっと走った。白い手が体の前できつく握りしめられている。さっき宿まで押し入ってきた騎士が、彼女をそっと促した。最後までこちらを見ていた彼女が、ついにドレスの裾を翻して去っていく。

薄皮一枚危機を脱して、膝から力が抜けそうになる。がくがくと震える手をもう一方の手で押さえると、隣に立っていたローラン様の手が重なった。少し高い体温に、触れたところから皮膚が緩んでいく心地がする。

呼吸を落ち着け、俺は意を決してセディアス、そしてオルランドに向き直った。オルランドは俺の視線を受け止めると、相変わらず眉一つ動かさないで口を開いた。

「あなたがフキ殿か」

「はい」

オルランドは小さく頷くと、俺に向かって「部下を救ってくれて礼を言う」と頭を下げた。

「私に会いたがっていると聞いた」

そうだ。オルランドに会いたかった。彼に会って、ローラン様を助けてもらうため恩を売ろうと花屋敷でジェイを助けた。しかし今となってはもうそんな必要もなくなってしまった。


セディアスはすぐにでもローラン様を王宮へ連れて行きたいと言ったが、ローラン様は素早く俺の手首を掴み、絶対にフキと一緒じゃなければ王宮へは行かない、と言い張った。おかげで、俺も王宮へと立ち入ることを許され、ローラン様の部屋で過ごしている。

王宮の雰囲気は全体的にどこか浮ついていた。廊下を歩く侍女たちの足取りも軽やかで、時折耳を澄ますと「ねえ、ユーリ殿下をご覧になって」「輝くかんばせよ」などという話し声さえ聞こえる。彼女たちがローラン様を見たら卒倒しかねない。

なにしろ、ローラン様は隠れる必要も逃げる必要もなくなり髪に染粉をはたくのをやめた。結果、今はきらきらと輝く金の御髪が白い肌に薄く影を作っている。まさに輝くかんばせだった。

「陛下はおじいさまと呼べとおっしゃるけど、俺はとても呼べる気がしない」

寝台の上で胡坐をかき、セディアスから渡された歴史書を読みながら、ローラン様が気まずそうに唇を尖らせた。

「だってつい昨日まで顔も知らないじいさんだったんだ。フキはどう思う」

「どう……」

どうと言われても、確かに国王陛下はローラン様の祖父だし、元の世界のローラン様は特に抵抗もせずおじいさまと呼んでいた。助言のつもりで伝えると、目の前のローラン様は半眼になって「へえ」と言った。特に参考にはならなかったらしい。

国王陛下へのお目通りが叶い、輝く金の髪を取り戻したローラン様はもはや証明の必要もないほどにセレスティナ様に生き写しだった。国王はやはり一目見てローラン様をセレスティナ様の息子だと断言し、セディアスはおそろしいまでの速さで地方の弱小貴族であるシェード家を調べ、ローラン様の出自をはっきりとさせた。幸い、屋敷は燃えたが公的な書類は王宮に残っていたらしい。彼が持ち続けていた短剣も、また有力な証拠として扱われた。

こうして名実ともに王室の一員となったローラン様は、まだ環境の変化に慣れず戸惑っているようだった。少しずつ始まった勉強には積極的に取り組んでいるものの、空いた時間には決まって俺を相手に話をしたがった。時折街で仲良くしていたジジの三人組とも会っているようだが、なぜだか俺には秘密にしたがる。

「ユーリ様にも会ってきたけど、あんまり若くて美しい人だからすごく年上って感じが全然しない」

幸いだったのは、セディアスが真意はともかく表立ってローラン様とユーリ殿下の対立構造を作らなかったことだ。ユーリ殿下や、意外なことにロニーも王室に入ったローラン様に対して好意的だった。昨日も中庭で一緒に食事をした。初めて触れ合う年の近い血縁者に、ローラン様も人見知りをしつつ興味を持っているようだ。

歴史書を閉じて寝台に寝転がると、ローラン様が手を伸ばして俺の服を引っ張った。そのせいで手がぶれ、編んでいたレースの糸が撚《よ》れる。どこまで直せばいいかわからなくなり、かなりの糸をほどいた。

「フキ」

「はい、ローラン様」

細い針で糸を編みながら答える。あまりにもやることがないので、ミリアから下働きの仕事を斡旋《あっせん》してもらったのだ。当たり前なのだが、セディアスの調べた記録には俺の情報がなかったため、俺は城でだいぶ不安定な立場だった。

「フキが俺に名前をくれただろ」

なんてことのないように放られたローラン様の言葉に針を動かす手が止まる。俺は振り向いて寝台に転がる主君の顔を見た。彼は俺が振り向いたことに気づくと、ゆっくりと瞬きをしながら寝返りを打ってこちらを向いた。

「名付けたのはお父君です」

「うん。セディアスにも聞いた。出生届に書いてあったって」

ローラン様は頷いたが、言葉とは裏腹にそう思ってはいないようだった。編みかけのレースを持ったままの手に、彼の手が重なる。

「今度は居場所までくれた」

「もともとあなたのものなのです」

ローラン様が首を振る。彼は上体を起こすと、握っていた俺の手を自分の頬に当てた。伏せた目の、睫毛が光を反射して輝いている。

「違う。もしフキがいなかったら、俺はあの森で野垂れ死ぬか、王妃に捕まって塔に逆戻りだった。だからこう思うことにしたんだ。フキは俺の、一番大事な時に傍に来てくれたんだって」

そう言って、ローラン様は歯を見せて笑った。眉毛が勝ち気に上を向いて、涙袋がぷっくりと隆起している。元の世界のローラン様とは違う、どこかいたずらっぽい子供のような笑顔だった。


夢はまた、ローラン様の部屋から始まるようだった。寝台で横になっていた体を、腕をついて起こす。頭を回すと、天蓋の向こうで誰かが話していることがわかった。手で布をかきわけると、椅子に腰かけているローラン様の背中が見えた。寝る支度をしたのか、髪は緩く編まれている。彼の向かい側に座る人を見て、俺は思わず目を見開いた。ユーリ殿下だ。

ユーリ殿下は丸机を挟んでローラン様とは反対側に座り、目を伏せ唇を引き結んでいた。机の上に乗った手は、固く握りしめられている。慌てて寝台から降り、ローラン様の隣に立つ。見ると、ユーリ殿下とは対照的にローラン様は薄く微笑んでいた。椅子に深く腰掛け、組んだ足の上に両手を重ねて置いている。

「久しぶりに会ったのだから、もっと楽しい話がしたい」

ローラン様の深く艶を帯びた声が、夜の静寂に響いた。白い肌は、燭台の明かりに照らされ薄く橙色に染まっている。ユーリ殿下はぐっと唇を噛むと、顔を背けてローラン様から目を逸らした。

「何が不満だ？」

声は角張って、ローラン様を見る目には険があった。思わずローラン様の肩に手を置き、その服を握りしめる。

「もう何度も説明したはずなのに、まだわかっていただけないとは」

「お前も二十六だ。そろそろ伴侶《はんりょ》を得て家庭を作り、王宮を出ても良い頃だろう」

「王宮を出るのは結構。どこへなりとも。でも伴侶はいりません。唯一残った王族の血を理由もなく追い出すのは体裁が悪いからと、そんな理由で好きでもない人と結婚させられるのは嫌です」

話し終わらないうちに、ユーリ殿下が握った拳で机を殴った。思わず息を詰める。握ったローラン様の服がますます皺になったが、彼はやはり何も気づく様子はない。唇に笑みを刷《は》いたまま、穏やかな声音で続けた。

「前王の娘を殺し王族の血を絶やそうとしたあげく、王妃までも手にかけて得た玉座を守ることに必死なのですね」

「王妃を殺したのはお前だ！」

ユーリ殿下の声で、びりびりと空気が震える。意味はないとわかっていたが、俺はとっさにローラン様の頭を胸に抱きかかえていた。少しでも刺すような言葉が聞こえないよう耳を手で塞ぐが、効果はない。ユーリ殿下は立ちあがり、よろめきつつ部屋の中を歩きながら拳で自分の肩を叩いた。

「お前が、お前がロニーに、ロニーを……」

「偉大な国王陛下。王室に仇《あだ》なした男を、情に流されず罰した並外れた方。国民なら誰もがあなたの公平さを知っています、親愛なる国王陛下」

ひと際強く拳で肩を叩き、ユーリ殿下が俯く。彼は傍目にもわかるほどぶるぶる背中を震わせ、絞り出すように言った。

「娘は用意してある。お前はただ、彼女と同じ部屋で過ごすだけでいい」

ローラン様の顔から、ふっと笑みが消える。彼は僅かに顎を上向け、視線を上空に放って「そう」と言った。

「ならその娘は殺そう」

ユーリ殿下が振り向く。彼は信じられないものを見るようにローラン様を見つめた。ローラン様もユーリ殿下を鷹揚に見返す。その場面だけ見れば、まるでどちらが王なのかわからない雰囲気だ。

「な、にを言う」

喉に言葉をつっかえさせながら、ユーリ殿下が責めるように問う。ローラン様は椅子に腰かけたまま「それとも顔の皮でも剥がそうか」と続けた。ユーリ殿下の顔から、さあっと血の気が引いた。覗き込めば、ローラン様の顔はひどくつまらなそうだった。生まれついて美しい形のままの唇で「今度は全部剥いでやってもいい」と続ける。

「自分が何を言っているかわかっているのか」

「あなたこそ」

ローラン様は立ち上がり、扉まで颯爽《さっそう》と歩いた。真鍮《しんちゅう》の取っ手を回し、廊下への道を開ける。ユーリ殿下は紙のように白い顔のまま、足音を立てながら部屋を出て行った。満足そうに笑ったローラン様が手を振ってその背中を見送る。国王の背中が見えなくなると、ローラン様は静かにドアを閉め、燭台の明かりを吹き消した。高貴な身分のはずなのに、侍従の一人もつけず自分でカーテンをひく。寝台に腰かけ、脇机に重なっていた羊皮紙を手に取り鼻歌を歌う。子守歌。

目が覚めると、全身が汗でびっしょりだった。頭がひどく痛む。部屋には自分以外誰もいない。ローラン様は出かけているのだろう。こめかみを押さえながら体を起こすと、鼻の下に濡れた感触がした。あわてて指で押さえれば、鼻血が出ている。

塵紙《ちりがみ》で血を押さえながら、今見た夢のことを考える。ユーリ殿下はローラン様が二十六だと言っていた。つまり、あちらではもう十年の月日が経っているのだ。

止めようもなく悪くなっていく状況に、思わず頭を抱える。とにかく、あちらへ戻るべきだ。戻ったところで俺に何ができるのかさっぱりわからないが、少なくとも傍にいることはできる。

押さえ続けていると、やっと鼻血が止まった。真っ赤に染まった塵紙を屑籠《くずかご》に捨て、手を洗う。すると、ちょうど部屋のドアが叩かれた。ローラン様に用があるのだろう。不在を伝えるためさっと髪を整えてからドアを開ける。

王妃様の侍女だ。ドアの向こうにはややふくよかな体型で、赤毛をひっつめ髪にした年かさの女が立っていた。彼女は俺の格好を見ると嘲《あざけ》るように鼻を鳴らし「王妃様がお呼びです。すぐに身支度をしてきなさい」と命じた。戸惑いながらローラン様の不在を伝えるが、出来の悪い人間を見る目で「あなたをお呼びなのです」と言われる。俺はとりあえず部屋へ戻り、着替えをした。

髪を整えてから部屋を出ると、あからさまに待たされて機嫌の悪そうな侍女に案内され王妃の私室へと向かう。ここを通るのは三度目だった。

「王妃様、連れて参りました」

侍女が部屋の中へと声をかける。取次役の侍女が出てきて、ドアを開けた。促されるまま中に入ると、以前来た時と同じように部屋はお茶会の準備がされていた。壁際には騎士や侍従たちが立ち並んでいる。花の飾られた部屋の中で、椅子に腰かけた王妃がにっこりと微笑む。

「いらっしゃい、待ってたわ。どうぞおかけになって」

ローラン様が王室に入り、一番立場が悪くなったのは彼女だろう。私兵を動かしたことが問題視されたのを始め、どこから話が漏れたのか王宮のはずれにある塔にローラン様を幽閉していたという噂が城内でまことしやかに囁かれている。ほとんどローラン様の私室に籠《こも》りきりの俺にさえ届くのだから、国王だって知らぬはずがない。彼女にとって、今の王宮はまさに針の筵《むしろ》のはずだ。

「わたくしが一番好きなお茶の話はもうしたかしら？　生家の名産品でサキオラという茶葉なの。甘い香りがするのよ」

目を細めて楽し気に話す彼女が、何を考えているのかわからない。カップに茶が注がれ、口をつけるように促されたがとても飲む気にはなれなかった。王妃の言葉をないがしろにする結果になり、控えている侍女が気色ばむ。しかし、当の王妃は気にした様子もなく口元に手を当てて笑った。

「失敗しちゃったわ。やっと見つけたと思ったら、セディアスさまに邪魔されちゃうなんて」

明るい声だった。首の後ろがちりちりと痛む気がする。俺はうかつに瞬きもできず、膝の上で服を握った。王妃は手を伸ばし、シュガーポットの蓋を外しながら話した。

「あなたを見て、すぐにわかったの。ああ、あの子が喚んだんだなって。だって見るからに普通じゃないんだもの」

普通じゃない？　思わず彼女の顔を見ると、王妃は目を細めた。細い指で顔にかかった顔周りの毛を耳にかける。

「魂がふわふわしていて、今にも飛んで行ってしまいそう。ここにいるべき人じゃないわ」

彼女の周りにいる従僕たちは、話を聞いても眉一つ動かさない。皆、彼女が魔女だと知っているのだろうか。王妃はカップを持ち上げると、優雅に傾けて一口飲んだ。すぐにソーサーに戻し、親指で口をつけた場所を拭う。

「帰してあげるわ」

「え？」

「元の世界に帰してあげる」

王妃がにこにこと笑う。俺は呆気に取られて言葉を失った。彼女は自分の考えがさも名案だと言わんばかりに両手をぱちん、と打った。

「ニホン！　良いところだったんでしょう。故郷が恋しいわよね。大丈夫、私はあの子よりずっと上手に魔法が使えるから、ちゃんと元に戻してあげられるわ」

王妃が言葉を区切る。

「でも、条件があるの。あなたも知っているでしょう、最近城にある噂。ひどいわよね。みんな、まるでわたくしがあの子をいじめていたみたいに……、ちがうのよ。私はあの子を守って、育てていたの」

言いながら、王妃はまるで自分に言い聞かせているようだった。小さな顔からは表情が消え、うつろな目でティーカップを弄《いじ》っている。

「焼け落ちたシェードの屋敷から救い出して、十六になるまで育てたの。だって、赤ちゃんが勝手に大人になるわけがないもの。そうでしょう？　私はあの子を助けてあげたのよ」

あまりの言いように、思わず立ち上がる。王妃は冷たい表情で俺を見上げた。

「あなたは、ローラン様から全てを奪った」

「奪った？　ちがうわ。与えてあげたの。人生も、魔法も、環境も。ねえ、どうして怒るの？　元の世界に帰れるのよ、あなたの元いた場所。ただ、あの子に全て嘘だったと言わせるだけでいいの。説得するのよ、簡単でしょう」

首を振る。十六年だ。小さな男の子が、塔の中で一人孤独に過ごした時間。

「あなたはローラン様から父君と母君を奪った」

旦那様と奥様から、愛しい子供と過ごす時間を奪った。王妃は俺の言葉に目を丸くすると、まるでおかしなことでも聞いたかのように噴き出した。ころころと鈴の鳴るような声が部屋に響き、目じりに涙まで浮かべている。指先で涙を払うと、彼女は「じゃあ」と言った。

「可哀《かわい》そうな赤ちゃんも殺せばよかったかしら」

瞬間、俺は自分を抑えきれず、テーブルに置いてあったバターナイフを逆手に握り王妃の喉元に突きつけた。ほとんど同時に、控えていた騎士たちが剣を抜き俺に切っ先を向ける。王妃は薄皮一枚に迫ったバターナイフはそのまま、下から俺をねめつけた。

「だってずるいもの」

愛らしい顔からは、もはや一切の笑顔が消え失せていた。

「あの女だけ幸せになるなんてずるいもの！」

小さな体から出たとは思えないほど鋭い叫びだった。空気が激しく震える。俯いた王妃が肩で息をしていた。俺と騎士たちは完全に拮抗《きっこう》し、部屋に沈黙が満ちる。

ドアをノックする音が響いたのはその時だった。王妃が顔を上げ、騎士たちに下がるよう命じる。たった一瞬のうちに、彼女はまた穏やかな微笑みを張り付けていた。

「どうぞお入りになって」

入室の許可を得てドアが開く。入ってきたのはセディアスだった。手に羊皮紙の束と丸筒を持っている。彼はテーブルに乗り上げ、王妃の首元にナイフを突きつける俺を見るとさすがに驚いたようだった。王妃は目を細めて明るい声で「なんでもないのよ」と言う。セディアスはそんな彼女の笑顔を、しばらくじっと見つめていた。常とは違う彼に気づいたのか、王妃が不安げな顔をする。セディアスが口を開く前に、彼女は椅子から立ち上がって「誤解なの」と言い出した。突き出していたナイフも構わず動いたせいで、金属が彼女の肌に触れたが気づいてもいないようだった。

「誤解なのです。今、それを話していたところなのよ、あの子が嘘をついたの。私はずっと、あの子のことを守って、育てて……」

「王妃様」

セディアスが声で王妃を制する。王妃は思わずといったように口を噤み、小さく首を横に振った。

「誤解なのです」

「先ほどオルランド率いる騎士団がシェード襲撃事件の犯人を取り押さえました」

静かな声だった。王妃がセディアスを見つめる。部屋の中に、嗚咽が響く。王妃の侍女が両手で顔を覆って壁にもたれて泣き伏している。

「ああ、王妃様、王妃様」

「……お黙りなさい」

「王妃様、ああ、そんな、あんまりでございます」

「黙りなさい！」

王妃が叫んだ。華奢な体が小刻みに痙攣している。

シェード襲撃事件の犯人は、ユーリ殿下の父親、現国王の弟だ。俺が襲撃当時の生き残りとして証言し、セディアスとオルランドの調査によって事実が明らかになった。王妃は体の横で両手をきつく握りしめると、毅然《きぜん》と前を向いた。

「わたくしを捕らえに来たの？」

「陛下はあなたを処断するつもりはないと仰せです。哀れなことをしたと」

「哀れ？」

セディアスの言葉に、王妃が嘲笑《ちょうしょう》した。右目から涙が垂れる。彼女はそれを拭うこともせず、セディアスに向かって聞いた。

「ねえ、わたくし、あなたのことが好きだったの。知ってらして？」

セディアスは答えない。二人の間には決して近いとは言えない距離があった。互いにその距離を縮めようとはしない。

「でもあなた、セレスティナさまと結婚すると言うから」

セディアスはかつて、ローラン様の母君であるセレスティナ姫の婚約者だった。しかしセレスティナ様は姿を消し、二人が結婚することはなかった。

「それでも良かったの。あなたが王になるなら、この国はきっと、もっと良くなるだろうと思ったわ。でもセレスティナさまがいなくなって……」

その先は言葉にならないようだった。王妃がゆっくりと俯いていた顔を上げる。セディアスは何も答えなかった。ただ持っていた深紅の生地が貼られた丸筒の入れ物から王より承った宣旨を取り出し読み上げる。王妃を身分はく奪の上、塔にて幽閉の刑に処する。


「兄上とセレスティナ様が結婚して、国政は兄上が仕切るはずだった」

トゲ木苺の茂みの前で、オルランドはそう話してくれた。

「陛下には三人の姫君がいたけれど、上の姫君は他国へ嫁がれ、中の姫君は短命だったから」

男児に恵まれないまま、先の王妃は産後の肥立ちが悪く亡くなった。

「美しくて、明るい方だったから兄上はセレスティナ様のことが好きだった。けれどセレスティナ様はいなくなって……、陛下は弟君の息子を後継に指名した。でも重臣たちの、開国から続く王家の直系の血筋を絶やすなという声が強すぎた」

王は臣下の声を無下にできず、貴族の娘を後妻に取った。それが王妃だ。親子ほどに年の離れた夫婦だった。話し終えたオルランドが、地面に枝で書いた下手くそな相関図を靴の裏で消す。

俺はしゃがんだまま、遠くに見える塔を見上げた。塔の先端には雲がかかっている。昨日、王妃は私室から塔へと移送された。オルランドも塔を見つめて、ぽつりと言った。

「兄上は時々様子を見に行っている」

「宰相閣下が？」

「元は幼馴染《おさななじみ》だから。仲が良かった」

継母が王妃の実姉で、幼い頃から付き合いがあったのだという。子供の時から好きだった人が、自分ではない人と結婚する。俺は王妃の気持ちを想像した。セディアスはセレスティナ様のことを好きだったという。彼女は想《おも》い人の恋の成就を喜んだが二人は結ばれず、セレスティナ様が姿を消したことによって自分は親子ほども年の離れた男と愛のない結婚をする。国民から子供を望まれての結婚だ。しかし結局、彼女が子を授かることはなかった。

オルランドと別れローラン様の部屋へ戻ると、部屋中に本が散らばっていた。分厚い本が至るところに積み上げられ、時には開かれたまま放置されている。部屋の主人はと言うと、唯一安全な寝台の上でやはり本に顔を埋めていた。よほど集中しているのか、声をかけるまで俺に気づく様子もなかった。

「フキ！　おかえり」

彼はそう言うと読んでいた本を逆さにして、床に置いてある本を左右へと動かし道をつくった。手をひかれるがまま寝台に登り並んで座る。ローラン様は俺の両手を握ると弾けるような笑顔で「見つけた！」と言った。

「見つけた？　何をですか？」

「魔法陣だよ。フキを元の世界に戻す魔法陣」

そう言って、彼は床に散らばった本を指さした。

「あの女の部屋にあったのを、セディアスに言って全部持ってきてもらったんだ。そしたらさ、あったよ。あいつ、まるで俺がフキを喚び寄せたみたいに言ったけど……」

元の世界。俺はまじまじと目の前のローラン様を見つめた。白い肌、青い目。金色の髪。髪の長さ以外、ほとんど元の世界の、十六歳のローラン様と変わらない。

彼は右手で後ろ髪をがしがしかき回すと持っていた本を勢いよく閉じた。

「とにかくさ、フキは帰れるってこと！」

明るい声で言って、ローラン様が抱き着いてくる。両腕を腰に回しきつく抱きしめられ、俺は息苦しさに眉を寄せた。少し緩めてもらおうとして、彼の体が震えていることに気づく。

「ローラン様」

「あのさフキ、俺まだ未熟だから……、頑張るけど、ちゃんと元いた場所にお前を戻してやれないかもしれない。家からすごく遠くなっちゃったり、何年か時間がズレちゃったり……」

彼にはまだ、元の世界とこちらの世界で時間の速さが異なることを話していなかった。俺は両手を彼の背に回し、ぎゅっと力をこめた。

「ローラン様に怒ったことなんて、一度もありません」

「はは」

ローラン様が可笑しそうに笑う。彼の顔が肩口に押し付けられる。しばらく黙ってから、彼は小さな声で言った。

「あっちに帰っても、俺のこと忘れないで」

「はい」

「もう一人の俺のことはさ、兄貴だって思うことにしたんだ。俺は弟のように彼の失敗から学んだから」

体を勢いよく離して、ローラン様が茶目っ気たっぷりに言った。目じりが赤くなっていることは、気づいたが触れない。俺は微笑んで「失敗？」と相槌を打った。

「うん。動物だけじゃなく、人間の友達もいた方が良いってこと」

思わず笑ってしまう。俺は手を伸ばして、乱れた彼の髪を直した。何度も何度も。必要がなくなっても。そのうち、目から涙が溢れても俺は手を止めなかった。ローラン様が笑いながら「俺のこと好き？」と聞く。

「はい。好きです。大好き、とても」

「良かった。セディアスが言ってたんだ。結婚式の前の日、母さんが会いに来たんだって。花嫁みたいな白いドレスを着て、セディアスのことも大好きだけど、もっと好きな人のところに行くって、挨拶に来たって。フキもそうだろ」

声にならず、俺は頷きで答えた。

姿が同じでも、声も同じでも、同じ魂を持っていても、それでも俺はどうしようもなく彼ではない人を愛している。今やもう、疑いようがなかった。おそれもない。ローラン様さえ許すなら、俺は彼に口づけて、抱き合って、愛を伝えたい。今すぐ傍へ行って、彼の悲しみを分かち合い、傷を癒したい。

彼のもとへ行きたい。

気づくと、そこは森だった。

地面に落ち葉が厚く降り積もっている。葉はまだ乾燥していて、起き上がるために手をつくとぱちぱちと音を鳴らして崩れた。耳鳴りがする。成功したのだろうか？　重く痛む頭を抱えながらあたりを見回す。すると、思わずあっと声が漏れた。

家だ！　俺の家がある。走って中に入り確認するが、まさに最後に見た姿のまま、新しくも古くもなっていない。戻ってきたのだ！

となれば、城へ行ってローラン様に会う。勝手知ったる森を抜けようとして、俺は不意に思い出した。もう一人のローラン様が持たせてくれた餞別《せんべつ》を取り出した。羊皮紙の切れ端と、青と赤のリボンだ。

羊皮紙には魔法陣が描かれており、俺の血を一滴垂らすことによって発動する。行きたかった世界へ辿り着いたら無事を知らせる青を、万が一間違った世界へ行ってしまった時は助けを呼ぶ赤のリボンを送る。俺は少し考えて、また落ち着いてから知らせを送ることにした。手元に手ごろなナイフもない。

が、森を抜け街を歩いているうちに無視しきれない違和感に気づく。街並みが変わっているのだ。知っている場所に知っている店がない。嫌な予感がし、マリーのいる花屋に行ってみれば、違和感は確信に変わった。

あんなに小さかったマリーの子供が、立派な男になって店先に立っていたのだ。すぐ傍にマリーがいて彼の名前を呼ばなければ、きっと気づけなかっただろうほど成長している。ふらふらと花屋を離れ、宝石店、粉屋と見ていく。幸い、三人とも健康そうだった。

つまり、世界自体は合っているものの俺が飛ばされた時点には戻っていない。王都の路地に入り、邪魔にならないよう脇に寄り蹲って考え込む。完璧ではないが失敗とは言いがたい状況に、青のリボンと赤いリボン、どちらを選ぶか迷い結局先送りにした。

立ち上がって、なじみの宿屋へと足を運ぶ。店へ入ると、すぐに女将が目に入った。やはり記憶よりもずっと年を取っている。黒々としていた髪の毛はところどころ白いものが交じり、目じりや口元にもはっきりとした皺がある。彼女は明るく笑って「いらっしゃい」と声を出し、俺を見るとてきぱきと動かしていた手を止めた。

「フキちゃん？」

彼女の声に、俺は考える間もなく頷いていた。手を大きく広げ、頭一つ分以上小さな体を抱きしめる。女将は驚いて体を揺らし、それから声を滲ませて「もう、遅いんだから」と文句を言った。

作ったばかりのスープを椀によそってもらい、木の匙を使って食べる。女将は客に振舞う夕食の準備をしながら、俺が姿を消してからのことを教えてくれた。

「大家さんはねえ、絶対に家を片付けないっておっしゃってたの。フキちゃんが帰ってくるまでね。大家さんがいなくなってからはローラン殿下が管理しているのよ」

五年前の冬に亡くなったのだという。葬儀はローラン様が執り行い盛大に弔われたそうだ。俺が情けなくも涙を晒すと、女将は柔らかい手で髪を撫でてくれた。幼子にするように髪の流れに沿って前後に手のひらが動く。

「でも、帰ってきてくれてよかったわ。フキちゃんのことずっと待ってたのよ」

頷きで答える。すぐにでも城へ行くつもりだと言うと、女将は喜んで送り出してくれた。しかし、いざ城門まで来て俺は話を聞いてもらえず衛兵に叩き出されてしまった。呆然として思わず城を見上げてしまう。そうか、馬鹿正直にローラン様に会いに来たと言えば会えるのかと思ったが、そうではなかったらしい。しばらく観察していると、俺のようにローラン様に会おうとやってくる人間は後を絶たなかった。さすが、民衆にも人気が高い。

以前はオルランドから貸してもらった通行証があったが、今はない。となれば、城に入る別の手段を考えなければいけない。どうしようかと悩んでいると、不意に以前城で洗濯を手伝ったことを思い出した。あの仕事は市井から働き手を募っているはずだ。

さっそく都へ戻り、口入屋で洗濯の仕事を紹介してもらう。幸い慢性的な人手不足だとかで、即日働けることになった。住み込みと通いが選べると聞き、迷わず住み込みを選ぶ。

こうして城へと忍び込んだが、そうそう思惑通りには進まなかった。以前働いていた時の同僚は遠目にローラン様を見かけたと言っていたような気がするが、そもそもそんな暇がない。手伝いではなく生業《なりわい》にしようとすると、信じられないほどの激務だった。

朝は前日の夜に出た汚れ物を回収するため城中を端から端まで走り、集め終わったら水で濯ぎ、泡を使って揉み洗いをし、また濯ぐ。きつく絞って干し、昼過ぎにまた汚れ物を回収しに行く。回収の際、貴人の住む東棟は洗濯係の中でも経験を積んだ者が行くことになっている。つまり、下っ端の俺にはそうそう回ってこない。俺が洗濯係として成りあがるのが先か、ローラン様がうっかり散歩にでも出てくださるのが先かになってしまったというわけだった。

ローラン様に会うための手段として洗濯係をしているが、だからといって仕事をなげやりにするわけにもいかず俺は毎日へとへとになって宿舎へと戻った。今日も疲れ切って、風呂だけはなんとか入って寝台へ倒れこむ。少し無理をして人目を忍び東棟へ近づこうという気力さえ残っていない。ほとんど気絶だ。

異常なほどの忙しさの原因は人がいないからだ。記憶では老若男女様々な人間が向き不向きを手助けしあいながら働いていたような気がするのだが、人がいないせいで個人の負担が大きすぎる。濯ぎと回収を分担するなど夢のまた夢で、とにかく一人がなんでもこなしていかないと業務が追いつかない。

早朝に起きだし働いては深夜帰ってきて倒れこむようというのが、俺だけではなく洗濯係全体の生活だった。あまりにもきついせいか、代わりに給与は高く、使う暇もないので俺はちょっとした小金持ちになった。聞けば同僚もそうだという。完全な力仕事なので若い男ばかりだ。

唯一の一息つける時間、昼休憩で黒パンを食べながら出世するには何年働いたら良いかと聞くと、一番古株の男が「最低でも三年だな」と教えてくれた。

「もっと早く出世できませんか？」

「まあ、おめえはよく働くからなあ……、早くって、どれくらいだ」

「一週間くらい」

「ねえよアホ！」

二、三日は現実的ではないと思いかなり多めに見積もったつもりだったが一蹴《いっしゅう》されてしまった。たった数日しか働いていないのに、俺の手はあっという間にボロボロになった。一日のうち、水に浸かっていない方が珍しいせいだ。かなり丈夫なのが取り柄だと思っていたが、同僚に比べるとまだまだ素人の手だという。数年すれば真冬以外はびくともしなくなるそうだった。

ローラン様を見かけたのは、ちょうど集めた衣類を持って城の裏門を通ろうとしていた時のことだった。

午後に回収する衣類は騎士団の訓練服だ。基本的に城内で出た衣類の洗濯が我々の仕事だが、騎士の服に限っては王都内の城からほど近い詰め所もいくつか担当することになっていた。

ようやく覚えた道順で詰め所を回り、裏門から洗い場へ戻ろうとするとちょうど裏門の手前に人だかりができているのが見えた。近づくと、老若男女がのべつまくなしに集まっているのがわかる。彼らはざわめき、何かを待っているようだった。後ろの方にいた娘になんの騒ぎか聞くと、彼女は邪魔をされたと思ったのか鬱陶《うっとう》しそうにしながらも「ローラン殿下がいらっしゃるの」と教えてくれた。

胸が大きく鳴る。門の方を見ると、ちょうど彼が姿を現したのだろうか、民衆が一気に過熱した。俺は彼の名を呼んだが、彼らの興奮した声はあまりにも大きく掻き消されてしまう。せめて一目でも見たい、一瞬でも目が合えばきっとローラン様はわかってくれると人込みを分け入ろうとするが横入りを咎められ押し出されてしまった。

体勢を崩し、持っていた汚れ物が地面へ散らばる。しかし、不幸中の幸いと言うべきか倒れこむ一瞬、人々の隙間からわずかにローラン様の姿が見えた。

微笑みを浮かべ、青い瞳を伏せ気味に歩く姿。御髪は高く結い上げられ、青地に白い刺繍の入った服を着ている。傍仕え数人がつき、日差しを遮る傘の中にいる。

移動のために通っただけだったのだろう、それはほんの一瞬の出来事だった。門の奥にお姿が消えると人々はあっという間に散らばっていく。

ぶちまけてしまった衣類を拾い集めて職場へ戻ると、上司に遅かったな、と声をかけられた。ローラン様のお姿を見かけたと話すと、親指の爪を噛んで悔しがっていた。年配男性にも人気がおありなのだ。

相変わらず帰ってくると同時に寝台へ倒れこむ生活が続いていたが、その夜は物音で目が覚めた。

少しずつ体力がついてきたのかもしれない。なにかが床を走っているような音がする。体は疲労で鉛のように重かったが、一度気にしてしまうとどうしても放っておけず、のろのろと床に降りる。寝ぼけ眼がなにか青いものを捉えた瞬間、自分でも驚くような素早さを発揮できたのは、奇跡と言っても良い。俺は反射的になにかを掴んだ手を目の前に掲げた。胸がどきどきと高鳴る。

「ジョン！」

それはネズミだった。首元に青いリボンを巻いている。確実にローラン様へとつながるネズミの登場に、嬉しさのあまり頬ずりしそうになる。が、脳裏に疑問が浮かぶ。あれからも随分長い時間が経った。元々長生きなネズミだと思っていたが、さすがに長生きすぎるのではないか？　首に巻かれたリボンを摘まみ、ネズミの小さな体を目の高さにまで持ち上げる。よくよく見ても、ネズミの体に経年劣化はない。適度に肥えており、毛艶も良い。

「お前……、ジョンか？」

「チュウ！」

ネズミがこくこくと頷く。相変わらず俺の側ではさっぱりわからないが、こちらの言葉は通じていそうだ。

「俺が誰かわかるか？」

ジョンが鼻先をひくひくさせながら俺を見る。彼はしばらくすると、大げさに体をびくつかせて激しくチュウチュウ鳴いた。どうやら俺がフキだとわかったらしい。短い手足を精一杯伸ばし抱き着こうとしてくる。

ネズミの体を少し離れた地面へ下ろし、改めて向き合う。ジョンはしきりに鳴きながら手足をせわしなく動かし俺になにかを伝えようとしていたが、さっぱりわからない。やはり彼の方が先に諦めて、小さな体で息切れしていた。

「お前、まだローラン様と親しいか？」

俺が聞くと、ジョンは首を上下させた。親しいらしい。俺は拳を天に突き上げたい気持ちになった。ここ数日の洗濯による疲労がすべて報われた思いだ。

「ジョン、ローラン様にすぐに会いに行くから待っていてほしいと伝えてくれ」

こくこくこくこく。ネズミが頷く。俺はもうたまらなくなって、その鼻先に勢いよく口づけた。

会いに行くとは言ったが、翌日仕事場へ行くと忙しい仕事はさらに忙しくなっていた。同僚が数人体を悪くして休んだのだ。熱病らしい。上司が頭を抱えながら「最近流行ってるからね」とぼやいた。とはいえ、人が休んでも仕事は減らない。俺は休んだ人間の分まで城を駆け回り、布を揉み洗うことになった。

時間がない。あまりにも忙しいせいで、深夜になっても帰れず、空が白み始めてから雑魚寝のように職場で寝て、朝日と共に起きる生活が続いた。飯を食べる時間を見つけるのでさえ難しかった。さらに悪いことに、熱病は収まる気配もなくどんどんと人にうつっていった。数日寝込めば回復するが、また罹らないという保証もなく、こっちが休めばあっちが休み、あっちが休めばこっちが休みと順繰りに病気になる。十人に一人ほどの割合で重症化する人間もおり、もう二週間は顔を見てない男もいた。

ローラン様に会う見通しがつき、病が落ち着いて職場に人が戻ってから退職を切り出そうと思っていたが、とても言い出せる雰囲気ではない。俺はへろへろになりながら数日ぶりに部屋へと戻り、体を清めて寝台に転がった。

やはり、俺の取り柄はこの体だ。丈夫で、病に罹りにくく、体力がある。とはいえいつまでもローラン様を待たせるわけにはいかない。仲間たちには悪いが、明日仕事を辞めると伝えよう。

誰かに頭を撫でられているような気がする。長く冷たい指が髪の間を通り、地肌にそっと触れている。心地よい刺激で深い眠りから意識が徐々に浮かび上がる。薄目を開けると、寝台の布が白く朝日を照り返していることがわかった。朝日。

仕事！　慌てて飛び起き、体を起こす。次いで目に飛び込んできた光景に言葉を失った。

ローラン様だ。

朝の柔らかな日差しを受けて、長い金髪がきらきらと光っている。彼は寝台に腰かけ微笑んで俺を見ていた。青い瞳は水分を湛え、頬の薄く白い皮膚がすぐ下の血管を赤く滲ませている。

「蕗」

深く甘い声だ。俺は返事をするのも忘れ両手を伸ばして彼に触れた。頬、額、髪、肩、いたるところに触れて目の前にいることを確かめる。ローラン様はくすぐったそうに笑って、その切れ長の瞳から涙を一粒零した。

「蕗……」

たまらず目の前の体に飛びつき、渾身の力でしがみつく。記憶よりもずっと大きく、逞しくなった体が危なげなく俺の体重を受け止めた。背中に大きな手がぐっと押し付けられる感触がする。骨が軋むほど強く抱きしめられたが、足りないほどだった。

「ローランさま、ローランさま」

「うん、蕗」

「会いたかった、すごく、一人にしてごめんなさい」

言いながら、がむしゃらに彼へ口づける。ローラン様の体が一瞬緊張し、息を呑む気配がしたがすぐに口づけを返される。彼は唇を大きく開き、貪るように俺の口を覆った。分厚い舌が唇も顎もお構いなしに皮膚を舐める。同じだけのものを返そうと俺は両手でローラン様の頭を掻き抱いた。指の間を絹のような金髪が流れていく。

どちらからともなく、俺たちは自然に互いの服を脱がせあった。ローラン様の手が服の裾から素肌を撫で、俺は半ば無理やり胸元を寛げて彼の肩を露にする。ローラン様の太ももに尻を置き、乗り上げていた体を持ち上げるようにして寝台へ倒される。導かれるまま、俺は腰を上げて彼が足から衣を引き抜くのを手伝った。

よくよく考えれば、俺は男同士で抱き合う方法などさっぱりわからない。正直、女相手にも怪しい。しかし心があまりにも逸れば体も伴うものなのか、ローラン様の手が性器を逆手に掴み扱《しご》き上げれば、俺は喉を反らして快感に喘いだし、ぬめりを帯びたその手が尻のあわいに潜り、穴へと指を這わせても全く嫌ではなかった。どころか寝台に足裏をつけ、膝を大きく割り開いた格好で指を迎え入れるように腰を揺らしさえした。

触れた肌同士から、ローラン様の鼓動が伝わってくる。彼は今何歳なのだろうか？　十六歳の幼さはすっかりと消え、肌の陰影、髪の質感、まなざしの温度にさえ男としての魅力が満ちている。整った骨格の上に形よくうっすら載せられた筋肉は内側から張りつめたように生き生きとし、興奮のせいか寝台につく両腕にはところどころ太い血管が浮かび上がりさえしている。金色の下生えから覗く性器は肌の色と比べて赤く立派に屹立《きつりつ》していた。根元など、俺が指を回して親指と人差し指が触れ合うかどうか不安なほどに大きい。先端のくびれはぐっと開いて隆起し、恐ろしささえ感じるほどだった。

「あまり見ないで。恥ずかしいから」

ローラン様がふ、と唇から笑い声を漏らす。俺は急に恥ずかしくなって、顔どころか肩まで赤く熱を持つのを感じた。小刻みに頷きながら目を閉じると、尻に差し入れられたローラン様の指が如実に感じられた。三本の指がそろって中の壁を削ぐように、かと思えばもみほぐすように動いている。彼に触れられていると思うと、どこもかしこも頭がおかしくなりそうなほど良かった。目頭も目じりも溢れる涙でぐしょぐしょにしながら必死にローラン様の首にすがりつく。

どうすればもっと触れ合えるのだろうと必死に考え、両手を足の間に伸ばしローラン様の指に添えるようにして自身の指を尻へもぐりこませる。中に入れ込んだ両手の中指で、穴を左右に割り開けばぐち、と音がなり湯気が出そうなほど熱くなった内壁と銜《くわ》え込んだローラン様の指との間を外気が冷やすのを感じた。

「い、いれてください、ローラン様、どうか、いれて、情けをおかけください」

あまりにも興奮しているせいか耳元で音が反響して、水の中にいるようだった。ローラン様が返事もなく性器の根元を持って切っ先を穴へと突き立てる。尻を割り開いていた指の背と爪の表面を性器が掠めた感覚がして、次の瞬間、全身を水面に叩きつけられたような激しい快感が体を支配した。ローラン様の両手が腰を掴み、パンパンと乾いた音を立てて彼の腰と俺の尻がぶつかり合う。うまく呼吸ができず、俺は両手でローラン様の背中に縋った。ぐっと握りこんだ拳の間に、彼の髪を巻き込んでしまうのを感じる。

「蕗、ああ、私が、私がどんなにお前に会いたかったか、お前、ひどい、私をこんな目にあわせて、ひどいだろう」

顔のすぐ横に両肘をついて、鼻先が触れ合ってしまいそうな位置でローラン様が俺を詰《なじ》る。腹の中を熱く滾《たぎ》った性器でかき回され俺はわけもわからず謝った。ごめんなさい、お願い、ゆるして、なんでもします、あなたを愛してる、ローラン様と手を繋いだまま殆《ほとん》ど絶叫して伝える。隣のやつは職場で寝ている頃だろうか？　もし部屋にいるなら、事件でも起こっているのかと思われそうな声だった。

ひと際強く腰を打ち付けられ、ローラン様の体重で体を押しつぶされる。快感と圧迫感が襲いかかり、俺は息の仕方も忘れて喘いだ。火傷しそうなほどに熱い精液が勢いよく内側の肉に叩きつけられるのを感じる。ローラン様はちょっとの隙間もないほど性器を押し込み精を出し切ると、最後の仕上げのようにゆるゆると腰を揺らした。

汚れた体のまま、二人で呼吸を整える。全身を覆う汗が冷え始める頃、ローラン様が性器を引き抜き、手のひらで俺の頭を撫でた。乱れていた前髪が、目にかからないよう払いのけてくれる。

結局、その日の仕事は休んだ。昼頃に心配した上司が様子を見に来てくれたが、代わりにローラン様が顔を出すと腰を抜かしそうに驚いて去っていった。弾けるように笑いながら、ローラン様がドアを閉めて寝台へ戻ってくる。明日どんな顔をして出勤すればいいのかと考えると、思わず眉根が寄った。

「おや、怒っているの?」

ローラン様が面白そうに聞く。彼は自分が被せてくれたシーツをひっぱって俺の肌を露にすると、咎めるように乳頭を指ではじいた。特にそこが性感帯だと感じたことはなかったはずなのに、体が馬鹿になって何をされても気持ちいいせいでおおげさにびくついてしまう。

「お、怒ってない」

「そう? 怖い顔をしていたけど」

「怒ってません、怒ってないから」

弾いたりつねったり、果ては親指と人差し指でしっかりと摘まみ、捻《ひね》るようにして伸ばされ俺はなぜか謝りだしてしまった。ごめんなさい、ゆるして、のびちゃう、戻らなくなったら困る、もうしないから。そんな風に哀願すると、ローラン様はやっと乳首から手を放した。性器はくったりとしおれたままだが、尻の奥が小刻みに痙攣している。制御不能の涙がぼろぼろと頬を流れた。

大の男を泣かせるほどの意地悪をしておいて、ローラン様は甲斐甲斐《かいがい》しく俺の世話をした。濡らした布で体を隅々まで拭き清めると、どこから持ってきたのか清潔な衣を着せてくださる。身支度が終わると、彼は俺の腰を抱いて「私の部屋へ行こう」と言った。

「洗濯係さん、仕事は今日でおしまいにして。明日からは私の傍にいて」

頷こうとして、現場の惨状を思い出し躊躇う。ローラン様に流行りの熱病で業務が滞っている、と伝えると彼は明るく笑った。

「なんだ。そんなの騎士にでも手伝わせればいい。大勢いるし、どうせ暇をしてるよ」

その言葉通り、翌日からは年若の騎士たちが入れ替わりで洗濯係の業務を手伝うことになったらしいと、汚れ物を回収に来た同僚から教えてもらう。そうか。なら辞めても良いのかもしれない。部屋の奥で本を読みながら話を聞いていたローラン様がにっこりと微笑んだ。


ローラン様の膝でよく撫でられていた猫はシェリーというらしい。メスで、大きな体の割には甘えたがりなのだという。非常に人懐こく、俺にもよく懐いた。動物に懐かれるという経験があまりなかったせいで、妙に嬉しい。俺は暇さえあればシェリーの毛にブラシを通している。

もう一人のローラン様には、結局青いリボンを送った。自分に隠れてこそこそと何かしている俺に、俺のローラン様は意地悪な顔をして何をしているのかとしつこく聞いてきたが答えないでいると諦めたようだった。それよりも最近の彼は離れていた間、俺がいかに彼を恋しがっていたかを聞くのにご執心だった。元々は離れていた十六年の間、互いに過ごしてきた時間を教え合うという目的だったのだが途中で俺がべそをかきながら「すごく会いたくて寂しかった」と言ったせいで、ローラン様にとってはすっかり娯楽になってしまったのだった。

国王夫妻の末の子供、唯一の男の子が熱病に冒されているという話を聞いたのは、ちょうど俺がローラン様の部屋で日がな一日猫を撫でているよりは短時間なら洗濯係をしていた方が社会的役割を果たしていると言えるのではないか、と考え始めた頃のことだった。

　何日も熱が下がらず、最近は意識がもうろうとしているらしい。今日も汚れ物を取りに来てくれた同僚からそんな話を聞き、俺は複雑な気持ちになった。

　当然と言えば当然なのだが、ローラン様と現国王夫妻はめちゃくちゃに仲が悪い。ローラン様はこのところ王宮を出て森の家で暮らすための根回しをしているらしいが、成果は芳しくない。というのも、国王には王妃暗殺、シェード家襲撃の噂があり、このうえ唯一の王族直系男子であるローラン様が理由もなく王宮から出ればまさか国王が体制を盤石にするため追い出したのではないかと邪推されかねない。妙な噂で民衆からの反感を買うことを恐れているのだった。

　なので、ユーリ国王からすればローラン様が伴侶を得て王宮を出る、というのが最も都合が良い。しかし俺とローラン様は愛し合っているためそんなことはできない。結果、事態は膠着《こうちゃく》してしまった。

　膝に乗ったシェリーの毛を梳きながら考える。国王夫妻のたった一人の男の子が病床に臥している。もしこれを解決できたのならローラン様が結婚をせず王宮を出るための交渉材料になるのではないか？

　さっそく部屋に帰ってきたローラン様を椅子に座らせ考えを話すと、彼は青い瞳を呆気にとられたようにしばたたかせた。戸惑ったように俺を見る。

「私があの男の子を助ける？」

「はい」

勢いよく頷く。とにかく、熱病に効く薬を見つけなければいけない。俺は期待を込めてローラン様を見た。

「嫌だ」

「えっ？」

思ってもみない返事に、俺は思わず目を丸くしてしまった。ローラン様が椅子から立ち上がり、こちらに背を向けて上掛けを脱ぐ。袖を抜くのを手伝いながらしつこく理由を尋ねる。彼は煩わしそうに眉を寄せて「嫌いだから」と言った。

「あの男の子供が死のうと、私には関係ない」

呆気に取られてローラン様の顔を見つめる。開き直ったのか、すました顔だ。思わずその頬を指で摘まむと、口がへの字になった。

「王子はまだほんの幼子だとか。おかわいそうです」

頬を摘まんでいた手で包むように顔を持ち、幼い子供にするようにじっと目を見つめる。ローラン様は無言で俺の顔を見つめ返した。

「それに、なにか策を立てないと家に帰れません」

「逃げちゃおう」

大きな手が手首に触れる。会えない間に手まで大きくなったらしい。彼の指は容易に俺の手首を一周した。あっという間に抱え上げられ、椅子の上に座らされる。ローラン様は良案だと言いたげに顔を明るくした。

「今夜でもいい。二人でこんな国を出てしまおうよ」

足元でシェリーが鳴いた。正直、それでもいいのだ。ローラン様と二人、身一つで城を抜け出しシンディオラを出る。国境を越えてしまえば騎士団の追手は来ない。生涯この国の外で暮らす覚悟も、ローラン様と二人でいられるなら容易い。

しかし最善ではない。

「もし助けなければ、きっと後悔なさいます」

ローラン様の表情が固まる。俺は彼の前髪をそっとかきあげた。傷一つない顔。

俺が彼の傍を離れている間、取り返しのつかないことがいくつも起こった。彼の手にも血飛沫がかかっている。でもそれは苦しみの中でローラン様が理由あって選んだ道でもある。俺を取り戻すために犯した罪だ。

状況は変わった。俺は彼と再会し、ローラン様にはもうユーリ陛下や、その周りにいる人を傷つける理由がないのだ。理由もないのに傷つければ心を納得させようもない。

ローラン様の唇が震える。彼は俺から目を逸らして、両手のこぶしをきつく握った。

「あの男が王になるために、父上も母上も死んだ。私から蕗を奪って、返してくれなかった」

十六年だ。彼のもとを離れて、あまりに長い時間が流れた。彼だけが大人になった。もし傍にいることができれば、ローラン様はどんなふうに成長なさっただろう？　屈託なく笑みを浮かべ、もしかしたら玉座についていたかもしれない。ユーリ陛下と気の置けない友人になる未来すらあったかも。

けれどそうはならなかったのだ。

俺は椅子から降り、ローラン様の体を抱きしめた。服に焚きしめられた香が強く香る。ローラン様の手が背に回り、骨が軋むほど強くかき抱かれる。

「蕗が戻ってきたから、もう大丈夫です」

何も答えないローラン様の背中を何度も撫でる。

「全部終わらせて、一緒に家に帰りましょう」


すっかり大人になった彼は、視線をさ迷わせながら「もう随分やってないんだけど」と言った。焦《じ》れた俺は彼の腕を引っ張って立たせると窓際まで背中を押し、両開きの窓を外側へ押し開け放った。頬を微かに染めながら、ローラン様がかつて森にいた頃のように歌声を響かせる。少しすると、遠くから羽ばたきの音が聞こえ見覚えのある小さな帽子を頭に載せた梟が現れた。窓枠に掴まると、ローラン様を見つめて首を動かす。久しぶりに会う友に、ローラン様が頬を緩めた。

「やあ、久しぶり。ご機嫌いかが？」

彼らはしばし他愛もない話をしているようだった。何の話なのか、時折ローラン様が肩を震わせて笑う。やはり俺にはさっぱりわからないので、仕方なく椅子に座ってシェリーを撫でた。

やっと本題に入り、最近王都で流行っている熱病に効く薬を尋ねると、梟は空気を震わせて答えた。ローラン様が驚いたように瞬きをする。よっぽど珍しい薬草だったのだろうか？　身を乗り出してどんな薬草なのか聞くと、彼は「ジギルの葉」と答えた。あまりにもありふれた草の名前に、ローラン様と顔を見合わせる。

梟は普段は石鹸代わりに使うジギルの葉を水と混ぜて練り上げれば熱病に効く丸薬になると教えてくれた。ローラン様と二人で言われた通りに調合し、試しに熱病をこじらせた洗濯係の仲間に飲ませてみると、面白いように熱が下がり、次の日にはすっかり元気になってしまった。


今回も、問題はどうやって薬を渡すかだった。

一応ローラン様がセディアスを通して正規の道筋で渡してはみたのだが王子の母であるミリアの手によって突き返されてしまった。当然と言えば当然ではある。

ローラン様の部屋には、なぜかセディアスとオルランドが集まっている。彼らとテーブルで向かい合って座るローラン様がシェリーの毛並みを撫でた。

セディアスは最後に見た時よりやや年をとっただろうか、目じりに細かい皺がある。彼とはあまり面識がないはずだが、俺の帰還をローラン様の次に喜んでくれた。国王が崩御して以後、王宮内では彼がローラン様の後ろ盾だったという。

「素直に渡しても王子のもとには届きませんね」

セディアスの言葉に俺とオルランドが頷く。ローラン様は一応座ってはいるものの無関心だった。自分にできることはしたし、薬を飲まないという選択をしたのはあっちなのでこれ以上関わる気はないらしい。

「気づかれないよう、お食事に混ぜるのはどうですか？」

という俺の提案はオルランドの「万が一バレれば全員死罪」という言葉で却下された。

しかし他に提案のある者もいないらしい。セディアスと俺が考え込んでいると、それまで積極的に発言をしていなかったオルランドが言った。

「お前が行けばいい」

オルランドと視線が合う。驚いてセディアスを見ると、彼は意外だと言いたげにオルランドを見ていた。ということは、やはりお前というのは俺のことなのだ。

「陛下はよく、お前さえ戻ってくればと言っていた。病から救ってくれた恩人だと」

恩人。俺はかつてユーリ殿下に薬を渡した時のことを思い出した。彼は薬をロニーからだと勘違いしていたはずだ。絡まった糸の端がわずかに解けかかっているのを見つけた気がした。

「蕗を行かせるなんて馬鹿げてる。それくらいなら私が行った方がマシだ」

頷こうとした矢先、オルランドの意見をローラン様がぴしゃりと撥《は》ねのけた。不快そうな顔だ。俺で役に立てるなら行きたい、そう言おうとすると一瞬早くセディアスが「弟は間違っていないと思いますが」と発言した。

「今問題になっているのは、誰が渡すかではなく誰が渡せば王子に薬を飲んでもらえるか、ということかと。恐れながら直接渡したとて殿下から贈れば薬は捨てられるのが関の山でしょう」

「それがなんだ？　私が渡した薬を息子に飲ませないのはあちらの勝手だ。それで息子が死ぬのは自業自得で、私と蕗には関係ない」

「それも一理ありますね」

「行きます！」

三人の目がこちらに向く。俺は上げていた手を下ろしながら、なるべく毅然として見えるよう「俺が行きます」と言い直した。


ユーリ国王陛下とはセディアスによって手配された王宮の一室で会うことになった。ローラン様の強固な訴えでもし薬を受け取るつもりなら国王一人で来るようにと頼んだ結果、交換条件として俺も一人で行くことになった。

どう考えても破格のこの条件にローラン様は最後まで行かなくても良い、行かない方が良いと言って聞かなかったが、振り払って出てきた。以前の俺なら困りつつも結局甘やかしていただろう。

部屋に着き、扉を開ける。城でも奥まった場所にある部屋だからか、中は薄暗かった。入口から少し行ったところに突き出すように壁があり、それによって中が二分されている。奥に机があり、ユーリ国王は既に中に入っているらしかった。

握った薬瓶をもう一度確かめ、机に向かって歩く。

国王は椅子に座り、目を閉じて腕を組んでいた。足音が近づいたからか、その瞼がゆっくりと開く。彼は俺を見ると、一瞬激情を耐えるように眉を寄せた。が、すぐに俯き、今度は力なく笑みを浮かべる。

「そうか、やはりお前だったのだな」

言葉の意味を捉えかね、国王の顔を見返す。彼は俺にも座るよう促した。

「何から伝えればいいのか……」

国王はそう言うと、まず俺に向かって頭を下げかつて渡した薬について礼を述べた。

薬を塗ってすぐ傷が治り、驚いてロニーに会いに行ったのだという。そして彼から薬を贈ったのが自分ではないこと、雪解けの祝祭の衣装も自分からではないことを聞いた。

「お前から渡された薬なら、安心して息子に飲ませられる。妻にも口添えしよう」

「お、お渡しするには条件があるんです」

俺は胸元で薬瓶を握りしめながら言った。今更ながら、王子の命を盾にとって要求を通そうとするのは卑怯《ひきょう》に思えたが、そのために来たのだ。ただの親切ではない。ユーリ陛下が鷹揚に先を促す。俺は緊張に早口で言った。

「ローラン様に自由をください。王宮から出る自由を」

部屋に沈黙が落ちる。ユーリ殿下は目を閉じて深く息を吐くと、立ち上がり俺に背を向けた。腰のあたりで右手首を反対の手で握っている。その背中が明確に俺を責めている。彼は決して口にしないが、全ての発端は俺がいなくなったせいだと、そう言われている気がする。

息苦しい。ユーリ殿下は、まるで鏡だった。ロニーは彼のために短剣を盗み、ローラン様は俺のためにミリアの面皮を剥いだ。

「私はあの男が嫌いだ」

声には自嘲《じちょう》の響きがあった。喉の奥からかすれた笑い声が漏れている。彼はこちらに振り向くと、吐き捨てるように言った。

「よりによって女の顔を傷つけ、剣を振るわねば生きていけぬ騎士の利き腕を奪う男だぞ」

音を立てて壁に拳をぶつけ、顔を覆って呻く。長い黒髪がはらはらと落ちた。

今となっては、どこが始まりだったのかわからない。いくつもの出来事が折り重なってユーリ陛下は多くを失った。玉座こそ彼の手に残ったが、果たしてユーリ陛下は本当に王位が欲しかったのだろうか。ロニーは王妃殺害の咎で片腕を落とした上流罪となり、もう二度と二人が会うことはない。

責められている。彼は失ったままなのに、ローラン様は再び俺を取り戻した。そして今度は王宮を出て何に苛《さいな》まれることなく生きようとしている。

消しても消せぬ炎をユーリ陛下の瞳に見ながら、俺はやはり王子を救うのは正しいのだ、と思った。

椅子から立ち上がり、ユーリ陛下の手を取り薬瓶を握らせる。

「王子はきっと良くなります。ユーリ陛下。俺たちは二度と城に戻ってきません。あなたとローラン様は二度と会わない」

窓から差し込む光を薬瓶が反射してきらきら輝く。

「あなたの病を治した薬もこの薬も、作ったのはローラン様です。俺は従者として薬を届けただけ。あの方は、父母を殺して王位についたあなたを許した」

「は、……私が殺したか」

ユーリ陛下は肩を揺らしたが、それ以上何も言わなかった。その罪を引き受けることも、また玉座に座る代償だと誰より彼自身がわかっているのだ。彼は薬瓶を握り直すと俺に向かって頷いた。

旅に出るに当たって、俺は馬を買った方が良いのではないかと進言したのだがローラン様はロバがいいと譲らなかった。ゆっくりと歩くところがお気に召したらしい。さしてない荷物を背に載せ、手綱をひいて二人で歩く。森で暮らしていた頃のようなただ切って縫っただけのような衣でもローラン様が身に着けると妙に美しく感じられる。

彼は胸元の合わせを探り、ユーリ陛下から預かった封筒を取り出した。ロニーへ、と書かれた宛書の場所が、旅の目的地だった。

二年の間王都を離れて暮らし、二度と城へ足を踏み入れないこと。城を一歩出た時から二度と王族を名乗らないこと。それが王宮を出るローラン様に国王が出した条件だった。

王子の病が治ってしばらくすると、旅の支度をする俺たちのもとに国王から使いが来た。王妃暗殺の咎で流刑になったロニーへ手紙を届けてほしいのだという。国王の立場では罪人に会いに行けず、誰に頼むこともできないから。

国王は俺にだけ手紙を託したつもりかもしれないが、残念ながら俺とローラン様は一蓮托生《いちれんたくしょう》だ。封筒を見せると意外にもローラン様は快く手紙を届けることを受け入れてくれた。

最悪破り捨てられてもしょうがないと思っていたので、驚いているとそれが顔に出ていたらしい。ローラン様が俺の頬を摘まみ横に引っ張りながら「こら」と不敬を叱った。

「蕗が戻ってきてくれたんだもの。手紙くらい届けてあげてもいい」

手紙を届け、二年の旅を楽しみ、森の家に戻る。俺はロバの手綱をひくローラン様の、もう一方の手を握って彼の腕に額を擦りつけた。彼と一緒にいられさえすれば、二年などあっという間に過ぎてしまうだろう。

終

掌編　春暁

こんなことはいけないと思うのに、ローランに触れられると蕗《ふき》の体はあっというまに溶けてしまった。敷き布と掛け布の間、二人の素肌が触れ合っている。蕗の体はじっとりと汗ばんでいて、呼吸は荒く、待ってと言う声音には涙が滲《にじ》んでいた。ローランの腕が蕗の顔の両横に肘《ひじ》をついて、ぐっと握りしめた手の血管は太く浮き上がっている。

頭では、もう朝なのだからやめないといけないとわかっている。

そもそも、蕗は寝台の敷き布を交換したかったのだ。窓の外に朝日が眩《まぶ》しい。ほんの少し前、蕗はすやすやと眠っているローランの肩を揺らして、ちょっと体を起こしてほしいと頼んだ。

ローランは「うんうん」と聞いているんだかいないんだかわからない返事をして、あっという間に蕗を寝台へ引きずり込んでしまったのだ。

王都を出てからもうすぐ一年になるだろうか？　二人は今、シンディオラの最南端に位置する小さな街に滞在していた。宿に泊まって、もう一週間が経つ。

ローランは意外にもゆっくりと旅をするのが好きで、気に入った土地があればこうして長く過ごすことは珍しくなかった。蕗もあちこち飛び回る性格ではないので、彼との旅は穏やかに過ごせて楽しかった。

でも、だからといってこんなのは爛《ただ》れすぎている。

ローランのよこしまな手のひらが服の裾《すそ》から這《は》い上がって蕗の胸の頂を摘まむ。根元から数回扱《しご》いたかと思えば、手を大きく開いて親指の付け根あたりでころころと転がされる。蕗はたまらず呻《うめ》いたが、声はローランの唇に吸い取られてほとんど響かなかった。布団の中、下半身では鈍い水音を立てながら肌と肌がぶつかる。あとからあとから滲み出る先走りのせいで、蕗の腰あたりはぐっしょりと湿っている。

昨日もしたのに。昨日だけではない。一昨日もしたし、その前もした。この一年、ローランと体を重ねなかった日を数える方が容易い。多分、片手にも満たないだろう。なのに朝からするなんて。爛れている。不健全だ。良くない。でも頭がおかしくなるほど気持ちが良い。

薄々思うのだが、多分、ローランは性交が上手いのだ。彼に腰を抱かれ、軽く持ち上げつつベッドに倒されると蕗はあっという間に訳がわからなくなってしまう。気づけば裸に剥《む》かれて(あるいは下衣を脱がされて)甘えて泣いている。今日もそうだ。寝台に引きずり込まれた時はまだ理性があって、ローランの胸を押し返してもう起きる時間だとか、朝食を食べた方が良いとか言っていたのに結局ローランは蕗の足の間にいて、その逞《たくま》しい男根を深々と蕗の奥へと埋めている。蕗もこの段階まで来るとすっかり体の芯《しん》を抜かれてしまって、両足両腕でローランの体へと縋《すが》り、気持ち良い、大好き、もっとしてほしい、ローラン様の全部が欲しい、とかそんなことをのべつまくなしに口から垂れ流していた。

やっとローランが満足した頃には、既に日は中天を過ぎてしまった。蕗は濡《ぬ》れた布で丁寧に拭《ふ》いてもらった体で寝台に転がりながら出来るだけ不機嫌に見えるよう眉《まゆ》を寄せた。敷き布など、汚れた布類の洗濯を宿の人間に頼みに行っていたローランがそれを見て、おや、と眉を動かした。

「可愛い顔をして、どうしたの?」

下に降りたついでに昼食も貰《もら》ってきたらしい。持っていた盆を机に置き、寝台に腰かける。頬を指の背で撫《な》でられ、蕗は口をへの字に曲げた。自分では力いっぱい不機嫌を表明しているつもりなのだが、彼がどんな顔をしようと、ローランはだいたい「可愛いね」で片付けてしまう。

「果物を貰ってきたんだ。女将がちょうど蕗の好きなパンを焼いているところだったから、夜はそれを食べよう」

結局朝食は食べ損ねた。蕗はローランに手渡された果物を口に含みながら朝のうちにやろうと思っていたいくつかの仕事を思い浮かべた。朝食の準備、洗濯、買い出しに、繕い物もしたかった。王都にいる友人たちに手紙も書こうと思っていた。

蕗がそうした気持ちを一つずつ時間をかけながら伝えると、ローランは初めこそ目を丸くして驚いた様子だったものの、急《せ》かすことも遮ることもせず最後まで根気よく聞いてくれた。

ローランが寝台に乗り、蕗の傍で足を組んで座る。彼は片手で蕗の手を握り、もう片方の手で蕗の頬を撫でた。不安げに揺れる黒い瞳《ひとみ》に、優しく笑いかける。

「蕗の気持ちも聞かずに悪かった。したいことがたくさんあったのだね」

「ローラン様とするのが嫌なわけじゃなくて」

蕗は洟《はな》を啜《すす》った。目じりにうっすらと涙が滲んでいる。彼が不安そうに見つめると、ローランは優しく目を細めた。促すように「うん」と相槌《あいづち》を打つ。

「ローラン様の事は大好きなんですけど、ず、ずっとしてばかりいるのは変です。俺は従者なのに、仕事もしないで……」

「蕗ったら。身分もない男の従者だなんておかしな話だと教えたのに、まだそんなことを気にしているの？」

すんすんと鼻を鳴らしながら黙り込む蕗に、ローランが呆《あき》れたように肩を竦《すく》めた。彼は蕗の肩に手を回すと、顎《あご》を掴《つか》んでちゅっと軽いキスをした。

王都を出る時、ローランは全ての身分を捨てた。だから自分と蕗は主も従もないというのが彼の主張だった。蕗も理屈ではわかっているつもりなのだが、体に染みついた習慣が中々抜けず、時々こうして口をついて出てしまう。

「これからは蕗の予定を確認してから襲うことにする」

至近距離で見つめながら言われ、蕗はじわじわと首から顔が赤くなっていくのを感じた。ローランが取り換え清潔になったシーツを口元まで引き上げながら「たまになら、朝でも……」と伝える。ローランが少年のような顔で笑った。


約束通り、次の日は疲れで寝過ごしてしまうことも、ローランに押し倒されることもなく朝から活動することができた。寝台から跳ねるように出て行く蕗の後姿を見ながら、ローランが大きなあくびをする。自分の身支度を終えた蕗があれこれと世話を焼いてから出て行ったので、寝起きだが髪の乱れもない。彼は手を伸ばして傍らの棚から本を取り出すと、手慰みにページを手繰った。蕗の出て行った扉を見て、ふ、と息を漏らすように笑う。

「あんなに急いで、何をしに行ったのやら」

疑問はほどなく解消された。数日後の朝、蕗が恥ずかしそうに後ろ手に持っていた物をローランに差し出したのだ。手のひらにくたりとした冷たい感触。渡された布を見て、ローランは思わず目を見張った。

折り畳まれた白いハンカチには、確かに見覚えがある。蕗は上目遣いにローランを見上げて、ちらちらと視線を寄越して様子を窺《うかが》っている。頬はじんわりと赤く染まり、口元は何か言いたげにもごもごと動いていた。

ローランは指先で布の端を持ち、ゆっくりと広げた。一体、彼は何度このハンカチを見ただろうか？　暗い部屋の中、失意の底で。しかし、今手にしているハンカチにはあの頃にはなかった模様が刺繍《ししゅう》されていた。中央にローランの生家であるシェード家の家紋が。四隅と四辺にはツタと木苺《きいちご》の刺繍が施されている。

ハンカチを縫っておくれ、そうしたら許してあげよう。ローランの脳裏に、まだ何も知らなかった頃の自分の声が響く。他の男のために針を動かす蕗に子供っぽく嫉妬《しっと》した。あの時、蕗は戸惑っていた。刺繍を施したハンカチを手渡すなんて、少女が好きな人に思いを告げるためにしかやらないからだ。

蕗に好きだと言ってほしかった。痛いほどに焦がれた人が今、ローランの目の前にいる。手を伸ばせば触れられる距離で、彼の言葉を待っている。

ローランは、ともすれば乱暴してしまいそうな気持ちを抑えつけてそっと蕗の肩を抱き寄せた。胸に彼の頬がぴとりとつく。蕗は一瞬目を見張って、すぐに破顔した。彼の両手が背に回り、言葉よりも雄弁に嬉《うれ》しさを伝えてくる。

ローランは愛おしさに胸がつぶれそうだった。蕗はローランとの古い約束を覚えていたのだ。王宮の部屋から真っ白なハンカチを見つけ、暇を見つけては針を動かしていたのだろう。

好きだよ、ありがとう、すごく嬉しい。そんな風に言葉を重ねながら、ローランは城の地下室、散乱した紙と魔法陣を思い出していた。湿った土と、蝋燭《ろうそく》の溶ける匂い。王妃を弑《しい》した後、一心不乱に蕗を呼び戻そうとした。しかし失敗に終わった。何度魔法陣を描いても蕗は戻ってこなかった。この時代には。

蕗を取り戻すためなら、ローランはなんでもした。誰を傷つけても良かった。そうして最後、涙さえ涸《か》れ憔悴《しょうすい》して迎えた朝、あの地下室で思ったのだ。もう一度会えるなら、それがどんな形でも構わないと。発動しなかったいくつもの魔法陣。石灰で引いた線。あの時描いた円陣が、たった一度光った。

幸いなのは、蕗は何も知らないということだ。ローランの描いた魔法陣は、一体どんな奇跡を起こしたのだろう？　結局蕗は自分の力でローランの元へと帰ってきた。そして今、この腕の中にいる。

蕗の髪に鼻を埋めて、ローランはもう一度、噛《か》み締《し》めるように「好きだよ」と口にした。

あとがき

はじめまして。木村木下《きむらきのした》と申します。この度は『藤枝蕗《ふじえだふき》は逃げている』をお読みいただきありがとうございます。

あとがきのスペースを頂いて何を書こうか迷ったのですが、物語の結末について書いてみようかと思います（あとがきを先に読む派の方がいたらすみません）。

投稿サイトで連載していた際、読者の方に蕗が元の世界に戻ってきたとき、時間が巻き戻ってローランが起こした悲しい出来事がすべて修正されるのかと思った、という風によく言われたのですが、当初からその予定はありませんでした。

本書の特徴はもちろん世界が二度、三度と変わるところにあると思いますが、時間は一定方向に流れており、不可逆です。蕗はユーリと良い関係を築くローランの可能性を目にしつつも、元の世界がそんな風に変わることはありません。どちらの世界もそれぞれに得たものと失ったものがあります。

人生は後戻りできず、全てを手にすることも難しいけれど受け入れて生きていくしかない、というのが物語のテーマのひとつでした。もう一人のローランは蕗を失ったけれど、完全に不幸になったわけではありません。そんなテーマが（上手に書けていたかは別として）皆さんに伝わっていれば嬉しいです。

最後に、物語を書くにあたり協力してくださった皆さまに感謝申し上げます。長年の夢であった、自分の小説が本になるなんて嬉しいです。ありがとうございました。

Ruby collection

藤枝蕗《ふじえだふき》は逃《に》げている

2024年5月1日　初版発行

著者　木村木下
©Kinosita Kimura 2024

発行者　山下直久

発行　株式会社KADOKAWA
〒102-8177
東京都千代田区富士見2-13-3
電話:0570-002-301(ナビダイヤル)
https://www.kadokawa.co.jp/

印刷所　株式会社暁印刷

製本所　本間製本株式会社

デザインフォーマット　内川たくや(UCHIKAWADESIGN Inc.)

イラスト　伊東七つ生

初出:本作品は「ムーンライトノベルズ」(https://mnlt.syosetu.com/)掲載の作品を加筆修正したものです。

ISBN 978-4-04-114911-9　C0093　Printed in Japan